Le voile du passé

DIANA PALMER

Le voile du passé

Jade

Titre original :
DESPERADO
publié par MIRA®

Traduction française de GABY GRENAT

Photos de couverture
Femme : © STRZECHOWSKI / FREE / OREDIA
Chevaux : © DARRELL GULIN / CORBIS
Paysage : © R. IAN LLOYD / MASTERFILE
Oiseaux : © ROYALTY FREE / GETTY IMAGES
Ciel : © ROYALTY FREE / DIGITAL VISION

83-85, boulevard Vincent-Auriol, 75646 PARIS CEDEX 13.
www.harlequin.fr
ISBN 978-2-2808-0894-1 — ISSN 1773-7192

1

Le gros ranch de Cord Romero s'étendait sur des centaines d'hectares à proximité de Houston. De jolies barrières blanches, bien nettes, camouflaient les clôtures électriques qui empêchaient ses superbes taureaux Santa Gertrudis de s'échapper de leur pâture. Parmi toutes les têtes de ce bétail de pure race, l'une d'elles méritait une mention spéciale. Il s'agissait d'un taureau épargné pour sa bravoure à l'issue d'une corrida combattue par le père de Cord, Mejias Romero, l'un des plus célèbres toréadors d'Espagne, peu avant qu'il ne trouve une mort prématurée en Amérique du Sud.

Dès que ses moyens financiers le lui avaient permis, Cord était allé à la ferme de son cousin en Andalousie, d'où il avait ramené dans son propre ranch, au Texas, l'imposante créature, qu'il avait baptisée Hijito, c'est-à-dire Fiston. Ce combattant exceptionnel, soigneusement parqué derrière une palissade à toute épreuve, promenait désormais sa puissante musculature et ses cornes impressionnantes aux abords du ranch dont il était devenu la spectaculaire mascotte.

Maggie Barton connaissait toute cette histoire par

cœur. Au moment où elle extirpait sa valise du taxi qui venait de la conduire au ranch, Hijito s'approcha de la barrière et secoua la tête en reniflant de manière effrayante. La jeune femme frémit et se hâta de régler le chauffeur. Non merci, elle n'avait nul besoin d'émotions supplémentaires ! Elle était épuisée. Une malencontreuse série de contretemps en forme d'embarquements retardés, de correspondances manquées et de vols annulés avait transformé son voyage depuis le Maroc en une interminable et éprouvante odyssée de trois jours. Eprouvante physiquement, certes, mais encore plus moralement pour la jeune femme, qui s'était précipitée pour rejoindre Cord dès qu'elle avait appris qu'il venait de perdre la vue.

De nombreux souvenirs les liaient tous les deux, car ils avaient passé ensemble une grande partie de leur jeunesse chez une femme au grand cœur, Amy Barton, qui les avait recueillis l'un et l'autre à la suite de leurs malheurs familiaux. Malheureusement, leurs relations de plus en plus difficiles au fil des ans s'étaient peu à peu distendues. Cord était devenu détective spécialisé dans des enquêtes difficiles qu'il menait dans les coins les plus reculés du monde. Quant à Maggie, afin de prendre un peu de distance, elle avait dernièrement accepté un poste à l'étranger et avait été assez surprise que Cord se soucie de la faire prévenir par leur ami commun, Eb Scott, du malheur qui venait de lui arriver. Peut-être avait-il enfin compris qu'il tenait à elle ?

Peu importait la réponse… Aussitôt prévenue, elle avait tout quitté pour rentrer auprès de son ami d'enfance, et ces trois journées de voyage avaient été pour elle un supplice de chaque instant.

Le cœur battant, elle sonna à la porte d'entrée abritée par la véranda. Spacieuse, cette dernière accueillait une grande balancelle équipée de coussins confortables et plusieurs fauteuils à bascule. Un peu partout, posées à même le sol ou sur le muret qui délimitait cette pièce en plein air, des fougères luxuriantes et des plantes en pots exhibaient leur feuillage vert sombre ou leurs fleurs aux vives couleurs.

Dans la maison, un bruit de pas rapides et décidés résonna sur le plancher nu. Contrariée, Maggie fronça les sourcils et repoussa les longs cheveux bruns qui retombaient sur ses yeux. Cette démarche n'avait rien à voir avec celle de Cord, qu'elle aurait reconnue entre mille ! Cord avançait à grandes enjambées viriles et pourtant si légères qu'on avait l'impression qu'il glissait sur le sol. Or les pas qu'elle venait d'entendre étaient beaucoup plus courts, pressés, comme ceux d'une femme. Le cœur de Maggie s'arrêta de battre. Cord avait peut-être une amie dont elle ignorait l'existence. Aurait-elle par hasard mal interprété le message d'Eb ? Toute sa belle confiance s'écroula d'un coup.

La porte s'ouvrit et une mince jeune fille blonde aux yeux noirs et à l'allure timide la dévisagea.

— Oui ?

— Je viens rendre visite à Cord..., articula Maggie avec peine.

Son immense fatigue ajoutée au décalage horaire

achevait de lui faire perdre ses moyens. Elle ne pensa même pas à donner son nom.

— Désolée, répondit la jeune fille. Il ne reçoit personne en ce moment. Il a été victime d'un accident.

— Oui, je sais, rétorqua Maggie avec impatience. Dites-lui que je suis Maggie, ajouta-t-elle en se radoucissant un peu. Je vous en prie…

L'hôtesse, à qui Maggie ne donnait même pas vingt ans, fit la grimace.

— Il sera furieux si je vous laisse entrer. Il m'a bien précisé qu'il ne voulait voir personne ! Non, vraiment, je regrette…

Cette fois, l'épuisement du voyage associé à la frustration provoquée par cette réponse eut raison de la patience de la visiteuse.

— Ecoutez, répliqua-t-elle, je viens de faire six mille kilomètres juste pour… Oh, et puis zut ! Allez au diable…

Elle fit un pas en avant.

— Cord ! appela-t-elle.

La jeune femme tourna la tête en direction du salon, l'air inquiet, mais Maggie cria de nouveau :

— Cord !

Un silence. Puis une voix grave résonna, froide, autoritaire.

— Laisse-la entrer, June !

June s'effaça aussitôt.

La nuance d'agressivité qu'elle avait perçue dans la voix de Cord mit Maggie mal à l'aise et lui fit perdre le peu de moyens qui lui restaient. Elle abandonna sa valise sous la véranda et pénétra dans la maison tandis que June considérait le bagage d'un œil perplexe.

Cord se tenait debout devant la cheminée de la grande salle de séjour. Le simple fait de le revoir réchauffa le cœur de la voyageuse. Il était très grand, mince, puissamment bâti… Un vrai félin qui ne redoutait rien ni personne ! Tout jeune, il avait commencé à gagner sa vie dans l'armée et s'était rapidement distingué au cours de missions difficiles. Mis à part les brûlures encore mal cicatrisées autour de ses yeux, il paraissait identique à lui-même, toujours aussi beau avec ses cheveux noirs légèrement ondulés et son teint mat d'Andalou.

Maggie s'avança vers lui. Elle avait presque l'impression qu'il la dévisageait d'un air irrité sous ses sourcils froncés, ce qui était évidemment ridicule puisque Eb l'avait prévenue qu'il avait perdu la vue en tentant de désamorcer une bombe.

Silencieuse, elle l'observa un moment. Cet homme était l'amour de sa vie. Jamais il n'y avait eu place pour personne d'autre dans son cœur. Il était tout simplement stupéfiant de constater qu'il ne s'en était jamais rendu compte au cours des dix-huit ans pendant lesquels leurs vies avaient été liées l'une à l'autre. Même leurs brefs mariages respectifs n'avaient rien changé à ce qu'elle éprouvait pour lui. Ils étaient veufs tous les deux maintenant, mais elle était loin de pleurer son mari comme lui-même pleurait Patricia.

Malgré elle, son regard glissa sur la bouche de Cord,

cette bouche aux lèvres charnues, finement ciselées. Elle se rappelait — oh oui, comme elle se rappelait ! — leur douceur sur les siennes dans le noir, cette nuit-là… Cette nuit délicieuse et horrible où leur mère adoptive était morte alors que Patricia venait de se suicider. Après des années passées à rêver de cet instant, elle avait enfin connu le paradis lorsqu'il l'avait embrassée, serrée dans ses bras. Pourtant, très vite, son plaisir s'était transformé en douleur. Impatient, Cord avait brûlé les étapes. Il ne savait pas qu'elle était vierge, et de toute façon, ce soir-là, il avait trop bu pour le remarquer…

Elle chassa ce souvenir de ses pensées. Mieux valait ne pas évoquer tout cela aujourd'hui.

— Comment vas-tu ? balbutia-t-elle depuis le pas de la porte, folle d'appréhension.

Cord contracta la mâchoire et lui adressa un sourire glacial.

— Quelle question ! Une bombe m'a explosé en pleine figure il y a quatre jours… Il y a de quoi hurler de joie, non ?

Maggie retint difficilement un soupir. Le moins qu'on puisse dire, c'est que Cord ne se montrait guère accueillant ! Autant arrêter de rêver tout de suite… Il n'avait pas besoin d'elle. Il ne la voulait pas auprès de lui. Exactement comme autrefois. Dire qu'elle avait tout quitté pour rentrer au Texas ! Franchement, c'était à mourir de rire. Ou à pleurer de désespoir…

L'ironie méchante de Cord lui rendit tout à coup son sens de la repartie.

— Eh bien, en tout cas, je constate qu'il en faudrait davantage pour te rendre aimable !

Cette pointe ne provoqua pas de réaction chez son interlocuteur.

— C'est sympa d'être passée me voir, se contenta-t-il de répondre. Et surtout si rapidement !

Le ton sarcastique de cette remarque surprit la jeune femme. On aurait dit que Cord lui reprochait d'avoir tardé à se manifester…

— Eb Scott m'a téléphoné pour m'annoncer que tu avais été blessé. Il paraît que…

Elle s'arrêta, hésitante. Fallait-il ou non révéler tout ce dont Eb lui avait fait part ? Finalement, elle décida de jouer le tout pour le tout et se mit à rire pour dissimuler à quel point elle était émue.

— Il m'a dit que tu comptais sur moi pour te soigner ! C'est assez comique, tu ne trouves pas ?

— Hilarant, en effet, répondit Cord d'un ton sinistre.

Maggie reçut le sarcasme de plein fouet, avec une souffrance qu'elle ne chercha pas à dissimuler. Pourquoi l'aurait-elle fait d'ailleurs, puisque Cord ne pouvait pas la voir ?

— C'est Eb tout craché, cette histoire ! reprit elle avec un enjouement feint. Encore une de ses blagues… Tu as déjà… voyons, comment s'appelle-t-elle ? June, pour prendre soin de toi, n'est-ce pas ?

— Exactement ! répliqua Cord du tac au tac. J'ai June. Elle s'est installée ici dès que je suis rentré. Je n'ai besoin de personne d'autre. Elle est douce, patiente et ne ménage pas sa peine.

— Et, en plus, elle est jolie…, ajouta Maggie en s'efforçant de sourire.

Cord hocha la tête.

— Je ne te le fais pas dire. Jolie, dégourdie, bonne cuisinière… Et blonde, par-dessus le marché ! ajouta-t-il d'une voix douce et glacée qui fit courir des frissons de dépit dans le dos de Maggie.

Cette remarque n'avait pourtant rien d'étonnant. Cord aimait les blondes. Sa femme, Patricia, était blonde, et il l'avait adorée.

Maggie rajusta la bandoulière de son sac et prit soudain conscience de l'immense fatigue qui l'écrasait. Morte d'angoisse au sujet de la santé de Cord, elle avait passé trois jours infernaux à courir d'un aéroport à l'autre en traînant sa valise pour le retrouver le plus vite possible. Maintenant qu'elle était enfin arrivée au ranch, Cord se comportait exactement comme si elle avait forcé sa porte. D'ailleurs, c'était peut-être ce qu'elle venait de faire… Au lieu de lui raconter des bobards, Eb aurait dû jouer franc jeu et lui dire tout simplement que Cord ne souhaitait toujours pas auprès de lui la présence de son amie d'enfance. Même maintenant qu'il était blessé…

Profondément déçue, elle adressa à Cord un long regard, puis haussa les épaules.

— Très bien. Voilà qui me remet à ma place, admit-elle en se forçant à plaisanter. Je ne suis pas blonde ! Cela ne m'empêche pas d'être contente de te voir debout. Par contre, ce qui t'est arrivé aux yeux est bien triste.

— Qu'est-ce qu'ils ont, mes yeux ? demanda Cord, presque agressif.

— Eb m'a dit que tu étais devenu aveugle.

— Temporairement, c'est tout, corrigea Cord. Il s'agit d'une cécité réversible. J'y vois de mieux en mieux, et l'ophtalmologiste m'a promis que je recouvrerais complètement la vue.

Le cœur de Maggie bondit de joie. Cord voyait ! Elle comprit alors qu'il ne regardait pas dans le vide comme elle l'avait cru, mais qu'il l'observait. Ce fut un vrai choc pour elle. Depuis le début de leur conversation, elle n'avait jamais tenté de dissimuler ses expressions. Cela la mit mal à l'aise de savoir qu'il avait pu tout à loisir observer combien elle était peinée ou soucieuse.

— C'est vrai ? Quelle bonne nouvelle ! s'exclama-t-elle avec une intonation pleine d'entrain.

Compris ! Plus question de laisser Cord lire en elle à livre ouvert. Désormais, elle allait afficher un sourire à toute épreuve. Un sourire dont elle ne se départirait sous aucun prétexte, même pas sous les tortures qu'il ne manquerait pas de lui infliger…

— N'est-ce pas ? approuva Cord.

La mimique qu'il lui adressa en retour était dépourvue de toute gaieté.

A ce point de leur conversation, Maggie sentit ses genoux faiblir sous elle. Toute cette bousculade épuisante pour se précipiter ici… Dire qu'elle avait même abandonné son nouvel emploi pour accourir au ranch ! Non seulement Cord n'avait pas besoin d'elle, mais il ne souhaitait même pas sa présence à ses côtés.

Dans quel pétrin elle était allée se jeter la tête la première ! A l'heure qu'il était, elle n'avait plus de travail, plus de logement, et à peine quelques économies pour survivre en attendant d'avoir trouvé un nouveau poste. Décidément, elle était incapable de tirer les leçons du passé… Comme autrefois, Cord se montrait à peine poli. Quant à son expression, elle était franchement hostile.

— Merci d'être venue me rendre visite, conclut-il sèchement, et désolé de te voir partir si vite ! June va te raccompagner…

Maggie leva un sourcil et lui jeta un regard sardonique.

— Inutile de me mettre à la porte ! J'ai compris le message. Je suis *persona non grata* au ranch, n'est-ce pas ? Parfait, je me retire. Et fais attention aux traces de venin que je vais immanquablement laisser sur ton plancher en partant. Préviens June de bien se protéger en les essuyant… Il ne faudrait pas qu'elle s'empoisonne, la pauvre petite !

— Tu as le chic pour tout prendre à la rigolade…, maugréa Cord sur un ton d'accusation.

— Et alors ? C'est mieux que de pleurer, non ? D'ailleurs, pas plus tôt sortie d'ici, je file tout droit chez un psy me faire expliquer pourquoi je suis venue te voir… Je dois être un peu fêlée pour m'être donné tout ce mal !

— Bonne idée ! rétorqua Cord. Mieux vaut tard que jamais, en effet…, énonça-t-il, énigmatique.

Maggie ne saisit pas l'insinuation. Elle était bien trop en colère pour réfléchir à quoi que ce soit.

— Et puisque ma présence te pèse tant, ajouta-t-elle, furieuse, je vais faire en sorte que nos routes ne se croisent plus jamais.

— Ce sera un immense soulagement, assura-t-il de sa voix grave. Je donnerai même une fête en cet honneur, ajouta-t-il, carrément persifleur cette fois.

Maggie serra les dents. Franchement, il en rajoutait ! On aurait dit qu'il était furieux contre elle. Sans doute sa simple présence avait-elle le don de le mettre hors de lui. Ce n'était pas nouveau pourtant, elle aurait dû le savoir ! De même qu'elle aurait dû se souvenir qu'il était toujours dangereux de laisser une ouverture à Cord. Il s'y engouffrait sans le moindre scrupule et ne se gênait pas pour retourner le fer dans la plaie.

Oui, ils se connaissaient bien, tous les deux. Ils étaient de vieux adversaires, somme toute ! Cord avait eu des années pour fourbir ses armes et elle, pour perfectionner son camouflage émotionnel.

— J'imagine que je ne recevrai pas d'invitation, commenta-t-elle, narquoise. Au fait, pour aborder un autre sujet de conversation, as-tu jamais envisagé de prendre ta retraite tant que tu as encore la tête sur les épaules ? On ne sait jamais ! Une bombe de plus et…

Cord demeura muet.

Elle lui adressa alors un long regard. C'était sans doute

la dernière fois qu'elle contemplait ce beau visage. La plus atroce des punitions lui était infligée aujourd'hui. Elle qui avait entrevu le paradis devait retourner à la triste réalité. Au cours de son unique nuit d'amour avec Cord, elle avait connu la plus grande joie de son existence. Malgré la surprise et la colère de ce dernier quand il avait compris la situation, malgré la douleur et la gêne qu'elle avait connues, la douceur de la bouche de Cord sur la sienne resterait à jamais gravée dans sa mémoire. Le rejet qu'il lui infligeait aujourd'hui n'en était que plus douloureux.

Malgré sa fatigue, Maggie se redressa, mettant un point d'honneur à lui cacher sa souffrance.

— Merci tout de même de t'être souciée de moi, conclut Cord avec son accent traînant, typique du Texas.

— Oh, pas de quoi, vraiment ! Tu pourras tout de même dire à Eb, la prochaine fois que tu le verras, que je n'apprécie que modérément son sens de l'humour…

— Tu peux bien lui faire cette commission toi-même ! répliqua Cord. Après tout, vous avez été fiancés quelque temps, non ?

« Oui. Et uniquement parce que je ne pouvais pas l'être avec toi ! pensa Maggie. Parce que ton mariage avec Patricia me donnait envie de mourir… »

Mais elle ne prononça pas le moindre mot. Elle sourit comme si de rien n'était, s'obligea à détourner les yeux et pivota brusquement sur ses talons avant de se diriger vers la porte.

Elle venait à peine d'en franchir le seuil quand Cord la rappela comme à contrecœur, d'une voix rauque.

— Maggie !

Elle n'eut pas une seconde d'hésitation. Pas une ! Elle était trop en colère. Elle continua à marcher. Dire qu'elle avait été assez folle pour voler au secours d'un homme qui se fichait complètement d'elle ! Qui se souciait moins que jamais des sentiments qu'elle éprouvait pour lui. Ah, comme elle se repentait d'avoir cru Eb sur parole quand il lui avait assuré que Cord la réclamait !

June l'attendait dans l'entrée, l'air inquiet. Quand elle aperçut le visage contrarié de Maggie, son expression s'intensifia.

— Tout va bien ? demanda-t-elle dans un souffle.

Maggie se sentit incapable de proférer la moindre réponse. June était le nouvel amour de Cord, comment pourrait-elle supporter de la regarder en face ? Avec un petit signe de tête, elle lança sèchement :

— Très bien, merci.

Et elle sortit, la tête haute.

Une fois la porte refermée derrière elle, elle marqua une pause. L'appel de Cord manifestait peut-être un certain malaise de sa part ? Allons ! A quoi bon rêver ? Si jamais c'était le cas, il s'agissait d'un malaise bien fugitif puisqu'il ne s'était pas donné la peine de la rattraper.

Elle le connaissait suffisamment pour savoir que son sens de l'hospitalité était peu en accord avec la froideur de l'accueil qu'il venait de lui réserver, mais elle savait aussi que ce manquement aux usages le tracasserait longtemps. Quant à elle, elle n'avait qu'une envie : faire passer à Eb Scott le plus mauvais quart d'heure de son existence. Elle le savait marié maintenant, la déception de leurs fiançailles rompues étant loin derrière eux. Il n'avait pas téléphoné par méchanceté, elle en était certaine, mais il n'en demeurait pas moins vrai qu'il l'avait bouleversée en lui faisant part de l'accident de Cord. Et pourquoi, oui, pourquoi lui avoir affirmé que Cord la réclamait ?

Une fois sur le pas de la porte, elle s'efforça de recouvrer ses esprits. Houston se trouvait à une vingtaine de minutes, mais elle avait renvoyé son taxi, persuadée qu'elle allait s'installer chez Cord pour prendre soin de lui. Voilà qui la faisait bien rire maintenant ! Ou plutôt qui lui donnait envie de pleurer…

Un coup d'œil peu enthousiaste sur la route lui fit hausser les épaules. Eh bien, tant pis pour elle ! Après tout, la marche était un exercice salutaire. Par chance, elle portait des chaussures confortables. Le temps qu'elle allait mettre pour regagner Houston à pied lui permettrait de réfléchir à la stupidité dont elle avait fait preuve dans cette affaire… Dire que Cord n'avait même pas poussé le sens de l'hospitalité jusqu'à lui offrir de la raccompagner en ville !

Elle descendit les marches du perron et commença à tirer sa valise à roulettes le long de l'allée. L'absurdité de sa situation commençait à lui donner envie de rire. Elle considéra son bagage d'un œil amusé. « Une chose est sûre : je n'ai ni chevalier servant ni fringant coursier pour me tenir compagnie », se dit-elle en secouant la tête. Avant de murmurer pour elle-même : « Allez hop ! On y va ! »

Une fois de retour dans le salon, Cord Romero se plaça à l'endroit de la pièce que Maggie venait de quitter, pétrifié par la colère.

June le regardait, perplexe.

— Mlle Barton paraissait réellement inquiète à votre sujet…, hasarda-t-elle.

— Je n'en doute pas ! répondit-il avec un rire amer. Il faut exactement vingt minutes pour venir jusqu'au ranch de Houston et elle s'est débrouillée pour mettre trois jours ! Voilà qui en dit long sur son inquiétude, tu ne trouves pas ?

— Mais elle avait une…, reprit June, prête à parler de la valise que Maggie transportait avec elle.

Elle n'alla pas plus loin, Cord avait tendu la main devant lui pour la faire taire.

— Pas un mot de plus ! Je ne veux plus jamais entendre parler de Maggie Barton… Apporte-moi une autre tasse de café et demande à Red Davis de me rejoindre ici.

— Bien, monsieur, répondit la jeune fille.

— Tu peux aussi dire à ton père que je veux le voir quand il aura fini de contrôler le bétail que nous avons trié.

Le père de June était en effet le responsable des bêtes de la propriété.

— Bien, monsieur, répéta June avant de sortir.

Cord était furieux. Il n'avait pas vu Maggie depuis des semaines. On aurait dit qu'elle s'était évanouie de la surface de la terre ! La dernière fois qu'il s'était rendu à son appartement, elle avait refusé de lui ouvrir bien qu'il ait sonné à plusieurs reprises. Même chose avec le téléphone, auquel elle s'obstinait à ne pas répondre. Il refusait d'admettre qu'elle lui manquait. Et encore plus de reconnaître qu'il souffrait comme une bête à l'idée qu'elle ait pu attendre quatre jours avant de venir prendre de ses nouvelles…

Il avait seize ans et Maggie huit quand leurs vies avaient commencé à s'entremêler chez Amy Barton. La sœur de cette dernière travaillait dans un centre qui accueillait les enfants sans famille. Maggie et lui y avaient été placés à la suite des hasards malheureux de leurs jeunes existences lorsque Amy avait décidé de s'occuper d'eux. Les parents de Cord étaient morts dans l'incendie de leur hôtel alors qu'ils visitaient Houston en famille pendant leurs brèves vacances. Quant à Maggie, elle avait été abandonnée à la même époque et gardée elle aussi dans ce centre. Très généreusement, Mme Barton avait décidé de se charger des deux enfants et avait finalement adopté Maggie. Le comportement difficile de Cord l'avait sans doute dissuadée d'en faire autant pour ce dernier.

Vers dix-huit ans, en effet, Cord avait commencé à avoir des démêlés avec la loi et Maggie avait constitué son principal soutien. A l'âge de dix ans, elle faisait déjà preuve d'une grande maturité dans les conseils qu'elle lui donnait et d'une loyauté sans faille à son égard. Cela avait plus d'une fois donné envie de rire à la malheureuse Amy Barton, pourtant bien contrariée par les situations invraisemblables dans lesquelles Cord avait le don de se mettre.

En effet, Maggie protégeait son frère adoptif avec une vigilance de mère tigre. Il se rappelait très bien comme elle lui serrait la main pour le réconforter quand il attendait que son cas paraisse devant le juge. Sans cesse, elle lui soufflait des encouragements et l'assurait que tout s'arrangerait pour le mieux. Oui, Maggie s'était toujours occupée de lui, elle lui avait toujours apporté le réconfort de son affection, jusques et y compris au moment du suicide de sa femme, Patricia. Et lui, que lui avait-il donné en retour ? Souffrance et chagrin… Penser à la nuit qu'ils avaient passée ensemble lui était tout simplement insupportable. C'était l'un des pires souvenirs de toute son existence.

Le regard vide, il s'approcha d'une fenêtre d'où d'ordinaire il contemplait les allées et venues de son protégé Hijito, mais le souvenir du visage de Maggie tel qu'il l'avait vu quelques minutes plus tôt lui arracha une grimace amère.

Maggie… Sans qu'il ait jamais compris pourquoi, elle s'était mariée moins d'un mois après le décès d'Amy avec un homme qu'elle connaissait à peine. Ce mariage n'avait pas été heureux. L'homme en question était un riche banquier, plus âgé qu'elle de vingt ans, et déjà divorcé deux fois. Plus tard, Maggie avait dû être hospitalisée et son mari s'était tué dans un accident de voiture alors qu'elle se trouvait encore à l'hôpital.

Lorsqu'il avait appris ces mauvaises nouvelles, Cord était rentré d'Afrique uniquement pour la voir. Quand il s'était présenté à son domicile, elle était de retour chez elle, trop faible encore pour assister aux obsèques de son mari. Elle avait refusé de le recevoir. Il avait énormément souffert de ce rejet, même s'il en connaissait parfaitement la raison.

Comment pourrait-il jamais oublier ce qui s'était passé la nuit où tout avait basculé entre eux ? Par un malheureux concours de circonstances, Amy Barton et Patricia venaient de mourir toutes les deux. Ecrasé de douleur, il avait bu ce soir-là, ce qui ne lui était arrivé que deux ou trois fois dans sa vie. Dans son ivresse, et loin de se douter qu'après ses fiançailles avec Eb et son mariage avec le banquier Maggie était encore vierge, il l'avait entraînée au lit… Quel choc pour lui de découvrir qu'elle n'était pas du tout la femme avertie qu'il pensait ! La souffrance qu'il lui avait infligée et sa colère envers lui-même s'étaient retournées en accusations de la plus grande dureté envers elle.

Maintenant encore, malgré le recul du temps qui plongeait ces moments dans un brouillard qu'il préférait ne pas chercher à percer, il se rappelait les larmes anxieuses que Maggie avait versées, son corps tremblant, maladroitement enroulé dans le drap, et son regard qui le fuyait tandis qu'il la possédait avec fureur…

Depuis, ils s'étaient entrevus à quelques reprises, mais

ne s'étaient plus fréquentés. Le malaise de Maggie était évident. Tout s'était bousculé ensuite. Elle s'était jetée à corps perdu dans son travail et avait évité Cord avec le plus grand soin. Il aurait dû s'en féliciter. Après tout, ne l'avait-il pas lui-même évitée pendant des années avant la mort d'Amy ? Maggie n'avait jamais su qu'il avait épousé Patricia uniquement pour tenter de se défaire de l'inexplicable obsession qu'elle représentait pour lui. Oui, il avait lutté pendant des années pour ne pas trop s'attacher à elle. Il avait de bonnes raisons pour cela. De douloureuses raisons.

Avec une peine toujours aussi vive, il évoqua le souvenir de sa mère, une ravissante Américaine qu'il adorait, et celui de son père, bel Espagnol sombre au regard fascinant qu'il idolâtrait. Leurs morts tragiques au cours d'un incendie qui l'avait lui-même épargné l'avaient profondément traumatisé. Il avait compris le danger qu'il y a à aimer… La douleur qu'apporte la perte toujours possible de l'être chéri lui était devenue inenvisageable. Le suicide de Patricia, la mort d'Amy Barton n'avaient fait que le conforter dans cette idée. Il avait décidé de s'éviter bien des souffrances en ne s'attachant plus à qui que ce soit.

C'est à cette période qu'il avait commencé à travailler dans la police de Houston. Il avait ensuite fait son service militaire au moment de la campagne « Tempête du désert ». Tout cela lui avait donné le goût du danger et l'avait amené à travailler pour le FBI. Après le suicide de Patricia, dont il se sentait plus ou moins responsable pour des raisons qu'il n'avait jamais expliquées à qui que ce soit, il s'était mis à louer ses services à des agences orientées vers les opérations dangereuses. Sa spécialité était le désamorçage de bombes, et il y excellait. Tout au moins, il y avait excellé. Jusqu'à ce qu'il se laisse prendre au piège que lui avait tendu à Miami un de ses vieux adversaires. Son instinct et ses réflexes de professionnel l'avaient sauvé d'une mort certaine. Plus tard, il avait eu la confirmation d'avoir effectivement été victime d'un coup monté. Son ennemi reviendrait à la charge, il le savait. Seulement, il s'était juré qu'on ne le prendrait pas à l'improviste une seconde fois.

Il s'écarta de la fenêtre avec un soupir et regretta, sincèrement, d'avoir traité Maggie comme il l'avait fait. C'était lui, le responsable du dégoût physique qu'elle avait de lui. Et aussi de l'indifférence qu'elle éprouvait à son égard. Dire qu'elle avait mis quatre jours à venir prendre de ses nouvelles alors que quelques heures à peine auraient dû la mener à son chevet ! Si elle avait encore éprouvé quelque chose pour lui, elle se serait précipitée sans attendre, folle d'angoisse. Comme il avait été naïf de croire que c'était possible !

Il se tourna vers la fenêtre d'où on apercevait les grandes prairies et s'efforça d'être honnête. Ce n'était pas de naïveté, mais de logique qu'il fallait parler. Depuis des années, il se montrait glacial envers elle, blessant chaque fois que c'était possible, et, aujourd'hui, il osait lui en vouloir de ne pas s'inquiéter de sa petite santé sous prétexte qu'il venait d'être blessé ? Quelle incohérence !

Il ne faisait que récolter les fruits de ce qu'il avait semé. Maggie n'était strictement pour rien dans tout cela.

A un moment donné pourtant, il avait senti ses défenses craquer et il l'avait rappelée, à la recherche des mots qu'il lui dirait pour lui demander de l'excuser. Son orgueil l'avait empêché de se précipiter à sa suite. Alors elle l'avait ignoré. Elle était partie et ne reviendrait sans doute jamais. Bien fait pour lui… C'était tout ce qu'il méritait !

Maggie avait déjà parcouru la moitié de l'allée pavée qui descendait entre les barrières blanches bordant les pâtures lorsque le bruit d'un moteur de pick-up lancé à toute vitesse l'incita à s'écarter du milieu de la chaussée. Mais, au lieu de poursuivre sa route, le véhicule s'arrêta à sa hauteur et la portière du passager s'ouvrit.

Red Davis, l'un des contremaîtres du ranch, se pencha vers elle, son Stetson rabattu sur ses cheveux roux et ses yeux clairs. Il lui adressa un sourire.

— Il fait bien trop chaud pour trimballer une valise jusqu'à Houston… Montez ! Je vais vous y conduire.

Surprise, Maggie laissa échapper un petit rire, mais, bien que touchée par cette proposition aussi aimable qu'inattendue, elle hésita un court instant.

— C'est Cord qui vous envoie ?

Si jamais c'était lui qui avait ordonné à son ouvrier de venir à sa rescousse, elle n'accepterait jamais de poser le pied dans ce foutu pick-up !

— Non, mademoiselle, répondit l'homme, c'est le hasard.

Sur ce, une étincelle malicieuse au fond de ses yeux bleus, il cracha par terre pour confirmer sa bonne foi.

Maggie se mit à rire franchement.

— Bon, dans ce cas, j'accepte votre offre !

Elle hissa son bagage sur le siège arrière et grimpa dans la cabine à côté de Davis.

Une fois la ceinture de sa passagère accrochée, ce dernier fit vrombir le moteur.

— J'imagine que vous n'arrivez pas de Houston ?

— Aucune importance, Red !

— Vous avez besoin d'une valise, maintenant, pour vous promener au milieu de nos taureaux ? Expliquez-moi ça…

— Davis, vous êtes une véritable peste !

— Allez, allez ! Vous allez bien me raconter pourquoi vous traînez ce machin à roulettes derrière vous… Je promets de garder pour moi tout ce que vous me direz.

Maggie sourit malgré elle.

— D'accord, Red… J'arrive du Maroc. Directement du Maroc, malgré les annulations de vol, les retards et autres plaisanteries dont j'ai été victime ces trois derniers jours. Je n'ai pas dormi depuis trente-six heures ! Tout ça parce que je m'attendais à trouver Cord aveugle et seul…

Un petit rire amer lui échappa.

— J'aurais dû être plus perspicace ! Il m'a agressée à peine la porte franchie et m'a carrément mise dehors au bout de cinq minutes… Exactement comme dans le bon vieux temps ! Rien de nouveau sous le soleil. Je n'ai qu'à apparaître pour qu'il soit instantanément de mauvaise humeur.

— Que faisiez-vous au Maroc ? demanda Davis, étonné de ce qu'il venait d'apprendre.

— J'ai d'abord profité de quelques jours de vacances, avant de prendre mon nouveau travail à Qawi, expliqua Maggie. En fait, c'est ma meilleure amie qui va l'assurer à ma place. Moi, maintenant, je me retrouve ici sans rien… Ni boulot ni maison ! Tout ce que je possède tient dans cette valise.

Elle regarda Davis et se mit à rire franchement.

— Si j'avais deux sous de bon sens, je me ferais sauter la cervelle !

— Cord ne vous a même pas proposé une chambre ? s'exclama l'homme, horrifié.

— Il ne sait pas que je viens de si loin. D'ailleurs, il ne sait même pas que je me trouvais à l'étranger ! Etant donné l'état de nos relations, je n'avais pas pris la peine de l'informer de mon départ. Cela ne lui aurait fait ni chaud ni froid, de toute façon…

Elle se laissa aller contre le dossier de son siège et laissa échapper un énorme soupir. Puis, les yeux clos, elle reprit.

— Si j'étais un peu plus intelligente, j'arrêterais enfin de me taper la tête contre les murs, vous ne croyez pas ?

L'allusion aux sentiments qu'elle éprouvait envers son ami d'enfance n'avait pas échappé à Davis. Il savait ce que c'est que d'aimer sans être payé de retour… Cette jolie jeune femme, visiblement au bout du rouleau, lui faisait mal au cœur. Pourquoi diable son patron refusait-il de voir qu'elle était folle de lui ? Car, depuis qu'il travaillait pour Cord, Davis avait toujours vu ce dernier afficher la plus grande indifférence envers elle.

— D'ailleurs, reprit Maggie sur un ton qui la trahissait bien plus qu'elle ne pouvait l'imaginer, il y a June, maintenant, pour s'occuper de lui…

Davis lui jeta un regard perplexe.

— C'est vrai… mais pas de la façon que vous semblez imaginer.

Maggie parut soudain très intéressée par la conversation.

— Vous croyez ?

— June est la fille de Darren Travis, le contremaître chargé des Santa Gertrudis. Elle assure en ce moment le ménage et la cuisine chez Cord parce que sa gouvernante vient de le quitter pour se remarier. June est amoureuse d'un officier de police de Houston. En fait, Cord lui fait peur ! Comme il fait peur à la plupart des gens, d'ailleurs. Il n'est pas un patron très facile à supporter… Ses sautes d'humeur sont réputées dans toute la région.

Maggie ne savait plus que penser.

— Pourtant… il m'a laissé entendre que June et lui…

Davis se mit à rire.

— Ce n'est pas par goût qu'elle travaille chez Cord, croyez-moi ! Travis et Cord l'ont plus ou moins obligée à le faire car elle leur sert de commissionnaire. Elle a tellement peur de Cord qu'elle n'arrive pas à croire qu'il ait pu être marié !

— J'avoue qu'elle n'est pas la seule dans ce cas, renchérit Maggie.

Le mariage de Cord, qui avait succédé à des fiançailles éclair, l'avait terriblement blessée. Elle avait eu envie de mourir quand elle l'avait vu passer la porte au bras de la blonde Patricia. Amy Barton, leur mère adoptive, avait également été très surprise par l'annonce de ce mariage. En fait, personne n'imaginait Cord Romero la bague au doigt.

— Il y a des années qu'il ne fréquente plus aucune femme, ajouta Davis. Il sort de temps à autre, mais il ne rentre jamais tard et ne ramène personne au ranch. Bizarre… Un bel homme comme lui ! Jeune, riche… On s'attendrait à ce qu'il soit poursuivi par des dizaines de femmes toutes plus jolies les unes que les autres, eh bien pas du tout ! Il vit comme un ermite.

Maggie se tourna vers Davis.

— C'est sans doute à cause des dangers que lui fait courir sa profession, hasarda-t-elle. Chaque fois qu'il part en mission, il doit penser que c'est peut-être la dernière. J'imagine qu'il n'a pas envie d'imposer cette angoisse à une compagne…

— Et moi, je pense au contraire que les femmes adorent les hommes qui vivent dangereusement ! Vous n'êtes pas de cet avis ?

Maggie réprima un bâillement.

— Pas moi, en tout cas ! Je préférerais épouser l'épicier du coin, bien tranquille derrière son étalage de pommes de terre, qu'un expert en artillerie… On court moins de dangers au milieu des cagettes de légumes ou des boîtes de raviolis qu'au milieu des bombes !

Comme elle mentait bien… En fait, elle s'était fiancée avec Eb Scott qui travaillait dans un supermarché, peu après le mariage de Cord avec Patricia. Maintenant, elle reconnaissait qu'il n'avait jamais été question d'amour entre eux. Ce coup de tête n'avait été qu'un moyen parmi d'autres pour essayer de surmonter la déception que lui avait infligée le mariage de Cord. En fait, elle n'avait jamais éprouvé la moindre attirance physique pour Eb. Rien d'étonnant à ce que Cord, qui imaginait qu'elle couchait avec ce dernier, ait été médusé par son innocence la nuit où il l'avait entraînée au lit, après la mort d'Amy Barton.

En fait, elle n'avait jamais été capable de penser à un autre homme que Cord. Tout au moins jusqu'à ce que l'occasion se présente pour eux de se connaître intimement. Ce soir-là, ses plus horribles souvenirs étaient venus se mêler à la douleur et à la gêne qu'elle avait éprouvées… Oh, pourquoi, mais pourquoi donc ne réussissait-elle pas à chasser Cord de son esprit et de son cœur ?

D'un geste machinal, Davis repoussa son Stetson en arrière.

— Il y a très longtemps que vous connaissez Cord, il me semble ?

— En effet. J'avais huit ans et lui seize quand nous

nous sommes connus chez Amy. Nous avons vécu dans la même maison… Comme chien et chat ! Il nous en reste encore quelque chose aujourd'hui sans doute…

Le pick-up roulait sans à-coups sur l'autoroute bien goudronnée qui conduisait à Houston. Maggie se laissait aller, bercée, détendue enfin. Au moment où Davis s'apprêtait à poursuivre la conversation, il s'aperçut que sa passagère venait de s'endormir.

Certes, le trajet n'était pas long, mais Maggie eut l'impression qu'ils venaient à peine de quitter le ranch lorsque Davis lui tapota la main pour la réveiller. Elle ouvrit les yeux et s'aperçut qu'ils venaient d'arriver à l'entrée de Houston.

— Désolé de vous réveiller, mais je ne sais pas où vous voulez que je vous conduise ! Vous avez une petite idée sur la question ? demanda-t-il, plein de prévenance.

— Amenez-moi dans un petit hôtel propre et pas cher, murmura la jeune femme dans un demi-sommeil. Je n'ai pas beaucoup d'économies pour vivre en attendant d'avoir trouvé un nouvel emploi.

Davis fit la grimace.

— Vous auriez bien pu dire ça à Cord, tout de même…

— Jamais de la vie ! Cela ne le regarde pas. Je suis venue seulement pour l'aider, un point c'est tout. Hélas, il n'a besoin de personne… Comme d'habitude. Et surtout pas de moi !

Pudiquement, Maggie détourna le regard vers le paysage qui se déroulait derrière la vitre du pick-up. Elle n'était pas du genre à se donner en spectacle... Les coups durs de la vie l'avaient rendue forte, mais la fatigue et le manque de sommeil lui faisaient sentir encore plus douloureusement le rejet de Cord. Inutile de laisser Davis percevoir ce moment de faiblesse qui ne lui ressemblait pas.

Elle l'entendit marmonner quelque chose où elle crut distinguer « Quelle bêtise ! »... mais elle ne mordit pas à l'appât.

— C'est un peu rude, tout de même, de vous avoir mise à la rue sans se soucier de savoir comment vous retourneriez en ville !

— Gare à vous si vous lui parlez de ma valise ou de mon voyage..., menaça-t-elle vivement. Vous auriez affaire à moi !

— Rassurez-vous, je serai aussi muet qu'une tombe, affirma Davis aussitôt. Au fait, je connais un bon petit hôtel dans le centre-ville. Ma mère y descend quand elle vient me voir. Vous voulez qu'on aille y jeter un coup d'œil ? Il devrait vous convenir.

— Volontiers. Je suis tellement fatiguée que je me sens capable de dormir une semaine d'affilée...

— A voir votre mine, je n'en doute pas une seconde !

— Demain, j'achèterai un journal et je chercherai un emploi dans les petites annonces, décida-t-elle en s'accordant un bâillement. Je verrai sans doute les choses de façon plus optimiste.

— Je suis vraiment désolé que vous ayez eu une journée aussi rude, compatit Davis.

Il arrêta son véhicule devant un établissement assez ordinaire.

— La vie ne m'a guère fait de cadeaux ces derniers temps, murmura tristement la jeune femme, mais je m'en remettrai, rassurez-vous. Pour survivre, il faut être capable d'affronter une incessante course d'obstacles, et savoir ne pas trop s'apitoyer sur soi-même quand les choses tournent mal, vous ne croyez pas ?

— Pas facile, j'imagine ?

— Non, reconnut-elle. Si je m'écoutais maintenant, j'irais tout droit casser la figure à Cord, mais à quoi bon ?

Elle lui adressa un petit sourire triste.

— Allez, Red, merci de m'avoir accompagnée jusqu'ici. J'aurais mis des semaines si j'avais dû le faire à pied !

— C'était un plaisir pour moi, Maggie.

Il sortit du pick-up et empoigna la valise de la jeune femme, la lui posa en haut des marches, puis regarda Maggie pénétrer dans l'établissement, droite et fine. Il ne put s'empêcher d'émettre un petit sifflement d'admiration.

— Nom d'un chien, quelle allure ! Maggie Barton ? Une main de fer dans un gant de velours.

L'expression lui était venue tout naturellement à la bouche. Dire que son patron crachait sur une femme de cette trempe ! Cord Romero devait être fou, tout simplement.

Maggie retint aussitôt une chambre toute simple, qui

correspondait parfaitement à son budget. Elle ferma la porte à clé derrière elle, retira son tailleur-pantalon et s'écroula sur le lit. Résolument, elle extirpa le beau visage de Cord de son esprit et ferma les yeux.

Dix secondes plus tard, elle dormait profondément.

Au ranch, Cord prenait son café tout en consultant ses comptes sur son ordinateur. Il s'était beaucoup absenté au cours des derniers mois et il avait du mal à mettre sa comptabilité à jour.

Quand son moral flanchait, il se demandait s'il ne ferait pas mieux de tout vendre pour aller s'installer en ville. Après tout, il était seul et n'avait pas l'intention de se remarier. Sa vie serait tellement plus simple si ses possessions se réduisaient au contenu d'une valise ! D'ailleurs, mis à part à l'époque de son bref mariage, il avait vécu ainsi la plupart du temps et s'en portait fort bien.

Malheureusement, il éprouvait une véritable passion pour son bétail, et en particulier pour ses deux superbes chevaux andalous. Il les avait achetés à son cousin lors de sa dernière visite dans la ferme que celui-ci possédait dans la région du détroit de Gibraltar et les considérait comme les fleurons de son ranch. Après Hijito, bien entendu.

Il se laissa aller contre le dossier de sa chaise et considéra l'écran d'un regard absent. Impossible de chasser le souvenir de Maggie de son esprit ! Au moment où elle était apparue devant lui, avant qu'elle ne commence à parler, il avait lu dans ses yeux verts toute son inquiétude pour lui, mais aussi sa tendresse timide, la joie qu'elle éprouvait à le revoir. Puis, très vite, tout cela avait disparu pour laisser place à une tristesse profonde.

Il n'avait eu nul besoin de son acuité visuelle habituelle pour lire dans son regard l'amour qu'elle lui offrait et qu'il refusait si obstinément depuis des années. Il l'avait vue grandir, se fiancer à Eb, son meilleur ami, puis épouser un autre homme, divorcer, devenir veuve… La vie de la jeune femme n'avait pas été une vallée de roses, loin de là ! Toujours pourtant, contre vents et marées, elle s'était montrée loyale et tendre envers lui. Et, en retour, que lui avait-il offert ? De la souffrance… De la douleur.

Quand la vie les avait séparés, il avait espéré connaître enfin la paix. Mais la solitude l'avait affecté au-delà de tout ce qu'il aurait pu craindre, au point même qu'il ne se souciait plus guère de sa sécurité.

Au cours des dernières semaines, pour des raisons qui lui échappaient complètement, Maggie n'avait plus voulu le voir. C'est pour cette raison que, profondément affecté par l'indifférence de la jeune femme, il avait négligé de prendre toutes les mesures nécessaires à sa protection et avait failli être tué au cours de sa récente mission en Floride. Le coup provenait d'un de ses ennemis de longue date, menacé par l'enquête qui examinait les activités suspectes d'une agence pour l'emploi. Cet homme qui paraissait y jouer un rôle important avait préparé un traquenard dans lequel Cord était tombé parce qu'il pensait à Maggie au lieu de se concentrer sur son travail.

Il laissa échapper un profond soupir.

Finalement, elle s'était tout de même déplacée pour prendre de ses nouvelles ! Quand Eb lui avait annoncé qu'il allait entrer en contact avec elle, Cord ne s'était pas opposé à ce qu'il lui demande de venir le voir. Il pensait, ou plutôt il espérait, qu'elle tenait suffisamment à lui pour se précipiter au ranch dès qu'il y serait rapatrié. Hélas, ce n'était pas ce qui s'était produit et il en avait été très malheureux.

Cette déception lui avait fait sentir à quel point il avait coutume que Maggie soit présente à la lisière de sa vie. Toujours gaie, toujours amusante, toujours rassurante. Toujours en train de l'attendre.

Rageusement, il passa la main dans ses épais cheveux noirs. Maggie avait finalement cessé de se soucier de lui. Persuadée qu'il n'aurait jamais rien d'autre à lui offrir que du sarcasme ou de l'indifférence, elle était sortie de son orbite et avait coupé les liens qui les rattachaient l'un à l'autre. Voilà ce qui le faisait terriblement souffrir ! Et le temps qu'elle avait mis à se déplacer jusqu'à lui alors qu'il venait d'être blessé n'avait fait qu'ajouter à son désespoir.

Eh bien, voilà… il l'avait chassée de sa vie une bonne fois pour toutes, et n'avait pas l'intention de se répandre en regrets. En toute honnêteté, il n'avait pas le droit de reprocher à Maggie son absence de sollicitude étant donné qu'il ne lui avait jamais accordé qu'une place marginale dans son existence. Et encore l'avait-il fait à contrecœur ! Jamais il ne lui avait avoué combien elle avait su le réconforter à la mort de Patricia, ni combien la petite main qui serrait la sienne l'avait aidé à garder courage quand il affrontait la justice au cours de son adolescence houleuse.

Elle avait été son roc en ces périodes difficiles. Maintenant qu'il venait de perdre ce réconfort, sans doute pour toujours, l'absence de Maggie creusait un trou dans son cœur que rien ni personne ne viendrait jamais combler.

Courageusement, il fit un effort pour s'intéresser de nouveau à son ordinateur. Allons, au milieu de la débâcle de sa vie, il lui restait au moins ses yeux ! Oui, c'était une chance, il devait bien le reconnaître. Mais il n'allait pas le proclamer autour de lui pour autant… Tout au moins, pas encore.

Sans réfléchir, il referma le fichier concernant son ranch et se connecta à Internet. Il avait envie de savoir où se cachait son ennemi juré et quelles activités illégales avaient suscité la mission qu'on lui avait confiée à Miami. Il connaissait les codes qui lui permettaient d'entrer dans les sites d'une agence gouvernementale et commença à rechercher les dossiers secrets concernant un certain Raoul Gruber. L'homme en question travaillait en liaison avec la Côte d'Ivoire, Madrid et Amsterdam. Voilà qui méritait d'être approfondi…

2

Malgré une nuit qui ne lui avait guère apporté de sommeil, Cord s'assit de bonne humeur à la table du petit déjeuner. La veille, le père de June était venu le trouver pour lui rendre compte des pourcentages de réussite dans son élevage et des courbes de vente du bétail. Tout cela lui avait paru plus que satisfaisant et il se félicitait de ce beau succès.

Dans la soirée, il avait fait appeler Red Davis pour lui demander de s'occuper d'un problème concernant le système d'irrigation, mais le cow-boy qu'il avait eu au bout du fil l'avait informé que Red était sorti. Avec une femme, comme d'habitude… Cord se demandait souvent comment une tête folle comme Red pouvait avoir autant de succès auprès du beau sexe. Par comparaison, sa propre vie affective et sociale était un néant complet. La belle affaire ! se dit-il. Cela lui convenait très bien. Il n'avait pas de temps à perdre avec les femmes, point final.

Il terminait ses œufs sur le plat lorsque la porte de la cuisine s'ouvrit sur Davis, exact au rendez-vous fixé.

Le Stetson rejeté en arrière, le cow-boy était impeccable

dans son jean propre et sa chemise à carreaux dont il avait retroussé les manches. Davis était plus jeune que Cord de quelques années, et parfois il paraissait encore moins que ses vingt-sept ans. Comme il s'avançait en dissimulant un bâillement, Cord se sentit très vieux tout à coup. Ce n'était pas lui qui avait l'occasion de passer ses soirées à faire la fête ! Sa propre existence avait déjà connu plus de turbulences que celle de Davis n'en traverserait jamais, et, comme le disait souvent l'un de ses copains garagiste, ce ne sont pas les années qui marquent au compteur, mais le kilométrage. S'il était une voiture, pensa-t-il avec une certaine amertume, il y aurait sûrement bien longtemps qu'il serait à la casse !

Arrivé à la hauteur de Cord, Davis fit pivoter une chaise devant lui et l'enfourcha de la façon la plus naturelle du monde.

— Il paraît que vous m'avez demandé hier soir, patron ? Désolé, j'étais de sortie…

— Ça t'arrive souvent, j'ai l'impression ! marmonna Cord en sirotant son café.

Davis afficha un sourire entendu.

— Il faut profiter tant qu'on est jeune ! Quand je serai vieux et décrépit comme vous, il sera trop tard pour prendre du bon temps…

— Dis donc ! coupa Cord, un peu vexé. Moi qui avais décidé de t'accorder une augmentation…

— A franchement parler, patron, confessa Davis sans hésiter, je préfère avoir une bande de filles autour de mon pick-up qu'un zéro de plus sur mon compte en banque !

— Allons, tu n'auras pas à choisir, décréta Cord, magnanime. Par contre, il faut absolument que tu règles cette histoire de fuite dans les canalisations. Appelle l'installateur et explique-lui que je veux une réparation sérieuse, avec de nouvelles pièces, et pas seulement un rafistolage de fortune comme la dernière fois. Mes taureaux méritent ce qu'il y a de mieux.

— C'est déjà ce que j'avais demandé, patron ! On m'avait garanti que ça tiendrait sans problème.

— Débrouille-toi pour arranger ça. Le matériel est encore sous garantie. Soit ils réparent proprement, soit ils me remboursent ! Je veux pouvoir irriguer ma pâture dès demain. Compris ?

— D'accord, patron. Je ferai de mon mieux, mais je pense que l'intervention d'un avocat sera nécessaire pour leur faire comprendre qu'un service après-vente exige des personnes compétentes. Parfois, je me demande s'ils n'emploient pas des robots plutôt que des ouvriers spécialisés !

Cord admira une fois de plus la finesse de son employé.

— A toi de jouer, mon vieux ! Je te fais confiance.

— Merci, patron, répondit Davis en se levant.

Pourtant, il paraissait hésiter à quitter la pièce.

— Quelque chose à ajouter ? demanda Cord, conscient de cette réserve.

Davis baissa les yeux et se mit à dessiner de son ongle

des motifs compliqués sur le dossier de la chaise qu'il n'avait pas encore lâchée.

— Heu… oui ! Quelque chose dont j'ai promis de ne pas parler, mais je pense qu'il vaut mieux que vous soyez au courant…

— Au courant de quoi ? s'enquit Cord en vidant sa tasse d'un air distrait.

— Eh bien… Vous n'avez peut-être pas remarqué, mais Mlle Barton transportait une valise avec elle. Elle est venue directement au ranch depuis l'aéroport. Elle rentrait du Maroc. D'après ce qu'elle m'a raconté, elle était morte de fatigue parce qu'il lui avait fallu trois jours pour arriver jusqu'ici !

Cord sentit son cœur s'arrêter un instant, puis se remettre à battre deux fois plus vite. Bon sang ! Quel accueil il lui avait réservé…

— Qu'est-ce que tu me racontes là, Davis ? Qu'est-ce que Maggie fichait au Maroc ?

— Elle venait juste de prendre un emploi dans ce pays. Dès qu'elle a appris votre accident, elle a tout quitté pour rentrer vous retrouver.

Le regard de Davis se fit accusateur lorsqu'il ajouta :

— Elle retournait en ville à pied en trainant sa valise quand je l'ai rencontrée sur la route. Du coup, je l'ai fait monter dans mon pick-up.

Cord sentit son estomac se tordre, comme brûlé par de l'acide.

Davis devina sans doute la souffrance de son patron, car il arrêta net ses reproches.

— Où l'as-tu emmenée ? demanda Cord.

— A l'hôtel Lone Star, au centre-ville.

— Merci, Davis, répondit Cord, laconique.

— De rien, patron. Vous pouvez compter sur moi pour la réparation.

— Heureusement ! grommela Cord, si ému qu'il ne vit pas Davis sortir de la pièce.

Dire qu'il n'avait même pas expliqué à Maggie la cause de sa froideur ! Comme il était persuadé qu'elle se trouvait à Houston au moment de son accident et n'avait tout simplement pas jugé utile de se déplacer plus rapidement, il s'était appliqué à lui faire bien sentir son mécontentement... En fait, elle était venue de l'autre bout du monde, aussi vite qu'elle l'avait pu ! Quel sinistre malentendu... Il l'avait mise à la porte sans ménagement. Bref, il s'était comporté comme une brute. Maintenant, elle devait être terriblement blessée et fâchée contre lui. Elle partirait de nouveau. Peut-être même dans un endroit où il ne réussirait plus jamais à la joindre...

Cette pensée le pétrifia d'angoisse.

Il prit sa tête dans ses mains et soupira tristement. Quelle douleur pour lui d'apprendre que Maggie était partie travailler à l'étranger ! Voilà pourquoi il avait sonné en vain à sa porte deux semaines auparavant... Elle avait renoncé à vivre dans sa mouvance et lui, sombre crétin, n'avait même pas remarqué son départ !

Dans le fond, il n'y avait rien d'étonnant à cela. Maggie était fière, il le savait. Pas du tout du genre à demander à ce qu'on fasse attention à elle. Après avoir été repoussée pendant tant d'années, elle avait brûlé ses vaisseaux. S'il n'y avait pas eu sa grave blessure, et si Eb ne s'était pas débrouillé pour retrouver sa trace au Maroc, il n'aurait même pas su qu'elle se trouvait là-bas ! Plus jamais il n'aurait pu reprendre contact avec elle.

Pourtant, le fait de connaître la vérité ne résolvait pas le problème. Au contraire, cela compliquait encore la situation. Dans le fond, se demandait Cord, est-ce qu'il ne vaudrait pas mieux la laisser partir persuadée qu'il ne se souciait pas d'elle et qu'il était amoureux de June ? Bizarrement, cette hypothèse le contrariait beaucoup. En fait, le sacrifice que Maggie avait fait pour le rejoindre le faisait mourir de honte quand il pensait à sa propre dureté.

Il n'y avait qu'une chose à faire : aller la trouver et lui expliquer combien il s'était mépris sur son comportement. Ensuite, si elle partait, ils ne seraient pas séparés par cet horrible malentendu, aussi terrible qu'une épée plantée entre eux deux.

Cord mit des lunettes de soleil et se fit conduire en ville par l'un de ses ouvriers de manière à laisser croire en public que son accident l'avait rendu aveugle, au cas où il serait suivi. Cette précaution faisait partie de la tactique qu'il avait décidé d'utiliser pour tromper son ennemi.

Une fois arrivé à l'hôtel, il demanda le numéro de la chambre de Maggie, se faufila discrètement dans l'ascenseur et, grâce à ses talents en matière de serrurerie, réussit sans difficulté à s'introduire chez la jeune femme.

Il la découvrit profondément endormie dans le grand lit, enroulée dans des couvertures malgré la chaleur, exactement comme si on se trouvait au cœur de l'hiver. Il se remémora cette manie de la fillette que tout le monde connaissait bien quand ils vivaient ensemble chez Amy : elle ne pouvait trouver le sommeil que soigneusement enroulée dans son drap, même pendant les plus terribles canicules.

Maggie paraissait plus jeune quand elle dormait. Cord retrouvait tout à coup les traits de la petite fille de huit ans quand il l'avait aperçue pour la première fois. Ce jour-là, l'air apeuré, elle serrait un vieil ours en peluche contre elle, refusait de sourire et même de parler. Cachée derrière l'imposante silhouette d'Amy, elle regardait Cord comme s'il avait été le diable en personne.

Maggie avait mis des semaines avant de s'approcher de lui. Alors qu'elle adorait Amy Barton, elle affichait une méfiance inquiète dès qu'un garçon ou un homme se trouvait dans les parages. Question d'âge, avait-il pensé. Par contre, en grandissant, elle s'était attachée à lui comme s'il était le seul à pouvoir la rassurer. Elle fuyait toute autre fréquentation, tranquillisée par sa présence, et, malgré la différence d'âge qui les séparait, elle devint extrêmement possessive. Cord était devenu le centre de son univers. Hors de lui, rien ne comptait.

Le jour où il commença à avoir des démêlés avec la justice, vers l'âge de dix-huit ans, et fut menacé d'être envoyé en prison, Amy Barton piqua une mémorable crise de nerfs, prophétisant les pires horreurs quant à l'avenir de ce garçon qui tournait mal en dépit de tous les soins qu'elle lui avait donnés. Maggie, elle, demeura très calme, s'assit à côté de lui et ne lâcha jamais sa main. C'est là, dans le contact de cette petite main tiède, qu'il avait puisé le réconfort dont il avait besoin et la force nécessaire pour surmonter la crise qu'il traversait.

Elle avait seulement dix ans à l'époque et était peu expansive de nature. Pourtant, son intuition lui avait permis de comprendre que Cord avait besoin à ses côtés de quelqu'un de gai et d'enjoué pour donner le meilleur de lui-même. C'est pour cette raison qu'elle avait développé cet extraordinaire sens de l'humour dont elle ne s'était jamais départie par la suite. Sans Maggie près de lui, jamais Cord n'aurait réappris à rire.

En silence, il continuait à étudier le visage aux traits tirés qui reposait sur la blancheur de l'oreiller. Pourquoi l'avait-il toujours aussi mal traitée ? Son attitude envers elle n'avait cessé d'osciller entre l'hostilité et le sarcasme. Jamais il ne s'était montré aimable ou tendre, et pourtant Maggie avait plus compté pour lui que n'importe qui au monde depuis la mort de ses parents. Il la connaissait si bien…

Et, en dépit de l'abord difficile qu'il lui réservait, il était persuadé qu'elle le connaissait mieux que personne. Elle savait les horribles cauchemars qu'il faisait la nuit et qui le replongeaient dans l'horreur de l'incendie où ses parents avaient péri. Elle savait aussi que le suicide de Patricia le hantait. Personne ne lui avait appris que c'était pour cacher ses blessures qu'il se montrait agressif, mais elle l'avait deviné. Non, décidément, il ne pouvait rien cacher à Maggie.

Par contre, elle était toujours demeurée très secrète. Elle ne lui avait pratiquement jamais rien confié de sa vie. Enfant, elle souffrait d'accès de panique, elle avait des crises de cafard inexplicables. Adolescente, elle fuyait les garçons comme le diable, et pourtant elle s'était brièvement fiancée avec Eb, puis avait épousé Evans, cet homme plus âgé qu'elle. De ce dernier, elle ne parlait jamais.

Comme elle était fragile, vulnérable... Même dans son sommeil, elle paraissait tourmentée. Ses traits las prouvaient à quel point son voyage avait été pénible. Dire qu'il l'avait mise dehors sans même lui proposer de la raccompagner ! Il s'était comporté comme un mufle... Quelle honte !

Un instant encore, il hésita. Puis il se décida à poser sa main sur le bras de Maggie, à travers la manche en coton de son chemisier, qu'elle n'avait pas retiré.

Maggie était en train de rêver. Elle traversait un champ de fleurs sauvages au grand soleil du plein été. Au loin, en face d'elle, un homme lui souriait en lui tendant les bras. Il était grand, brun, athlétique. Elle courait vers lui aussi vite qu'elle le pouvait, mais ne réussissait jamais à le rejoindre. Il la regardait toujours de loin, taquin, exactement comme le chat qui joue avec la souris. Cord ! C'était Cord qui se jouait d'elle, comme il l'avait toujours fait. Elle entendait sa voix aussi clairement que s'il s'était trouvé dans la pièce à côté d'elle.

Une main la secouait par le bras. Elle protesta dans son sommeil. Elle voulait continuer à dormir. Une fois qu'elle se serait réveillée, Cord aurait disparu.

— Maggie ! appelait la voix grave, insistante.

Péniblement, elle ouvrit les yeux. Non, elle ne rêvait pas ! Cord était bien assis sur le bord de son lit, une main posée à côté de son oreiller.

Cord fut heureux de voir la jeune femme émerger de son inconscience. Sans mot dire, il contemplait le visage nu de tout maquillage, encadré par les longs cheveux souples, que son sommeil agité avait un peu emmêlés. Elle portait encore son chemisier très sobre, dénué de toute fanfreluche. Cord avait toujours été surpris de constater la sévérité avec laquelle Maggie s'habillait. Pour aller travailler, elle portait des vêtements élégants mais conventionnels, et, pour dormir, il l'avait toujours vue chez Amy dans les pyjamas les plus austères qu'elle pouvait trouver. D'ailleurs, elle ne s'autorisait jamais la moindre tenue sexy, et cela, même quand elle était une toute jeune fille. Encore enfant, il se souvenait qu'elle avait toujours manifesté une très grande pudeur, surprenante chez une fillette de son âge.

Tout à coup, Maggie parut s'arracher à son rêve et son regard se fit clair et attentif.

— Qu'est-ce que tu fais ici ? s'enquit-elle, les dents serrées.

Cord avait horreur de reconnaître ses torts, mais il lui devait des excuses…

Il baissa les yeux, gêné.

— Je ne savais pas que tu étais partie au Maroc. Je croyais que tu n'avais pas eu envie de te déranger pour venir jusqu'au ranch.

Maggie sentit son cœur s'emballer. C'était la première fois que Cord lui expliquait quelque chose ! Au fil des ans, elle s'était accoutumée à ses remarques blessantes, à son hostilité, à ses sarcasmes. Jamais il ne s'était excusé de quoi que ce soit. Jamais il n'avait paru accorder la moindre importance à ce qu'elle pensait de lui.

Elle lui jeta un regard incrédule.

— Je crois que je rêve encore…, murmura-t-elle.

— Maggie, ne te moque pas de moi ! supplia-t-il. Tu sais que je m'excuse rarement.

— Tu n'avais pas dit à Eb que tu souhaitais me voir, n'est-ce pas ?

Cord détestait reconnaître cela, mais il avait encore plus horreur de mentir.

— Pas exactement.

— J'aurais dû m'en douter, rétorqua-t-elle sur un ton presque aussi insolent que celui dont il usait lui-même d'ordinaire.

— Qu'est-ce que tu es allée faire à Qawi ? demanda-t-il à brûle-pourpoint.

— J'avais besoin de changement. Ma vie ici manquait un peu de piment !

— Tu as perdu ton emploi à cause de moi…

— La belle affaire ! Il y a du travail partout. J'ai un bon CV et pas mal d'expérience dans ma branche. J'aurai vite fait de trouver autre chose. Si possible, dans une multinationale, ajouta-t-elle sur un ton provocant. Histoire de voir du pays et de ne plus piétiner tes plates-bandes…

— Mais pourquoi veux-tu partir à l'étranger ?

— Pourquoi resterais-je ici ? J'ai vingt-six ans, Cord. Si je ne me secoue pas un peu maintenant, je vais sécher sur pied ! Il est hors de question que je passe les plus belles années de ma vie à me rendre chaque jour au centre-ville de Houston pour mettre des chiffres bout à bout. Puisque je dois travailler, autant le faire dans un lieu exotique qui fleure bon l'aventure et le dépaysement !

Cord fronça les sourcils.

— Comment se fait-il que tu doives travailler ? Amy nous a laissé un peu d'argent à chacun. Pas grand-chose, il est vrai, mais tu as hérité de Bart Evans, ton riche mari. Alors ?

Maggie se rembrunit.

— Je n'ai pas voulu de la fortune d'Evans, tu entends ? Pas un sou !

— Mais pourquoi ?

Maggie baissa les yeux sur le drap et les referma violemment, comme pour contenir un excès de douleur.

— Je… Il m'a pris ce que j'avais de plus cher au monde…, balbutia-t-elle, profondément bouleversée.

Quelle déclaration énigmatique ! Cord n'y comprenait absolument rien.

— Tu l'as pourtant épousé de ton plein gré ! souligna-t-il avec plus d'amertume qu'il ne l'aurait voulu.

« C'est ce que tu crois… », commenta Maggie *in petto.*

Mais, au lieu de s'expliquer, elle ramassa le drap sous son menton et le regarda d'un air de défi.

— J'ai demandé que tous ses biens soient partagés entre ses deux précédentes épouses.

— Tu as fait ça !

— Exactement. Evans n'avait pas d'autre famille et il m'a semblé que cet argent devait leur revenir. Elles ont partagé sa vie bien plus longtemps que moi.

Cord n'en croyait pas ses oreilles. Depuis le début, il se posait des questions sur ce surprenant mariage, mais il n'avait jamais pu aborder le sujet avec Maggie, car elle se refermait comme une huître dès que le nom de son ex-mari apparaissait dans la conversation. Elle n'en parlait jamais, mais, de toute évidence, cette union avait laissé en elle des cicatrices indélébiles. Le moins observateur de ses interlocuteurs était à même de le remarquer.

— Ton mariage n'a pas été très heureux, n'est-ce pas, Maggie ?

— Non. Et ne t'attends pas à ce que je t'en dise davantage sur ce sujet. Creuser le passé ne répare pas ce qui a été détruit.

— C'est ce que je pensais autrefois, moi aussi. Mais j'ai découvert que le passé prépare le futur. Il vaut mieux ne pas l'ignorer.

— Peut-être… En tout cas, tu ne parais guère t'être remis de la mort de Patricia !

— Qu'est-ce qui te permet de dire ça ?

— Eh bien… Je n'ai pas l'impression que tu mènes une vie de don Juan…

Cord se raidit sous cette pointe. C'était vrai. Il n'avait pas d'aventures amoureuses, mais cela lui déplaisait beaucoup que Maggie soit au courant de son style de vie.

— Tu ne connais pas ce pan de mon existence, et tu n'en connaîtras jamais rien ! lança-t-il, agressif.

Maggie lui jeta un regard dubitatif et il eut envie de se mordre la langue ! Même si elle rejetait ce souvenir, ils avaient couché ensemble une fois, et, indépendamment de cela, elle le connaissait mieux que n'importe qui. Il avait parlé sans réfléchir.

— C'est vrai que…

— Oublie tout ça…, conseilla-t-elle. Je t'ai déjà dit que creuser le passé ne servait à rien.

Cord inspira profondément.

— Je t'ai fait du mal.

Maggie devint cramoisie. Non, elle n'allait pas se laisser piéger dans cette conversation !

— Cord, c'était il y a très longtemps… Ce n'est plus la peine d'y penser. Encore moins d'en parler. Vivons le présent ! Il faut que je parte à la recherche d'un emploi.

S'il te plaît, lève-toi et quitte ma chambre pour que je puisse m'habiller.

Mais Cord n'avait pas envie de partir.

— Maggie, tu as vingt-six ans, tu as été mariée… Alors arrête un peu de jouer les prudes !

La jeune femme serra les dents si fort qu'il aurait pu les entendre crisser les unes contre les autres.

— Tu n'as pas idée de la force avec laquelle je déteste la nuit que nous avons passée ensemble ! affirma-t-elle sur un ton vindicatif.

Cord reçut cette repartie comme un coup de fouet en plein visage. C'était exactement ce que Maggie avait souhaité.

Vaincu, il se leva tandis qu'elle remontait encore davantage le drap sous son menton, comme si elle ne pouvait pas supporter qu'il regarde le moindre centimètre de son corps.

— Tu sais bien que j'étais ivre, rappela-t-il sèchement. Sans cela, jamais je ne t'aurais touchée.

— Tu sais bien que moi aussi j'avais trop bu, rétorqua-t-elle. Sans cela, jamais je ne t'aurais permis de me toucher !

— Bon, eh bien maintenant que nous sommes parfaitement au clair sur ce point, je t'assure que je suis désolé de ce qui s'est passé.

On aurait dit que les mots qu'il venait de prononcer avaient failli l'étouffer et Maggie remarqua qu'il avait serré les poings.

— Dis donc ! Deux excuses dans la même journée !

Qu'est-ce qui se passe ? Je commence à me faire du souci ! Serais-tu malade au point de devoir soulager ta conscience de tous tes méfaits avant de comparaître devant Dieu ?

Cord se mit à rire faiblement.

— Je ne t'en veux pas de ce que tu viens de dire, Maggie. Tu fais partie de ma vie depuis plus de dix-huit ans... Je ne t'ai jamais offert que des moqueries et des soucis, et pourtant, dès qu'il m'arrive un ennui ou un problème de santé, tu accours comme si tu n'avais rien d'autre à faire ! Pourquoi ?

— Question d'habitude, sans doute... Et peut-être aussi mon côté maso, qui fait que j'adore qu'on m'insulte et qu'on me fasse souffrir.

Elle avait parlé sur un ton faussement sérieux, et Cord éclata d'un vrai rire. Cela le métamorphosa. Tout à coup, ses yeux étincelèrent. Il était encore plus beau que d'habitude. Le cœur de Maggie se serra. Voilà comment il devait être avec Patricia... Avec d'autres femmes aussi, peut-être. Avec elle, il se contentait de sourire quand elle le taquinait. C'était le seul moyen dont elle disposait pour attirer son attention, aussi était-elle devenue experte en la matière.

Peu importait, entendre le rire de Cord lui fit du bien.

— Tu sais, ce n'était pas la peine que tu te déranges pour venir me présenter des excuses. Depuis que je te connais, j'ai l'habitude de tes méchancetés.

Cord se renfrogna. Maggie parlait avec une sincérité

qui en disait long sur leur relation… Elle en savait bien plus sur lui qu'il n'en savait sur elle ! Pourquoi donc restait-elle aussi secrète sur son passé ? Jamais elle ne lui confiait rien !

— Si tu venais t'installer au ranch en attendant d'avoir trouvé du travail ? demanda-t-il de but en blanc.

Une bouffée de joie envahit la jeune femme, mais elle refusa de croiser le regard de Cord.

— Non, je te remercie. Je suis très bien ici.

— Pourquoi refuses-tu ? Tu as peur que je te fiche dehors en pleine nuit sur un coup de colère ?

— Voilà qui te ressemblerait assez ! confirma Maggie.

— Allons, tu sais bien que je plaisantais !

— Pas moi…, murmura-t-elle.

Cord serra la mâchoire.

— Tu me connais mal, Maggie.

Sans répondre, elle se redressa contre son oreiller et repoussa les cheveux de son visage avant de prendre sa tête dans ses mains, les coudes posés sur ses genoux repliés.

— J'ai mal à la tête. Je n'ai pas l'habitude de faire de longs voyages.

Ses nombreuses missions à l'étranger avaient au contraire habitué Cord à ce genre d'inconvénients.

— C'est le décalage horaire. Tu aurais dû résister au sommeil et attendre ce soir pour te coucher.

— Mon voyage a été très pénible, tu sais !

— Oui, je comprends…, reconnut-il en fourrant ses mains dans les poches de son pantalon.

Maggie se redressa un peu et le dévisagea avec une attention renouvelée.

— C'est vraiment un miracle que tu n'aies pas perdu la vue !

— C'est vrai. Mais je n'ai pas l'intention de le faire savoir. Tu as remarqué que j'étais arrivé avec des lunettes noires ? J'ai même pris la précaution de me faire conduire en ville par l'un de mes ouvriers, pour faire croire que je suis aveugle.

Maggie ne comprenait visiblement pas l'intérêt de cette stratégie, mais, au lieu de lui donner une explication, il se contenta d'agiter les clés de sa voiture en ajoutant :

— Sois prudente en ville ! Je suis pratiquement sûr d'avoir été victime d'un de mes vieux ennemis. Si c'est bien celui auquel je pense, il aura vite fait de retrouver ma trace pour s'assurer que je ne lui mettrai plus de bâtons dans les roues et il n'aura aucun scrupule à s'attaquer à mes proches.

— Voilà qui me met totalement à l'abri de ses manigances ! plaisanta Maggie.

Cord lui jeta un regard furieux.

— Que tu le veuilles ou non, tu fais partie de ma famille ! Il se débrouillera pour le savoir et tu seras réellement en danger. Je suis pratiquement sûr qu'il a des relations ici, à Houston.

— Ce n'est pas la première fois que tu te fais des ennemis depuis que tu travailles, et jamais aucun ne m'a considérée comme quelqu'un de ta famille ! ironisa Maggie.

— Moi, si ! insista Cord.

— C'est parce que tu parles sans réfléchir...

— Maggie, tu dis n'importe quoi !

Leurs regards se rencontrèrent et toute la douleur que Maggie s'appliquait à cacher avec tant de soin jaillit dans ses yeux verts. Quelle était cette souffrance qui la taraudait inlassablement à l'insu de tous ? Une fois encore, Cord s'interrogeait.

Il se rassit sur le lit et saisit dans ses mains le visage de Maggie pour l'obliger à le regarder. Comme il s'y attendait, il lut dans les yeux clairs de la jeune femme la demande désespérée que son corps repoussait pourtant avec tant de force. Voilà quelque chose au moins qui n'avait pas changé ! Elle détestait peut-être le souvenir de ce qu'il lui avait fait cette nuit-là, comme lui-même d'ailleurs, mais elle était toujours aussi violemment attirée par lui. D'une certaine façon, sans qu'il sache très bien pourquoi, ce constat le réconfortait.

— Ne te moque plus de moi ! articula-t-elle lentement.

Dans son regard transparaissait la haine qu'elle ressentait pour le trouble que Cord lui inspirait. C'était un supplice pour elle que de sentir le corps de Cord si proche du sien, de contempler sa bouche bien dessinée et de se souvenir des baisers qu'il lui avait donnés.

Cord lisait en elle comme en un livre ouvert. Il releva la tête et approcha sa main de la joue de Maggie.

Doucement, il la laissa glisser sur les lèvres de la jeune femme, à laquelle il arracha un soupir.

De l'autre main, il l'attrapa par son épaisse chevelure et l'attira vers lui, jusqu'à ce qu'elle se retrouve lovée contre sa poitrine, la tête reposant au creux du bras qu'il lui offrait.

A travers son chemisier en coton, il sentit les seins de Maggie s'écraser contre lui. Elle le regardait, éperdue. Doucement, il lui caressa le cou, pour la tenter encore davantage, puis il pencha la tête vers elle jusqu'à ce que ses lèvres hésitent au-dessus de la bouche qu'elle lui tendait malgré elle.

— Qu'est-ce qui te fait croire que je me moque de toi ? murmura-t-il, la voix rauque.

Pour toute réponse, Maggie lui enfonça ses ongles dans l'épaule, attendant toujours qu'il presse ses lèvres sur les siennes. L'odeur épicée de la peau de Cord la grisait déjà et elle se souvenait de la sensation affolante qu'elle avait éprouvée quand leurs deux épidermes s'étaient trouvés au contact l'un de l'autre, la nuit où elle avait cru que, sincèrement, il la désirait. Le souvenir de la gêne et même de la honte qu'elle avait éprouvées ensuite ne réussissait pas à affaiblir l'élan qui la poussait vers lui. Cela, elle le savait au plus profond d'elle-même, ne changerait jamais. Dès qu'il la touchait, elle se sentait fondre. Elle était sienne, autant, et plus encore, que lorsqu'elle avait huit ans. Et il le savait lui aussi. Il l'avait toujours su.

Sans qu'elle l'ait décidé, ses doigts timides s'avancèrent vers la tempe de Cord, puis se noyèrent dans l'épaisseur de ses cheveux noirs. Malgré l'hostilité qu'il lui avait toujours témoignée, elle se sentait en sécurité auprès de lui. Il était le premier homme à lui avoir inspiré ce sentiment. A vrai dire, il était le seul homme en qui elle ait confiance.

Il la tenait par la main, qu'il ne lâcha pas pendant tout le temps où il la regarda dans les yeux. Puis, brusquement, il l'attira près de ses lèvres et l'embrassa avec une violence presque désespérée, enfouissant sa bouche au creux de la paume tendre et tiède. Les yeux clos, il en savourait la douceur.

Maggie sentait la fièvre qui le possédait, mais elle ne comprenait pas ce qui se passait. La désirait-il vraiment ? Non, cela n'était jamais arrivé. Pourtant, il paraissait... tourmenté ? Oui, tourmenté et presque malheureux.

Il lui laissa retirer sa main et la regarda passionnément.

— Tu crois que je ne sais pas que je te fais du mal chaque fois que je te touche ?

Maggie n'arrivait pas à détourner le regard.

— Qu'est-ce que j'ai à attendre de toi, Cord ? Rien. Je le sais parfaitement et je l'ai toujours su.

La tristesse étreignait sa poitrine comme une main d'acier.

— D'ailleurs, cela ne semble guère te déranger...

De nouveau, il l'attira contre lui, et elle sentit ses bras robustes l'enlacer, sa bouche posée sur ses cheveux.

En silence, Cord se laissait aller, la joue appuyée contre la chevelure soyeuse de Maggie. Elle l'avait enlacé, enfin.

Pour la première fois, il avait l'impression de connaître la paix que réserve le havre au voyageur lassé de ses errances.

Maggie respirait à longs traits l'odeur virile du grand corps musclé serré contre le sien tout en luttant vaillamment contre la fièvre qui s'était emparée d'elle. Ce corps à corps la rassurait, exactement comme il rassurait Cord. Il était quelqu'un de très sensible, mais il gardait soigneusement ses émotions pour lui. Maggie le comprenait d'autant mieux qu'elle agissait de la même manière. La vie leur avait très tôt appris qu'aimer quelqu'un, c'est se rendre vulnérable. Aimer, c'est courir le risque de souffrir. Rude leçon… Voilà pourquoi l'un comme l'autre étaient si réticents à s'impliquer dans une relation.

De la main, Cord caressa les cheveux dénoués de Maggie.

— J'adore les cheveux longs, murmura-t-il.

Elle ne répondit rien. A quoi bon ? Cord savait très bien que, si elle les portait ainsi, c'était à cause de lui.

— Nous sommes un poison l'un pour l'autre… il me semble, ajouta-t-il. Peut-être vaudrait-il mieux que tu recommences ta vie ailleurs… loin d'ici.

— Ce serait mieux pour moi, en tout cas, approuva-t-elle en lui caressant les cheveux. Mais, si je pars, qui prendra soin de toi ?

Elle essayait, en plaisantant, de masquer la faim qu'elle avait de lui.

— Je n'ai besoin de personne ! se récria-t-il.

Son étreinte se relâcha. Il laissa ses bras retomber

le long de son corps. La trêve venait de prendre fin. Brutalement. Sans signe annonciateur.

Un sourire triste flotta sur le visage de Maggie tandis qu'elle regardait Cord se lever et s'écarter du lit.

— Ne dis pas trop vite : « Fontaine, je ne boirai pas de ton eau… », lança-t-elle comme un avertissement.

Puis elle s'attacha à graver dans sa mémoire les moindres traits de ce visage qu'elle aimait tant. Bientôt, il serait loin de sa vue, et qui sait si elle le reverrait jamais ?

— Je suis revenu de tout ce que l'on appelle communément « amour », assena Cord d'un ton acerbe. Je t'en informe, juste au cas où tu aurais sur moi des vues à long terme…

— Est-ce que tu as informé June de cette possibilité ? questionna Maggie, quelque peu perverse.

— Laisse June tranquille ! Tu n'as pas besoin de t'occuper d'elle ! répliqua vivement Cord.

Puis il fronça les sourcils.

— Excuse-moi !

— Oui, répondit Maggie. Nous ferions mieux d'oublier tout de suite que tu as débarqué sans prévenir dans ma chambre d'hôtel et que tu as profité de la situation pour me faire des avances parfaitement déplacées.

Cord arborait un air plus sombre que jamais.

— Je m'en vais.

— C'est ce que j'espère depuis un bon moment ! lança Maggie.

Il se dirigea vers la porte de la chambre, puis, tout à coup, le souvenir de Gruber lui revint. A cause de cet homme, il avait failli perdre la vue, et presque la vie. Gruber avait des contacts à Houston, où Maggie se trouvait seule, vulnérable.

— Je serais plus tranquille si tu t'installais au ranch.

— Economise ta salive, Cord. Je ne le ferai pas.

— Si jamais il t'arrivait quelque chose…

Au fur et à mesure que les mots naissaient sur ses lèvres, il sentait une angoisse de plus en plus intense lui nouer la gorge. Si jamais il arrivait quelque chose à Maggie… il serait seul au monde. A part elle, il n'avait personne. Absolument personne.

— Et alors ? Il me semble que cela te simplifierait considérablement l'existence, tu ne crois pas ?

— Non, rétorqua-t-il vivement.

— Bien sûr que si ! reprit Maggie. Tu ne veux pas le reconnaître, c'est tout. Je vais trouver un travail et filer loin de Houston. Tu te rends compte de la liberté que tu vas connaître ? Je ne te demanderai même pas de m'envoyer une carte postale à Noël !

Cord aurait voulu répondre quelque chose de bien cinglant, de bien blessant, mais les mots ne lui vinrent pas. Il se contenta d'adresser à la jeune femme un regard meurtrier.

Consciente de son pouvoir, elle adopta une pose provocante, dégageant légèrement le col de son chemisier de son cou et penchant son épaule dénudée vers lui. Voilà qui ne manquerait pas de plonger Cord dans la fureur la plus totale. Quel régal de se moquer de lui qui se vantait si volontiers de demeurer imperméable au charme féminin !

— Et si tu me sautais dessus avant de me quitter ? proposa-t-elle, une lueur aguichante dans le regard.

— Va au diable ! rétorqua Cord, horripilé.

Il pivota sur lui-même et franchit la porte sans jeter un coup d'œil derrière lui.

L'œil brillant de malice, Maggie le regarda sortir. Avec trois mots bien choisis, elle avait toujours su lui faire perdre sa belle assurance… Quel plaisir de retrouver intact ce pouvoir qu'elle avait sur lui depuis qu'elle le connaissait ! Oui, elle était fière de ce talent. Même la belle Patricia n'avait pas été capable d'en faire autant. Voilà au moins une arme que le temps n'avait pas émoussée et qu'elle maîtrisait à la perfection !

Pourtant, la simple idée qu'il aurait pu la prendre au mot lui fit courir des frissons sur la peau.

3

Assez déstabilisée, tout de même, par la visite inopinée de Cord, Maggie descendit avaler un sandwich et un café avant de relever soigneusement les numéros de téléphone de différentes agences pour l'emploi. Ensuite, un peu réconfortée, elle commença à fairc sa tournée.

Elle sortait de la troisième agence sans avoir rien trouvé lorsqu'elle se cogna à une grande jeune femme brune qui tournait au coin de la rue.

— Oh, je suis désolée ! s'excusa Maggie aussitôt. Je ne faisais pas attention…

Levant les yeux sur la personne qu'elle venait de heurter, elle reconnut un visage familier.

— Kit Deverell ! s'exclama-t-elle avec un grand sourire. Quel hasard ! Tu te rappelles ce séminaire sur les investissements bancaires où nous avons fait connaissance l'an dernicr ? Ton mari se trouvait là, lui aussi… Logan, il me semble ? Je suis Maggie Barton.

Le visage de la jeune femme s'éclaira aussitôt.

— Bien sûr ! Tu es plus ou moins parente avec Cord Romero, n'est-ce pas ?

Aussitôt, le visage de Maggie se ferma.

Kit remarqua cette soudaine métamorphose et fit une petite grimace.

— Excuse-moi, je n'aurais peut-être pas dû dire ça ! Mais ça m'a échappé car je travaille ici à Houston dans l'agence de détectives de Dane Lassiter. Dane a eu l'occasion de faire la connaissance de Cord et ils ont parlé de toi ensemble.

— Oui, effectivement, j'ai entendu Cord parler de Lassiter à quelques reprises, convint Maggie.

— Vous ne vous entendez pas bien, tous les deux ? demanda Kit gentiment. Excuse-moi, j'aurais dû tenir ma langue, mais je ne savais pas ! Au fait, qu'est-ce que tu fais dans une agence pour l'emploi ? Je croyais que tu avais un poste chez Kemp, les investisseurs…

Maggie approuva d'un signe de tête.

— C'était vrai jusqu'à il y a deux semaines, mais j'ai abandonné ce poste pour partir travailler à Qawi, au Maroc. En fait, rien ne s'est déroulé comme prévu et je me retrouve au chômage.

— Va voir Logan ! conseilla Kit. Un poste vient de se libérer chez lui. Son associé est parti s'installer à Victoria et il cherche quelqu'un de compétent pour l'aider à tenir son poste financier. Demande à le rencontrer et passe un entretien d'embauche !

Tout en parlant, Kit tirait Maggie par la manche, l'entraînant à sa suite.

— De temps à autre il me demande de rechercher des investisseurs pour son affaire, mais je n'aime pas du tout faire ce travail. Ce qui me plaît, c'est de travailler pour Lassiter. J'adore participer à une enquête ! Le problème, c'est que Logan n'est pas du tout content… J'ai vraiment dû me bagarrer pour qu'il accepte que je me lance là-dedans. Heureusement, nous avons une super baby-sitter pour notre fils, Bryce, et je ne cours aucun danger dans mon travail. Si tu pouvais aider Logan, ça ferait baisser la pression… Je te jure que je t'en vouerais une reconnaissance éternelle !

Maggie éclata de rire, franchement amusée par cette plaidoirie.

— S'il y a une piste d'emploi, je suis partante ! En fait, j'ai envie de repartir à l'étranger, mais, en attendant de trouver ce que je veux, je peux postuler pour une période dont nous conviendrons ensemble. Cela lui laissera le temps de rencontrer un nouvel associé pendant que je prospecterai pour un emploi dans une boîte internationale.

— Super ! approuva Kit. Viens vite…

Quelques heures plus tard, Maggie se retrouvait donc face à Logan Deverell, qui était un homme grand, fort sans être obèse, visiblement très amoureux de sa femme et dépassé par les événements.

— C'est le ciel qui vous envoie ! s'exclama-t-il après avoir serré la main de la jeune femme.

Ils prirent place tous les trois dans sa vaste pièce de travail. Sur le plateau de son bureau se trouvaient plusieurs photos de Kit et d'un petit garçon à l'air malicieux qui paraissait avoir à peu près deux ans.

— J'ai commencé à travailler avec Tom Walker, qui est ensuite parti pour Jacobsville, expliqua-t-il. L'associé qui lui a succédé vient juste de me quitter pour s'installer à Victoria, où se trouve toute la famille de sa femme. Comme elle attend leur premier enfant, il a été obligé de hâter son départ et je me retrouve débordé de travail, sans personne pour m'aider à satisfaire les exigences de mes clients.

— Si je comprends bien, j'arrive au bon moment ! plaisanta Maggie. J'avais trouvé un emploi à l'étranger que j'ai quitté précipitamment lorsque j'ai appris que Cord était devenu aveugle. C'est uniquement pour cette raison que je me trouve ici actuellement. Je ne vous cache pas que ce qui m'intéresse vraiment, c'est de retrouver un poste loin de Houston dans une firme internationale.

— Je vous promets de garder l'œil ouvert en ce sens, affirma Logan. Mais, en attendant l'emploi de vos rêves, pourquoi ne pas travailler chez moi ? Vous disposerez de votre propre bureau, puisque nos locaux viennent de s'agrandir. Lassiter et moi venons d'acheter l'immeuble voisin. Il y occupe tout le troisième étage et le reste est loué. Cela nous permet de rembourser nos emprunts sans souci.

— C'est un excellent investissement, approuva Maggie en professionnelle avisée.

— Oui, c'est ce qu'il nous semble aussi.

Logan expliqua à Maggie les responsabilités qu'il lui

confierait, le salaire qu'elle recevrait, et elle fut enchantée d'accepter ses propositions pour une période de trois mois. Pourtant, malgré les conditions intéressantes qui lui étaient proposées, elle persistait dans son idée de partir loin de Houston et de Cord. Elle en avait plus qu'assez d'attendre un homme qui ne se souciait pas d'elle… Assez de temps perdu ! Cette fois, elle était bien décidée à tourner la page une fois pour toutes.

Malheureusement, le souvenir du regard brûlant que Cord lui avait adressé tout à l'heure la troublait encore. Il l'avait désirée, elle n'en doutait pas, mais le désir ne lui suffisait pas. Elle voulait son amour. Or, elle savait désormais qu'elle ne l'aurait jamais. Ah, si elle pouvait jusqu'à la fin de ses jours sentir autour d'elle le réconfort des bras de Cord, respirer son haleine sur sa bouche lorsqu'il se pencherait pour l'embrasser, elle serait la plus heureuse femme du monde… Rien, ni l'argent ni les bijoux, n'égalerait jamais à ses yeux le luxe de cet amour-là !

Mais Cord paraissait vouloir vivre et mourir seul. Ce n'était pas le cas de Maggie. Qui sait ? Elle rencontrerait peut-être un homme auprès duquel elle aurait envie de passer le restant de ses jours ? Cord passerait à l'arrière-plan… Oui, tout était encore possible. Peut-être même oublier son passé…

Maggie commença à travailler pour Deverell dès le lendemain matin. Il lui avait confié de lourdes responsabilités, mais elle appréciait sa façon d'envisager les investissements et les conseils qu'il donnait à ses clients. Elle avait en outre à sa disposition un ordinateur dernier cri et les informations les plus récentes. Logan se montrait agréable et parfaitement honnête, refusant de jouer le rôle du patron qui sait tout. Quand il avait un doute ou un trou de mémoire, il le reconnaissait sans hésiter. Son meilleur atout était son sens inné de la diplomatie. Mais, comme il l'avoua en privé à Maggie, il s'agissait d'une pure stratégie, car il n'hésitait pas à frapper du poing sur la table quand il l'estimait nécessaire. Son talent pour la négociation intervenait uniquement lorsque cela l'arrangeait.

Cinq jours après ses débuts, Maggie déjeuna avec Kit et Tess, l'épouse de Dane Lassiter. Dane et Tess avaient un petit garçon et une petite fille, que Tess paraissait considérer comme autant de miracles. Plus tard, Kit devait confier à Maggie que Dane avait longtemps cru qu'il ne pourrait pas avoir d'enfants, ce qui le rendait amer et sombre. Tess l'avait aimé pendant des années en dépit de cette tristesse, mais il avait fallu une grossesse miracle pour que Dane soit enfin persuadé que la vie valait la peine d'être vécue. Après ces débuts difficiles, ils étaient devenus l'un des couples les plus solides de la ville et ne se déplaçaient qu'en famille dès que leurs loisirs le leur permettaient.

Maggie fit la connaissance de Dane Lassiter le jour même. Il était grand, brun, pas vraiment beau mais rayonnant d'autorité et d'une saine confiance en lui-même. C'est cela même qui faisait son charme. Il avait commencé par travailler dans la police de Houston, avec laquelle il était resté en contact étroit et qui lui avait offert ses premiers collaborateurs quand il avait ouvert son agence.

De retour chez Logan, Kit confia à Maggie que les Lassiter travaillaient sur une enquête difficile et dangereuse. Ils s'efforçaient de démonter un réseau international de trafic humain. D'après les renseignements dont ils disposaient, ce dernier concernait non seulement des immigrants en situation illégale, mais aussi des enfants qui étaient envoyés dans des mines ou livrés à la prostitution par la branche installée à Amsterdam. En fait, ce réseau était soupçonné de vendre littéralement les enfants comme esclaves à une agence internationale qui en assurait le trafic. Ils pensaient que Raoul Gruber était à la tête de cette affaire, mais jusqu'à présent il avait été impossible de prouver le moindre lien existant entre eux.

— Des enfants seraient achetés et vendus comme des animaux ? Tu plaisantes ! s'exclama Maggie. On est au XXIe siècle, tout de même…

— Je sais, approuva Kit tristement. Hélas, beaucoup de choses horribles existent encore de par le monde. Ici, la presse fait ses choux gras du dernier scandale sexuel survenu dans le milieu politique entre adultes consentants. Et, pendant ce temps, des gamins âgés de six ou sept ans sont mis sur le marché comme de la viande de boucherie… Ils sont utilisés comme esclaves au fond des mines, ou dans des fermes. Ce sont eux qui assurent les tâches les plus dangereuses, et cela, dix ou douze heures par jour. Il n'y a pas de loi de protection de l'enfance dans ces pays-là, et les gosses sont traités comme une main-d'œuvre taillable et corvéable à merci.

Maggie se sentait des envies de meurtre.

— Quelle barbarie ! murmura-t-elle, profondément choquée.

— C'est bien ce que nous pensons aussi, renchérit Kit. C'est pour cette raison que je suis vraiment heureuse que Dane se soit chargé de cette enquête. Il travaille en relation avec plusieurs agences américaines, mais aussi l'office des douanes, l'immigration et Interpol. Ce réseau a des ramifications dans plusieurs Etats et… l'une d'elles se trouve à Miami, ajouta-t-elle après avoir hésité un instant.

A ces mots, Maggie avait frémi.

— Vous en êtes sûrs ?

— Oui. Dane pense d'ailleurs que l'accident de Cord n'en est pas un du tout. L'homme impliqué dans cette histoire de trafic d'enfants est un vieil ennemi de Cord qui en sait long sur lui. Bien entendu, ce Gruber ne souhaite pas que tout cela sorte au grand jour et il prend toutes les dispositions pour l'éviter.

Cette fois, Maggie ne put réprimer un frisson d'angoisse.

— Cord m'a bien demandé de faire preuve de prudence, mais, quand il m'a fait cette recommandation, je ne l'ai guère pris au sérieux.

— Eh bien, tu as eu tort. Tu pourrais peut-être parler à Cord de notre enquête, conseilla Kit, et lui dire que Dane et ses hommes vont veiller sur ta sécurité, exactement comme ils le font déjà pour moi. Dès que nous aurons réuni suffisamment de preuves sur cette crapule, nous la mettrons définitivement sous les verrous, mais cela va demander encore du temps et de la patience. Beaucoup de précautions aussi…

— Ne compte pas sur moi pour tenir Cord informé de votre travail. Nous ne nous parlons pas, en ce moment.

— Oh… Comme c'est dommage !

— C'est comme ça. En tout cas, si jamais je peux donner un coup de main pour l'enquête, ne manquez pas de me le dire. Je trouve ma vie si ennuyeuse en ce moment… Un peu d'espionnage m'apporterait le piment dont j'ai besoin !

Kit se mit à rire.

— Je ne sais pas si tu penseras la même chose après avoir tâté du métier, mais je n'oublierai pas ton offre !

Elle jeta un coup d'œil sur sa montre.

— Oh ! Il faut déjà que je retourne au bureau ! Au cas où je ne te reverrais pas avant, passe un bon week-end ! Au fait, Logan est enchanté de ton travail, mais ça, j'imagine que tu le savais déjà.

Maggie sourit, heureuse du compliment.

— Tant mieux ! J'aime beaucoup ce que je fais, même si je n'ai pas l'intention d'occuper le poste indéfiniment.

— Nous te regretterons, conclut Kit.

***

De retour à son hôtel, Maggie trouva un message lui demandant de téléphoner à Cord. Elle hésita longuement avant de le faire. Les rencontres houleuses, les disputes, les paroles désagréables, elle en avait plus qu'assez ! En même temps, elle s'inquiétait pour lui, plus que jamais maintenant qu'elle savait qu'un de ses ennemis avait décidé de le supprimer. Cord était certainement en danger et l'idée que quelque chose risquait de lui arriver la plongeait dans le désarroi le plus total. Finalement, malgré sa nervosité, elle résolut de lui passer un coup de fil. Restait à espérer qu'il ait un peu oublié sa colère contre elle…

Un ouvrier lui répondit, qui lui passa Cord très rapidement.

— J'ai bien eu ton message, annonça-t-elle d'un ton neutre.

A l'autre bout du fil, Cord hésita avant de parler, ce qui n'était guère conforme à ses habitudes.

— Viens dîner au ranch ce soir ! déclara-t-il enfin.

Le cœur de Maggie fit une embardée. Quelle surprise !

— C'est une invitation ou une mise en demeure ? demanda-t-elle, toujours sur le qui-vive.

— Une invitation ! répondit Cord en riant. Et je t'informe qu'il y aura une tarte aux cerises pour le dessert.

Maggie laissa échapper un soupir.

— Ah… tu te rappelles mon point faible.

— Oui. Il m'a semblé que cet argument de poids réussirait à te convaincre.

La jeune femme réfléchit un instant. Elle était fatiguée. Elle avait besoin de calme. Mais elle avait envie de revoir Cord… Tellement envie !

— Bon, j'accepte. Je vais commander un taxi tout de suite.

— Laisse tomber le taxi. Dans un quart d'heure, je serai chez toi, ça ira ?

Il avait raccroché avant qu'elle ait pu répondre.

Maggie retira le tailleur sobre qu'elle portait pour travailler et enfila un jean et une chemise rayée rouge et blanc. Ce qu'elle avait de plus gai dans sa garde-robe ! Une petite veste grise là-dessus, et elle se sentait à son aise tout en étant agréable à regarder. C'était exactement ce qu'il lui fallait ce soir.

Ensuite, elle dénoua ses cheveux, qu'elle laissa flotter librement sur ses épaules — pour Cord, bien sûr —, et glissa un lainage dans son sac au cas où le temps fraîchirait au cours de la soirée.

Ensuite, elle attendit Cord en pensant à ce que Kit lui avait révélé. Quel monstre, ce Gruber ! L'idée que certaines personnes pouvaient exploiter sexuellement des enfants lui donnait la nausée. Comment des adultes pouvaient-ils chercher à tirer profit de l'innocence enfantine ? Une haine farouche, violente, l'animait contre ces exploiteurs d'un genre si spécial.

Elle en était là de ses réflexions lorsque Cord frappa à sa porte. Elle se leva pour lui ouvrir et le trouva debout, plus séduisant que jamais dans son jean délavé et sa chemise à carreaux, ses lunettes noires à la main.

— Tu as tout à fait la tenue qui convient pour mon repas mexicain : chili con carne et pain de maïs, voilà le menu.

— Et la tarte aux cerises ? demanda-t-elle, plus taquine qu'inquiète.

— Comment aurais-je pu l'oublier ? demanda Cord en guidant son invitée vers l'ascenseur. Amy en faisait toujours une pour ton anniversaire. C'était l'une des rares fois où tu souriais. Amy pensait qu'avant de venir chez elle personne ne t'avait jamais fêté ton anniversaire…

— C'est vrai, avoua Maggie en serrant son sac contre elle. Après la mort de mon père, la maison est devenue abominablement triste. Il était le seul à rire et à jouer avec moi. Ensuite, à peine deux ans plus tard, une pneumonie a emporté ma mère.

Cord découvrait cet événement. Maggie ne lui en avait encore jamais parlé.

— Tu avais donc huit ans à ce moment-là.

— Non. Six.

— Mais alors… où as-tu passé les deux années suivantes, avant de venir chez Amy ? Tu avais des grands-parents ?

Maggie frissonna sous sa petite veste en lainage fin.

— Ma mère s'était remariée, je suis restée avec mon beau-père.

Cord allait poser une autre question, mais l'ascenseur venait de s'arrêter. Comme il avait pris la précaution de s'assurer que personne ne l'avait suivi, il la laissa passer devant sans inquiétude et lui emboîta le pas.

Un beau-père… Maggie avait donc dû vivre deux ans avec lui. Pourquoi ne lui en avait-elle jamais parlé ? Cette fille était un vrai mystère ! Et, visiblement, elle n'avait pas l'intention de se confier davantage, il suffisait de voir avec quelle détermination elle s'avançait dans le hall pour comprendre qu'elle n'avait pas envie de continuer sur ce sujet.

Autant aborder un sujet de conversation moins difficile…

— Comment se passe ta recherche d'emploi ? demanda-t-il en lui ouvrant la portière de la voiture de sport qu'il avait garée devant le petit hôtel.

— J'ai déjà un contrat ! Logan Deverell m'a engagée temporairement dans sa branche d'investissements. J'avais eu l'occasion de rencontrer sa femme, Kit, au cours de séminaires de formation. Elle travaille pour Lassiter, l'agence de détectives qui est installée dans le même bâtiment. Ils m'ont dit que tu connaissais Dane.

— C'est exact, répondit Cord assez sèchement.

Le cow-boy du ranch qui devait leur servir de chauffeur les attendait au coin de la rue. Cord, qui avait remis ses lunettes, lui fit signe de patienter un instant. Il fit entrer Maggie à l'arrière de la voiture, s'installa à côté d'elle et referma la portière. Puis il passa un bras sur le dossier du siège de Maggie et la regarda intensément.

— Lassiter s'occupe d'affaires très difficiles… Je n'aime guère que tu travailles si près de lui.

— Tu n'imagines tout de même pas que je vais me préoccuper de tes états d'âme ? rétorqua-t-elle, un sourire batailleur sur les lèvres.

Cord contracta les mâchoires et arbora un air franchement contrarié.

— Je parle sérieusement. Lassiter et sa femme ont déjà été victimes d'une fusillade il n'y a pas si longtemps. Dans leur bureau ! Tout le monde sait que Dane accepte des enquêtes dangereuses que les autres détectives ne veulent pas prendre en charge.

— Je suis conseillère en investissements. Je travaille dans le même bâtiment que lui, mais pas dans son bureau. Ni *avec* lui, souligna Maggie. Quoique… je me dis parfois qu'un petit virage professionnel ne serait pas désagréable !

Elle avait ajouté cette dernière phrase uniquement pour agacer Cord. De quoi se mêlait-il, avec ses conseils ?

Cord pinça les lèvres, contrarié de la voir réagir avec autant de passion. Il était toujours en train de s'occuper de ce qui ne le regardait pas ! Arriverait-il un jour à se contrôler ? En fait, le départ brutal de Maggie l'avait plus secoué qu'il n'avait voulu le reconnaître tout d'abord. L'idée qu'il risquait de ne plus la voir lui était tout simplement insupportable… Malgré lui, il tendit la main et saisit entre ses doigts une mèche des longs cheveux noirs. Comme ils étaient doux…

— Le simple fait de te trouver à Houston en ce moment représente un risque. Tu es en train de te fourrer dans un guêpier dont tu n'imagines pas le danger !

Cord se trompait. Grâce aux informations de Kit, Maggie savait de quoi il retournait. Mais elle n'allait pas lui laisser l'occasion de l'impressionner !

— Tu oublies que j'ai vingt-six ans, se rebiffa-t-elle en s'efforçant de demeurer insensible à la caresse de Cord sur ses cheveux.

Il lui jeta un regard irrité.

Sans doute pour l'intimider…

— Tu es incroyablement naïve, répliqua-t-il entre ses dents serrées. Le monde n'est pas un jardin d'enfants… Tu ne sais pas combien il peut être noir.

Un rire dénué d'humour s'échappa des lèvres de Maggie tandis qu'elle lui jetait un regard étrange.

— Tu crois vraiment ?

Cord ne saisit pas l'ironie dans la voix de la jeune femme. C'était vrai qu'elle avait des secrets. De quelle noirceur ? Il ne le saurait sans doute jamais. Ils ne s'étaient jamais vraiment confiés l'un à l'autre, essentiellement à cause de sa peur de s'impliquer émotionnellement. Maggie était la seule personne au monde qui s'était vraiment souciée de lui, mais, afin de se préserver d'une nouvelle perte douloureuse qu'il ne se sentait pas capable de supporter, il avait préféré la tenir à distance. Aujourd'hui, pour la première fois de sa vie, il le regrettait. Bientôt, elle serait à l'autre bout du monde. Il n'aurait plus personne avec qui partager ses souvenirs ou ses soucis. Il se retrouverait seul. Vraiment seul.

— Tu as l'air bien triste…, remarqua Maggie.

— Tu es la seule personne qui se rappelle les années

que nous avons passées chez Amy, expliqua-t-il lentement. Mes démêlés avec la loi, la maladie d'Amy, sa mort, le suicide de Patricia…

— Rien que des mauvais souvenirs ! résuma Maggie à sa façon.

— Non ! se récria Cord. Il y a eu aussi plein de moments heureux. Les pique-niques… Les anniversaires… Le train miniature que nous avions reçu pour Noël et la joie d'Amy quand elle a découvert que tu t'y intéressais autant que moi. Tu te rappelles les heures que nous passions tous les deux à plat ventre sur le tapis, dans le noir, à regarder ses petites lumières clignoter ?

Ce souvenir amena un vrai sourire sur les lèvres de Maggie.

— Parfaitement ! Je me souviens très bien aussi des bâtiments que nous construisions à l'échelle pour fabriquer un paysage autour du circuit. C'était au moment où tu terminais le lycée, juste avant que tu n'intègres la police de Houston… Pauvre Amy ! Elle aurait tellement voulu que tu continues tes études à l'université ! Elle était effondrée, la malheureuse. Moi aussi, d'ailleurs…

— Vous étiez toutes les deux persuadées que j'allais finir entre quatre planches dès ma première semaine de travail !

— Exact. Pourtant, nous aurions dû savoir que tu étais prudent et extrêmement réfléchi dans tout ce que tu entreprenais.

Cord serra les lèvres.

— Oui. Sauf une fois… La nuit où Amy est morte.

A ces mots, Maggie se rejeta violemment en arrière, en évitant soigneusement le regard de Cord.

— C'était il y a longtemps.

— Dis-moi, Maggie… Est-ce que tu as jamais couché avec ton mari ?

Le cœur serré dans un étau, la jeune femme faillit s'étouffer en entendant cette question. C'était si direct, si brutal, qu'elle avait du mal à croire qu'il ait osé la poser.

En silence, Cord observait le visage bouleversé de sa compagne.

— Moi, je suis persuadé que cela ne t'est jamais arrivé, ajouta-t-il. Quand Evans a divorcé de sa deuxième femme, cette dernière lui a reproché d'être impuissant et violent. Il tenait à se faire passer pour un homme faible, doté d'une mauvaise santé, mais en fait sa seule faiblesse, c'était d'être alcoolique et brutal.

Maggie se sentit blêmir.

— Comment sais-tu… ?

— Je suis allé faire des recherches sur lui au tribunal, tout simplement. Evans avait un dossier chargé. Il a été plusieurs fois arrêté pour ivresse, et a affronté au moins deux accusations de violences domestiques. Est-ce que tu savais cela quand tu l'as épousé ?

Les lèvres de Maggie tremblaient maintenant. Elle détourna le regard vers la vitre, submergée par des souvenirs abominables.

— Je t'en prie…, supplia-t-elle.

Sans réfléchir, elle chercha la poignée de la portière,

prête à sauter de la voiture. Cord l'arrêta et l'attira de nouveau à l'intérieur.

— Je n'ai jamais compris pourquoi tu avais épousé cet homme, poursuivit-il. Qu'avais-tu en commun avec lui ? Rien. Strictement rien ! Il avait vingt ans de plus que toi.

Maggie serrait les dents, plus silencieuse que jamais.

— Tu as fait ça sur un coup de tête, moins d'un mois après la mort d'Amy. Tu le connaissais à peine ! Tout le monde a pensé que tu te mariais à cause de son argent. Car il était très riche, n'est-ce pas ?

— Je… je refuse de parler de lui.

Mais Cord ne capitula pas.

— Tu m'as dit qu'il t'avait coûté ce que tu avais de plus précieux… Qu'est-ce que c'était, Maggie ? Parle !

Elle posa son regard sur la bouche charnue aux lèvres entrouvertes sur des dents blanches. Elle se souvenait de ce qu'elle avait éprouvé quand elle s'était posée sur la sienne. Et ni sa gêne présente ni son embarras passé ne réussissaient à apaiser la faim qu'elle avait de lui. Est-ce qu'il s'en doutait ?

Oui. Bien sûr. Comment pouvait-il ne pas avoir remarqué que son souffle s'était fait haletant et que, dans l'échancrure de son chemisier, la veine de son cou battait à se rompre ? Oui. Elle le désirait. Comme toujours. Cela n'avait pas changé.

Il posa ses doigts sur le menton de Maggie et remonta jusqu'aux lèvres de la jeune femme.

— Retour à la case départ..., souffla-t-il.

Il se pencha et resta ainsi, penché sur elle, à caresser la bouche de Maggie qui se mit à trembler.

Elle tenta de retenir un gémissement de plaisir, mais elle n'y réussit pas. Cord l'avait entendu, elle le savait.

Son nez frôla celui de Maggie quand il se rapprocha de sa bouche. Aujourd'hui encore, cette femme incarnait la perfection à ses yeux. Physique, mentale, émotionnelle. Il ne pouvait pas se trouver à côté d'elle sans se sentir attiré comme par un aimant. Il en avait toujours été ainsi. Il n'y avait pas de remède à ce magnétisme. Et cela le mettait dans une rage folle !

— Cord !

Maggie se rapprocha de lui, lui tendit ses lèvres. Noyée dans le parfum épicé qui émanait du corps athlétique si proche du sien, elle plongea les doigts dans les cheveux souples, comme pour le supplier de continuer la délicieuse torture qu'il lui infligeait. Elle mourait d'envie de sentir la bouche de Cord s'écraser contre la sienne...

Cord se pencha davantage, pressa sa poitrine contre les seins ronds et fermes aux pointes dressées sous le chemisier léger. Maggie sentait la rose et le printemps. La volonté de Cord l'abandonnait peu à peu. Il fallait qu'il serre cette femme contre lui. Il fallait qu'il l'embrasse ! Il n'y pouvait rien. C'était plus fort que lui...

Un claquement de portières tout près d'eux les fit sursauter. Ils s'écartèrent vivement l'un de l'autre. Trois hommes sortaient d'un pick-up et leur jetèrent des regards amusés.

Inquiet, Cord les dévisagea. Puis, rassuré mais agacé, il se redressa, fit signe à son ouvrier, qui se rapprocha et s'installa au volant. Ils quittèrent le parking en ignorant les œillades grivoises des nouveaux venus.

Maggie sentait ses mains trembler. Elle avait envie de hurler. C'était la seconde fois en peu de temps qu'elle laissait Cord la torturer. Avait-elle seulement essayé de résister à ses avances, de protester, de s'écarter de lui ? Pas du tout ! L'avait-elle averti qu'elle refusait qu'il la touche ? Bien sûr que non. Quelle honte ! Franchement, au point de vue maîtrise de soi, elle méritait un zéro pointé… Elle n'avait pas de quoi être fière ! Nulle. Elle était nulle, point final.

Cord ne jeta pas un regard sur elle avant qu'ils soient sortis de la ville et bien engagés sur la petite route qui conduisait au ranch. Elle lui parut avoir recouvré un peu de contenance, mais son visage portait encore la marque de son trouble. Comment en être surpris ? Il était dans le même état. Il ne voulait pas être attiré par elle, mais cela ne changeait rien à l'affaire. Il l'était malgré tout. Il en avait toujours été ainsi. Mais plus il vieillissait, moins cette attirance devenait contrôlable…

— Ne te casse pas la tête à cause de ce qui vient de nous arriver…, conseilla-t-il sur un ton désinvolte. Je pense tout simplement que toi comme moi, nous avons passé trop de temps en célibataires.

— Je ne sais pas si June apprécierait beaucoup ce que tu viens de dire !

L'acidité qui perçait dans la voix de Maggie réjouit Cord.

— June fréquente un jeune brigadier de la gendarmerie de Houston… Son père aime bien ce garçon, mais il la trouve trop jeune pour qu'elle se marie. Bien sûr, elle n'est pas d'accord avec lui…

Maggie leva un sourcil étonné, mais ne fit aucun commentaire.

— Tu comprends, poursuivit Cord, j'étais furieux contre toi ! Je pensais que tu avais attendu quatre jours avant de chercher à savoir si j'allais rester aveugle !

L'explication était succincte, mais Maggie comprenait parfaitement. June avait été la première arme à la portée de Cord quand il avait voulu se venger de ce qu'il pensait être la désinvolture de son amie d'enfance. Il ne savait pas si elle serait réellement jalouse, mais avait deviné l'humiliation que peut ressentir une femme quand on lui en jette une autre au visage… Bien sûr, il avait mis dans le mille. C'est exactement ce qui s'était passé.

Pourtant, comme il n'avait pas hésité à reconnaître qu'elle aussi pouvait le rendre malheureux, ils étaient quittes. Encore un jalon dans leur tumultueuse relation…

Il lui jeta un coup d'œil en coin au moment où ils abordaient la longue allée bordée de barrières blanches.

— Pas la peine de te faire un dessin, hein ?

— Pas la peine, en effet.

— C'est ahurissant de voir à quel point tu me comprends à demi-mot.

— Ça marche dans les deux sens, tu sais.

Maggie détourna le regard vers Hijito, le taureau andalou qui paissait, apparemment aussi paisible qu'un agneau. Les cornes impressionnantes, acérées comme des poignards, démentaient toutefois cette apparence pacifique.

Cord gardait les yeux fixés sur la route.

— Tu crois que c'est de la télépathie ?

— Bof… On verra si ça marche encore quand je serai de l'autre côté de l'océan, répliqua-t-elle vivement.

Cord se raidit. Voilà qui faisait mal. Et elle le savait certainement.

— Pourquoi veux-tu tellement partir d'ici ?

— Je te l'ai déjà dit. J'ai vingt-six ans. Je veux connaître un peu l'aventure avant d'être percluse de rhumatismes.

— Et moi, j'ai une proposition à te faire : viens t'installer ici, au ranch. Je t'apprendrai tout ce qu'il faut savoir sur l'élevage. La maison est grande, tu pourras disposer de toute la place que tu voudras. Tu verras, j'ai même réservé une pièce tout entière dans le grenier au train qu'Amy nous avait offert, avec des tunnels, des montagnes, des villages et des rivières à traverser.

Maggie tritura la bandoulière de son sac entre ses doigts. Cette invitation lui faisait horreur ! Cord invitait sa sœur adoptive à emménager chez lui. Rien de plus.

Le pick-up s'arrêta sur le parking aménagé à côté de la maison. Cord se tourna vers Maggie, le regard acéré.

— Tu me désires, déclara-t-il sans ambages. Je le sais. Et moi aussi, je te désire. Mais rien ne se passera entre nous si tu ne le souhaites pas. J'ai commis avec toi une erreur grossière autrefois, mais c'est parce que j'étais malade de chagrin et d'alcool, tu le sais. Jamais je ne recommencerai. Je te jure que tu seras en sécurité ici.

— Tout au moins en ce qui concerne l'ennemi invisible qui te menace, toi et les tiens, n'est-ce pas ?

— Tu n'auras rien à craindre de moi non plus, Maggie. Absolument rien.

— J'ai toujours eu peur de toi, Cord ! Entre deux crises d'attirance incontrôlable..., ajouta-t-elle sur le ton détaché du constat. Mais il doit bien y avoir quelque part un remède à ce mal. Si je pars assez loin, je réussirai peut-être à le trouver.

Voilà qui ressemblait à s'y méprendre à une confession. Cord posa le bras sur le dossier et la regarda tristement.

— Il ne nous reste rien, à part nous !

— Arrête ! ordonna Maggie, irritée par le tour que prenait la conversation. Ne te comporte pas comme si tu avais besoin de moi, je t'en prie. Ça ne s'est jamais produit et ça ne se produira jamais. Je sers de béquille à ta mémoire, c'est tout. Et cela non plus ne changera jamais.

— Nos vies sont entrelacées. Tu ne peux pas rompre comme ça un lien qui dure depuis dix-huit ans ! Bien des mariages durent moins longtemps que ça.

Le mot glaça Maggie. Elle détourna le visage.

— Je ne voulais pas te blesser, se reprit Cord aussitôt, se méprenant sur la réaction de la jeune femme. Ton mari n'était pas bon avec toi. Tu as toutes les raisons de ne pas avoir envie d'évoquer son souvenir.

— Bien plus que tu ne le sauras jamais ! acquiesça-t-elle en évitant de croiser son regard. Les mariages heureux n'existent que dans les contes de fées.

— Dane Lassiter ne serait pas d'accord avec toi, murmura-t-il d'un ton rêveur. Pas plus que ton amie Kit, d'ailleurs.

— Ils ont eu de la chance, c'est tout.

— Et toi ? Pourquoi n'en aurais-tu pas ?

Elle s'acharna à effacer sur son sac une tache invisible.

— Je ne veux plus jamais me marier.

Cord hésita un instant, puis osa demander :

— Tu ne désires pas avoir d'enfants ?

A cette question, Maggie lui jeta un regard douloureux. Un regard hanté qui le bouleversa.

Sans un mot, elle ouvrit la portière et quitta le véhicule.

Il lui emboîta le pas, bien décidé à chercher pourquoi elle avait eu cette violente réaction, lorsque Red Davis apparut, un grand sourire aux lèvres, et s'avança vers lui.

— Ça y est, patron, mission accomplie : le système d'irrigation est rétabli. Tout baigne, c'est le cas de le dire ! ajouta-t-il avec un petit rire, tout fier de sa plaisanterie.

— Bon travail !

A ce compliment, le sourire de Davis s'élargit.

— Ils ont même dit qu'ils remplaceraient toute pièce qui pourrait s'avérer défectueuse pendant les douze mois à venir.

— Félicitations pour ton intervention, Red.

— Merci, patron.

Son compte rendu achevé, Red se tourna vers Maggie et fit basculer son Stetson en arrière, découvrant ses yeux bleus pétillant de vie.

— Alors, Maggie, ça gaze aujourd'hui ? Vous avez une mine superbe. Il va falloir que je vous invite au bal un de ces soirs !

En entendant ces mots, le regard de Cord se mit à étinceler.

— Davis, je ne te paye pas pour tenir ce genre de discours à mes invitées ! Tâche de t'en souvenir, ou tu pourrais avoir des surprises…

Le ton n'était pas celui de la plaisanterie. Davis ne s'y méprit pas. Il préféra arrêter les frais, agita la main en guise d'au revoir et redescendit l'allée sans demander son reste.

Quelle réaction inattendue de la part de Cord ! Maggie en était toute surprise. Voilà qui ressemblait étrangement à de la jalousie… Cette hypothèse, toutefois, ne retint pas longtemps son attention. Quelle idée farfelue lui était venue à l'esprit ! Cord jaloux à cause d'elle ? Il faudrait au moins un miracle pour que cela se produise.

Sans un mot, il pénétra dans la maison et se dirigea vers le salon, Maggie à sa suite. Elle y déposa son sac sur un fauteuil et le suivit ensuite dans la salle à manger.

Quatre couverts étaient mis. Debout, June parlait avec un homme aux cheveux blancs, déjà installé à la table, qui s'avéra être son père, le bras droit de Cord pour toutes les questions concernant le bétail de la propriété.

En les voyant arriver, la jeune fille alla chercher un grand plat de chili con carne qu'elle déposa au milieu de la table.

— J'espère que vous aimez la cuisine mexicaine, dit-elle gentiment à Maggie. J'ai prévu du pain de maïs en accompagnement.

— J'adore tout ça ! assura l'invitée.

June lui sourit, rassurée.

— Ouf ! Je m'inquiétais un peu.

— Mais, dites-moi, reprit Maggie, il y a bien de la tarte aux cerises pour le dessert ?

June adressa à Cord une mimique de complicité.

— Oh, quelqu'un m'a dit que vous raffoliez de ce dessert. Et il se trouve que c'est ma spécialité ! Je pousserai même l'amabilité jusqu'à vous proposer de la glace à la vanille, si vous le désirez. C'est moi qui l'ai faite aussi.

Maggie sentit son cœur fondre devant tant d'attentions et de gentillesse.

— Quelle chance ! J'ai tout à coup l'impression d'être directement montée au paradis des gourmands.

4

Le repas se déroula de façon très agréable. Le père de June était un cow-boy expérimenté, bon vivant, qui adorait raconter toutes sortes d'histoires cocasses sur les différents endroits où il avait exercé sa profession. L'une d'entre elles amusa particulièrement Maggie. Elle concernait le dressage d'un mustang dans un ranch de l'ouest du Texas. L'étalon sauvage, encore indompté, venait de franchir d'un bond la barrière de l'enclos, Travis lui-même cramponné à sa crinière du mieux qu'il pouvait, lorsque l'épouse du patron était arrivée au volant de sa Cadillac décapotable toute neuve. Trois secondes plus tard, le mustang s'était retrouvé sur la banquette arrière…

Maggie s'étouffait de rire.

— Pas possible ! Quelle histoire incroyable ! Qu'est-ce que vous avez fait ?

— J'ai pris mes cliques et mes claques, et j'ai sauté dans ma vieille camionnette sans même demander mes gages de la semaine.

Il se mit à rire lui aussi, puis reprit un air sérieux.

— Ce qui est triste, c'est que j'ai rencontré cet ancien

patron quelques années plus tard, quand je travaillais dans un ranch à San Antonio. Il se trouve que le couple avait déjà des problèmes au moment de l'incident que je viens de raconter, mais, devant la colère que sa femme a piquée ce jour-là, il a demandé le divorce !

— Ce n'était pas la peine de prendre tes jambes à ton cou comme ça, se moqua June.

— Sans doute… Je t'avoue que, depuis, je n'ai pas fui souvent. Mais j'avais dix-huit ans à l'époque et je ne connaissais pas encore grand-chose au métier de cow-boy. Un peu comme Red Davis maintenant…

A l'évocation du jeune homme, le regard de Cord se mit de nouveau à étinceler.

— Davis commence à me taper sur le système ! S'il n'était pas aussi compétent avec le matériel du ranch, j'avoue que je le flanquerais volontiers à la porte.

Darren Travis se mit à rire.

— Attention, patron ! N'oubliez pas qu'il s'y connaît aussi en chevaux. Et qu'il a réussi à faire changer d'avis ce journaliste qui voulait faire un reportage sur votre passage au FBI…

— J'aurais très bien pu me débrouiller moi-même, coupa Cord sèchement.

— Certainement, approuva Travis. Mais Red a réussi sans se servir de ses poings.

— Quoi qu'il en soit, il a intérêt à ne pas se faire remarquer !

Maggie mangeait son chili con carne tranquillement, amusée par l'échange entre les deux hommes, mais attentive à ne pas intervenir. Elle remarqua que June lui jetait des regards curieux, suivis par des regards tout aussi curieux en direction de Cord. Sans doute essayait-elle de reconstituer mentalement ce qui s'était passé. Maggie comprenait d'après les réflexions de Travis que, jusque-là, Red Davis avait été l'un des employés préférés de Cord. Pourquoi cette volte-face soudaine ? Elle le devinait sans peine, mais jamais Cord n'avouerait qu'il en voulait à Davis de s'être adressé à elle un peu librement. Orgueilleux comme il l'était, il préférait lui trouver tous les torts pour justifier son attitude sévère.

— Cord m'a dit que vous étiez veuve ? déclara Travis tout à trac. Est-ce que votre mari était bien Bart Evans, de Houston ?

Maggie se raidit.

— Oui.

— Papa…, intervint June, qui avait perçu la réaction de l'invitée et craignait que la conversation ne prenne un tour désagréable.

Travis la fit taire d'un geste de la main.

— Je ne veux pas me montrer indiscret, mais j'ai connu Evans au cours de son deuxième mariage, c'est pour cela que je peux me permettre d'en parler, ajouta-t-il, parfaitement inconscient du malaise qui s'installait autour de la table. Sa deuxième épouse s'appelait Dana. Elle était jolie comme un ange et gentille comme tout. Cela n'a pas empêché Evans de l'envoyer à l'hôpital !

Cord tressaillit. Il jeta un coup d'œil à Maggie, plus que jamais crispée sur sa chaise. Il fronça les sourcils.

— Pourquoi ? Qu'est-ce qui s'est passé ?

Travis parut enfin prendre conscience du trouble qu'il avait suscité parmi les convives.

— Bon sang ! Excusez-moi… Je ne pensais pas que…

— Il a envoyé sa femme à l'hôpital, c'est bien ça que vous disiez ? reprit Cord. Comment a-t-il fait ? Je veux en savoir plus !

Travis jeta un regard pitoyable en direction de Maggie, qui avait repoussé son assiette, son bel appétit envolé tout à coup.

— Il l'avait battue comme plâtre parce qu'elle avait laissé brûler le rôti. Ce n'était pas la première fois, mais, ce jour-là, elle a osé m'en parler. Je lui ai conseillé d'aller porter plainte et son mari a été arrêté et condamné pour violences domestiques. Bien sûr, il a tout nié en bloc. Il a présenté ses excuses en privé à Dana et l'a suppliée de revenir à la maison, mais je lui ai déconseillé de tomber dans ce piège.

Au fur et à mesure qu'il parlait, le visage de Travis s'animait, comme si le fait d'évoquer cette violence lui donnait envie d'intervenir une fois de plus.

— Je ne l'ai pas laissée faire, poursuivit-il. Je l'ai emmenée chez un bon avocat de Houston et, à nous deux, nous avons réussi à la persuader de demander le divorce. La pauvre fille était si honnête qu'elle ne voulait même pas accepter de pension !

Il s'arrêta de parler un instant, la fourchette posée sur le bord de son assiette.

— Deux mois plus tard, elle a été victime d'une attaque qui l'a laissée paralysée d'un côté et incapable de se suffire à elle-même. Les coups qu'elle avait reçus en étaient probablement la cause, mais la preuve n'a pas pu en être faite. Evans avait un excellent avocat !

Cord avait l'estomac noué de fureur. Jamais il n'aurait pu imaginer une telle violence. Quel enfer Maggie avait-elle vécu aux côtés d'un homme pareil ? Muet de colère, il se mit à dévisager la jeune femme. Elle ne lui avait jamais parlé de rien et pourtant elle était certainement au courant !

Au lieu de lui rendre son regard, Maggie se tourna vers Travis.

— Je peux vous donner une information qui vous fera plaisir, Travis. Dana se trouve à l'heure actuelle dans une très bonne maison de repos médicalisée.

— Comment savez-vous ça ? demanda Travis.

— A la mort de mon… mari, reprit Maggie, qui parut avoir beaucoup de mal à prononcer ce mot, j'ai partagé ses biens entre ses deux ex-épouses. Cela suffisait largement pour mettre Dana à l'abri du besoin jusqu'à la fin de ses jours, et même pour lui permettre de consulter les meilleurs spécialistes. J'imagine que vous ne savez pas que, grâce à la rééducation qu'elle a suivie, elle a réappris à parler ? Elle est même en train de récupérer certaines compétences qu'elle avait perdues, comme l'écriture et la lecture. Je ne sais pas si elle se souvient de vous, mais elle apprécierait certainement votre visite. Comme elle n'a pas de famille, elle se trouve bien seule.

Cord était suffoqué. Non seulement il venait d'apprendre ce que Maggie avait fait de la fortune de son ex-mari, mais encore toutes sortes de nouvelles qui le laissaient stupéfait.

— Tu vas la voir de temps en temps ?

— Oui, bien sûr.

— Vous avez un cœur d'or ! s'exclama Travis, plein d'admiration.

— Bah... Je me suis efforcée de rattraper un peu le mal qu'Evans lui avait fait. Je préfère penser qu'il n'était pas si mauvais que cela au début. Mais, parfois, sans qu'on sache pourquoi, les gens changent. Evans était alcoolique, mais ne voulait pas le reconnaître. Il se détruisait lui-même à petit feu et cela influait certainement sur son comportement.

— Balivernes ! grommela Cord entre ses dents. C'était un meurtrier en puissance, tu veux dire !

Maggie se gardait bien de le regarder. Elle ne voulait pas courir le risque de le laisser deviner à quel point elle était bouleversée par ses paroles.

— Vous ne croyez pas si bien dire, reprit Travis. Dana m'a avoué que sa première femme s'était retrouvée avec une hanche brisée à la suite d'une correction qu'il lui avait infligée. Elle est restée handicapée et a quitté le Texas pour lui échapper.

Maggie se mit à sourire.

— Je l'ai recherchée au moment de la mort d'Evans et je l'ai retrouvée en Floride. Elle travaille dans un institut pour femmes âgées. Elle n'est bien sûr pas aussi agile qu'autrefois, mais elle se déplace presque normalement. Avec l'argent d'Evans qu'elle a reçu en héritage, elle a fondé une association sportive pour personnes handicapées. Il paraît que ça marche très bien !

Cord découvrait une Maggie qu'il ne connaissait pas. Jamais elle ne lui avait donné l'occasion de découvrir cette facette de sa vie et de sa personnalité. Lui qui avait imaginé qu'elle vivait des rentes laissées par son mari ! Elle n'avait pas gardé un sou pour elle-même. Quant au petit héritage qu'Amy leur avait laissé, il s'était réduit à presque rien car, peu avisée en matière de placements et mal conseillée, leur mère adoptive n'avait pas su faire fructifier son argent. Voilà pourquoi Maggie travaillait. Cord pensait même que c'était cela qui lui avait fait choisir une profession où elle conseillait les gens dans leurs placements.

— La malheureuse aussi a dû passer de drôles de moments auprès d'Evans…, murmura Travis, l'air rêveur. Mais, Maggie, pourquoi n'avez-vous pas gardé un peu d'argent pour vous ?

Les doigts gourds, Maggie porta sa tasse de café à ses lèvres et avala une gorgée du liquide brûlant dans l'espoir d'y puiser un peu de réconfort.

— Je ne voulais rien de cet homme.

Le regard de Travis se fit plus pénétrant.

— Vous devez avoir votre part de mauvais souvenirs, vous aussi, n'est-ce pas ?

Maggie ne répondit rien. Elle ne le regarda pas. Mais,

lorsqu'elle reposa sa tasse dans sa soucoupe, ses doigts tremblaient.

Cord sentit quelque chose exploser dans sa poitrine.

D'un geste impulsif, il jeta sa serviette sur la table, se leva et, prenant Maggie par le bras, la força à en faire autant.

— Tu mangeras le dessert plus tard ! Il faut d'abord que je te parle.

Cord adressa un signe de tête aux deux autres convives.

— Terminez le repas tranquillement et ne nous attendez pas. Nous reviendrons quand nous aurons éclairci deux ou trois petites choses ensemble.

June et Travis se regardèrent en silence. Mieux valait obéir et se retirer sans attendre.

D'une poigne ferme, Cord entraîna Maggie dans son bureau. Une fois la porte refermée derrière eux, il lui jeta un regard plein de colère.

— Pourquoi faut-il que ce soit toujours des étrangers qui m'apprennent des choses sur ta vie ? Tu ne pouvais pas me dire comment il te traitait ? Je lui aurais flanqué une dérouillée dont il se serait souvenu !

— Par courrier postal depuis Bamako ? rétorqua Maggie du tac au tac. Ou depuis Addis-Abeba ou la Patagonie ? Je ne savais même pas où tu te trouvais ! De toute façon, tu ne m'aurais même pas écoutée, tu me détestais.

Maggie évoquait une situation bien douloureuse. Après l'enterrement d'Amy, il n'avait pas osé rester dans les parages. Sa présence ne pouvait que réveiller chez la jeune femme les mauvais souvenirs que son comportement déplacé avait suscités. Il avait préféré partir. Loin.

— Eb m'aurait retrouvé, assura-t-il d'un ton morne.

Maggie s'assit sur l'accoudoir du gros fauteuil de cuir noir.

— A quoi bon ? Que tu le veuilles ou non, je suis tout à fait capable de régler moi-même mes problèmes. J'avais déjà entamé la procédure de divorce quand Bart a… a eu son accident de voiture. J'avais mis le processus en route depuis l'hôpital et…

Elle laissa sa phrase en suspens, mais elle en avait déjà trop dit.

— Quel hôpital ?

De nouveau, les yeux de Cord étincelaient.

Maggie se mordit la lèvre, puis, bravement, elle poursuivit.

— Eh bien soit ! Oui, j'ai été la troisième victime d'Evans. Mais cela ne s'est produit qu'une seule et unique fois. Et, dès qu'il a porté la main sur moi, il a su que je le poursuivrais devant la justice avec tous les moyens auxquels la loi me permettrait d'avoir recours. Cela, je le lui ai dit avant même que l'ambulance vienne me chercher. J'avais déjà téléphoné à mon avocat et à la police, dans cet ordre. Et aussi… j'avais appelé Eb, ajouta-t-elle en détournant les yeux.

— Eb ! répéta Cord, très irrité. Pourquoi Eb ?

Tout simplement parce que Eb saurait où trouver Cord ! Car c'était Cord qu'elle voulait avoir auprès d'elle à ce moment-là. C'était avec lui qu'elle voulait partager son chagrin et sa colère. Mais, lorsque Eb l'avait rappelée un peu plus tard, elle avait recouvré son bon sens. Elle s'était donc contentée de lui dire qu'elle venait d'être victime d'un léger accident et que ce n'était pas la peine de prévenir Cord pour une broutille pareille. Elle lui avait menti. Exactement comme elle le faisait en ce moment, d'ailleurs.

Oh, comme elle était lasse de tous ces mensonges ! Mais elle redoutait terriblement que Cord n'apprenne la vérité. A quoi cela servirait-il, si ce n'est à lui infliger une terrible douleur ? Non, elle n'avait pas envie d'en arriver là.

— Peu importe. Evans a pris peur. Il a sauté dans sa voiture et a quitté la maison avant même l'arrivée de l'ambulance. Comme d'habitude, il avait bu. Il a perdu le contrôle de son véhicule et a heurté un pylône à cent quarante à l'heure. La mort a été instantanée.

— Sa disparition n'a pas été une grosse perte pour l'humanité ! répliqua Cord, amer. Et de tout cela tu ne m'as jamais rien dit…

— Le passé est le passé, Cord. Tu as eu bien assez de tragédies dans ta propre vie sans que je vienne y ajouter les miennes ! Je suis adulte maintenant, je n'ai pas besoin de toi pour régler mes comptes avec les uns et les autres.

Cord se rembrunit, visiblement contrarié.

— Tu penses vraiment que je suis trop absorbé par mes propres affaires pour me soucier de ce qui t'arrive ?

— Allons, je ne suis rien pour toi. Rien qu'une petite orpheline que le hasard a placée dans la même maison d'accueil que toi.

Cord serra les dents. Voilà qui faisait mal ! Très mal. Il imaginait Maggie battue par un ivrogne, si violemment qu'elle avait dû faire un séjour à l'hôpital, et personne ne se trouvait avec elle pour la protéger. Un frisson de haine le parcourut. Ah, il aurait aimé tenir ce Bart Evans et lui donner une bonne leçon ! Si seulement il était resté à Houston au lieu de partir au bout du monde pour échapper égoïstement au malaise dont il était la cause, Maggie n'aurait pas connu ce calvaire. Hélas, il était impossible de remonter le temps. Il n'avait pas été là au moment où elle avait besoin de lui… et ce n'était pas la première fois.

— Je suis sûr qu'il n'aurait jamais osé porter la main sur toi si j'étais resté à Houston.

Maggie baissa les yeux. Si Cord s'était trouvé dans les parages au moment des événements, il aurait tué Evans ! Finalement, c'était bien mieux qu'il n'ait pas été au courant.

— En tout cas, cette expérience m'a à tout jamais guérie de l'envie de me marier, ajouta-t-elle sur le ton de la plaisanterie.

— Quel gâchis ! laissa-t-il échapper sans réfléchir.

Surprise, elle leva les yeux sur lui.

Cord paraissait profondément triste.

— Ta vie a été un enfer…, murmura-t-il. Et j'ai l'impression que je ne sais pas tout !

La rougeur qui monta aux joues de la jeune femme le confirma dans cette intuition. Persuadé d'avoir deviné juste, il se demanda combien de terribles secrets Maggie gardait encore pour elle.

— Tu n'as pas envie de m'en dire plus, c'est ça ? Tu ne me fais pas confiance…

Maggie redressa le col de son chemisier, comme pour empêcher un courant d'air insidieux de se couler dans son dos.

— Tu en as assez à porter sans que j'en rajoute. Ce qui est à moi est à moi, je n'ai aucune envie de partager.

Brusquement, elle se mit debout.

— Tu m'avais promis de la tarte aux cerises. J'ai envie d'avoir ma part maintenant !

Au moment où elle passa devant lui, Cord l'attrapa par la taille.

— Attends un peu. Même un ivrogne ne bat pas sa femme sans raison. Evans devait avoir quelque chose à te reprocher. Qu'est-ce que c'était ?

Maggie sentit le souffle lui manquer. Le visage d'Evans, convulsé par la fureur, venait de surgir devant elle. Quelle rage que la sienne quand il avait appris que Cord était responsable de l'état dans lequel elle se trouvait ! Il était humilié, hors de lui, prêt à la tuer. Il avait failli le faire, d'ailleurs. Sans le moindre scrupule, il lui avait aussitôt annoncé qu'il allait s'arranger pour que l'opprobre ne l'atteigne jamais. Il allait éliminer le problème, tout simplement. Et il s'était mis à la battre, à la battre avec toute la violence dont il était capable. Après lui avoir donné des coups plus violents les uns que les autres, il avait fini par la jeter contre une table en marbre. Elle avait essayé de se défendre, même si cela ne servait pas à grand-chose, mais, en heurtant la table dont elle avait brisé le plateau dans sa chute, quand elle avait ressenti l'atroce douleur qui lui tordait les entrailles, elle avait compris ce qu'il venait de faire.

Elle s'était mise à hurler, à le menacer de ce que Cord lui ferait quand il reviendrait. Mais à quoi bon ? Evans avait peut-être pris peur, mais le mal était fait. Craignant de s'évanouir, elle avait réussi à téléphoner aux urgences pendant qu'Evans se hâtait de fourrer quelques affaires dans une valise avant de disparaître au volant de sa voiture de sport. Sa fuite précipitée avait causé sa mort. Et elle, elle avait dû affronter seule son terrible chagrin.

— Tu as l'air écrasée par tes souvenirs, remarqua Cord. Parle-moi ! Raconte-moi…

Maggie sortit alors de son cauchemar et revint à l'instant présent.

— C'est fini, maintenant. Laisse le passé où il est.

Cord lui massa doucement le dos, tout en observant sa réaction.

— Tu aimes que je te touche, murmura-t-il doucement. Je ne sais pas pourquoi il m'a fallu autant de temps pour le remarquer. Ou peut-être que je ne voulais pas m'en rendre compte ?

Elle tenta de repousser les mains de Cord, sans succès.

— Je vais partir très loin, tout cela n'aura bientôt plus

aucune importance. Tu n'auras plus besoin de te poser toutes ces questions.

— Je serai complètement seul à partir de ce moment-là. Et toi aussi.

Le visage de Maggie se durcit.

— Je l'ai toujours été. Lâche-moi.

Au lieu d'obéir, Cord saisit entre les siennes les deux mains qui le repoussaient et les plaça derrière son cou. Maggie frissonna et tenta encore une fois de se libérer. Mais il l'encercla de ses bras et la maintint captive contre lui.

— Non. Pas question. Il est grand temps de tirer au clair ce qui se passe entre nous.

Une lueur de panique traversa les yeux verts de la jeune femme.

— Je ne veux rien tirer au clair ! Je veux seulement que tu me laisses tranquille !

Il se mit à la regarder d'un air menaçant, trop conscient du fait qu'il la désirait et qu'elle le savait. La meilleure preuve, c'était qu'elle s'efforçait d'écarter sa bouche de la sienne.

— Tu as peur de moi ! souffla-t-il, atterré.

Maggie se mordit la lèvre.

— Tous les hommes me font peur quand ils se tiennent si près de moi ! laissa-t-elle échapper dans un sanglot. Et toi en particulier. Oh, je t'en prie, lâche-moi.

Il relâcha un peu son étreinte, juste assez pour laisser entre eux une distance susceptible de la rassurer, mais il continua à la tenir par les mains.

— Je refuse de croire que tu es comme ça seulement à cause de la nuit que nous avons passée ensemble ! Tu es… Tu as toujours cherché à cacher ton corps. Le jour, tu portes toujours des vêtements si amples qu'ils dissimulent tes formes, et, la nuit, tu t'habilles comme une vieille ! Tu évites d'attirer le regard des hommes. A part la fois où nous avons rencontré Eb, un soir où nous dînions ensemble, et où tu as flirté avec lui. Essentiellement pour me contrarier, j'en suis persuadé.

— Je n'avais pas compris la raison de ton invitation. Tu venais juste de rentrer de voyage.

Cord posa sa main sur la joue de Maggie et se mit à la caresser doucement.

— Je voulais voir si le mariage t'avait un peu apaisée. Tu avais changé, en effet, mais pas dans le sens que j'attendais. Tu étais encore plus tendue et nerveuse que lorsque je t'avais quittée. Je ne comprenais pas pourquoi.

— Effectivement, approuva-t-elle, laconique.

Cord se pencha et posa ses lèvres sur les paupières de Maggie. Elle frissonna, puis se détendit et lui permit de l'attirer contre lui. Il se mit alors à embrasser ses sourcils, qu'il caressa de la langue, doucement, timidement. C'était la caresse la plus tendre qu'elle avait jamais reçue de toute sa vie. La surprise qu'elle en éprouva fut telle qu'elle oublia ses défenses et se laissa aller, soumise, alors que se soumettre était bien la dernière chose qu'elle avait eue en tête jusque-là.

Les mains de Cord remontèrent le long de son dos, jusqu'à la masse de ses cheveux dénoués.

— J'adore tes cheveux. Tu le sais…

A leur tour, les mains de Maggie remontèrent dans les boucles brunes de Cord, qu'elle sentait tièdes et douces entre ses doigts. Elle sentait son corps brûler de désirs refoulés, enterrés au fond d'elle-même depuis la mort d'Amy. Ces sensations grisantes, elle les avait éprouvées au début, lorsque Cord avait commencé à la caresser, éveillant en elle tout un monde d'émotions délicieuses et de plaisirs encore inconnus.

Ce souvenir la troubla et elle se raidit de nouveau.

Cord le sentit et plongea son regard dans le sien.

— Maggie, j'étais ivre cette nuit-là, murmura-t-il, persuadé d'avoir deviné ses pensées. Un homme ne devrait jamais toucher une femme quand il se trouve dans cet état. Je ne voulais pas être brutal avec toi, mais j'ai été maladroit malgré moi.

Maggie leva vers lui un regard perplexe dans lequel il décela une pointe de curiosité.

— Tu comprends, poursuivit Cord, l'homme doit être capable de contrôler son désir jusqu'à ce qu'il ait réussi à éveiller celui de la femme avec laquelle il se trouve. Cela demande plus de temps à sa compagne, surtout si c'est la première fois.

Maggie rougit, mais ne détourna pas le regard.

— Ton corps ne me rejetait pas, mais tu étais nerveuse, gênée… Je suis allé beaucoup trop vite. J'étais troublé aussi parce que je ne comprenais pas comment tu pouvais avoir des réactions aussi innocentes alors que tu ne me paraissais pas être vierge.

Maggie ferma les yeux et maudit une fois de plus son passé. Jamais elle n'aurait imaginé qu'un homme puisse deviner une chose pareille.

Quand elle les rouvrit, elle surprit le regard de Cord braqué sur elle, intense, acéré. Comme s'il était sur le point de parvenir à percer le secret qu'elle lui cachait de toute sa volonté. Elle lui secoua le bras.

Il se pencha alors sur elle, les yeux fixés sur sa bouche.

— Voilà ce que j'aurais dû faire depuis longtemps…, murmura-t-il. Bien sûr, je t'ai déjà embrassée autrefois, mais c'est à peine si ma bouche a frôlé la tienne. Cette fois… cette fois, tu vas voir que je sais m'y prendre autrement !

Elle attendait, le souffle court… Qu'allait-il se passer cette fois ? Allait-il changer d'avis ? Non, ils allaient entendre des portes claquer ! Quelqu'un allait les surprendre… Quelque chose allait se produire, qui romprait le charme sensuel dans lequel il l'avait plongée.

Mais rien de tout cela n'arriva. Cord avait saisi son menton entre ses doigts et sa bouche ferme se posait sur la sienne. Doucement, tendrement.

Jamais elle n'avait connu pareille sensation. Elle sentait la texture des lèvres de Cord tandis qu'il les frottait doucement contre les siennes, avec précaution, avec lenteur. C'était comme s'il l'effleurait avec un pinceau léger, aérien. Immobile, elle le laissa doucement l'apprivoiser.

Du pouce, il lui caressait la joue, comme pour en

apprécier la douceur. Puis il lui mordilla la lèvre supérieure, s'arrêta un instant pour sourire quand elle leva son visage vers lui pour la première fois.

— Voilà ! C'est bien…, souffla-t-il.

Ses lèvres devinrent alors plus exigeantes, plus précises.

— Ouvre un peu ta bouche, demanda-t-il, le souffle court. Juste un petit peu… pour que je puisse t'embrasser mieux. Laisse-moi entrer.

Ces mots étrangers, sensuels, provoquèrent chez Maggie une réaction inattendue. Une vague de chaleur violente la submergea sans prévenir. Toutes défenses oubliées, elle s'arc-bouta contre lui et entrouvrit les lèvres.

Profitant de cet abandon, Cord la prit par les hanches et la plaqua contre lui. Elle ne pouvait manquer de sentir son excitation, mais elle ne paraissait pas s'en effaroucher.

De son côté, Maggie avait l'impression de se trouver sous l'emprise d'une drogue inconnue et grisante.

Cord la désirait. Elle sentait la chaleur de son corps, la force de sa langue qui explorait sa bouche de plus en plus hardiment.

Même au commencement de cette nuit terrible, avant que tout ne bascule dans l'horreur, elle n'avait pas éprouvé cette exaltation qui lui donnait envie aujourd'hui de sentir les mains de Cord sur sa peau nue. L'intensité de son désir la stupéfiait. Elle n'avait encore jamais éprouvé cette ivresse, mis à part lors de quelques moments, très brefs, lorsqu'elle se trouvait près de lui autrefois. Ses sens encore endormis découvraient l'aventure délicieuse des caresses et des baisers.

Comme mus par une impatience qui leur appartenait en propre, ses doigts glissèrent jusqu'au col de la chemise de Cord qu'ils déboutonnèrent sans qu'elle en ait seulement conscience avant de se glisser sous le tissu.

Tout à coup, elle recula un peu, hésitante, pour regarder Cord. Son visage était concentré, légèrement coloré, sa bouche gonflée à cause du long baiser qu'il venait de lui donner.

— J'aime ce que nous faisons..., dit-il d'une voix rauque. Attends un peu !

D'un geste vif, il défit tous les boutons de sa chemise, qu'il envoya voler derrière lui sans même regarder où elle atterrissait. Tout de suite, il reprit les mains de Maggie dans les siennes et les posa sur sa poitrine nue. Sous ses doigts, la jeune femme sentit son cœur battre à toute allure. Le tendre jeu bien innocent auquel ils se livraient ensemble l'avait plongée dans une violente émotion.

— N'aie pas peur, souffla-t-il. Je te jure que je ne te ferai pas de mal cette fois.

Ces mots étaient superflus. A la délicatesse de ses caresses, à la douceur exquise de son baiser, Maggie l'avait déjà compris. Elle s'abandonna, refusant de penser aussi bien au passé qu'à l'avenir. Même si elle ne devait avoir rien d'autre que cet instant, au moins l'aurait-elle connu... Elle se haussa contre lui de manière à coller ses hanches contre celles de Cord. Il laissa échapper un grognement de volupté et la souleva contre lui avant de s'avancer vers le canapé qui se trouvait dans la pièce. Il l'y allongea avec tendresse et s'étendit aussitôt à côté d'elle. Sa bouche soudée au cou palpitant de Maggie, il entreprenait de défaire les boutons de son chemisier. Dès que ce fut fait, elle sentit les lèvres de Cord glisser de son cou sur ses seins.

Au moment où il voulut lui retirer son soutien-gorge, elle eut un sursaut de crainte et, refusant de le laisser faire, se cramponna à son sous-vêtement de coton blanc.

Cela ne mit pas Cord en colère. Au contraire, elle le vit sourire. Il se pencha de nouveau et il se mit à caresser de ses lèvres, puis de sa langue, la peau qui se trouvait au-dessus de son soutien-gorge. A ce moment-là, elle sentit sa respiration s'affoler.

Elle aurait dû faire quelque chose, elle aussi, mais quoi ? Elle ne savait pas ! Les lèvres de Cord glissaient de plus en plus bas, vers son ventre, et elle s'arc-boutait sous lui, écartant ses vêtements pour lui laisser la voie libre. Comme c'était bon ! Elle voulait qu'il continue. Elle voulait que sa bouche descende plus bas encore, oui, jusqu'à cet endroit secret au creux de ses jambes, cette chair qu'elle sentait durcir et palpiter dans l'attente de sa caresse. Elle voulait qu'il pose ses lèvres, là, précisément.

Tout à coup, surprise, elle constata qu'elle avait parlé à voix haute, le suppliant de lui accorder ce qu'elle attendait.

— Oui, c'est ça, parle-moi, répondit Cord.

Sous lui, elle sentait son corps onduler de lui-même,

comme pour conduire la bouche de Cord à l'endroit qu'elle voulait.

La volupté la possédait tout entière. Elle se mit à gémir, uniquement préoccupée du plaisir qui l'inondait. Ce qu'elle éprouvait lui paraissait tout simplement inouï. Même les boulets de son passé ne réussissaient pas à la tirer en arrière.

Cord leva la tête et plongea son regard dans les yeux verts qui le regardaient, noyés de plaisir.

— Tu veux que je t'embrasse les seins ?

— Oui, gémit-elle, toute fierté, toute pudeur oubliées. Je t'en prie, Cord ! Fais-le. Vite !

— Tout ce que tu voudras… Tout, absolument tout ! souffla-t-il.

Prestement, il défit le soutien-gorge qu'elle ne retenait plus et le jeta sur le sol après le chemisier et la veste qu'elle avait d'elle-même retirés. Son visage rayonna de désir lorsqu'il aperçut l'aréole brune et le mamelon qui pointait vers lui. Il se pencha et le couvrit tendrement de ses lèvres. Puis sa langue se mit à travailler avec force et douceur, agaçant la pointe des seins qui se dressaient, orgueilleux, avides de ses baisers. Les gémissements que Maggie ne cherchait même pas à retenir lui étaient autant d'encouragements.

A un moment donné, elle se courba vers lui afin de l'attirer contre sa bouche.

— Ça te plaît ? demanda Cord à voix basse.

— Oh oui… Encore ! souffla Maggie. Je t'en supplie, n'arrête pas !

— Je ne sais pas si j'en serais capable…, répondit Cord.

Perdu, noyé dans le plaisir, il se pressait de tout son poids contre le ventre souple de Maggie, contre ses longues jambes. Son corps tout entier brûlait tandis qu'il remuait sur elle. Sous lui, Maggie frissonnait et s'accrochait à lui de plus en plus fort. Encore… Encore… Oui, encore !

Tout à coup, il sentit le corps de la jeune femme se soulever brusquement sous le sien et il comprit trop tard ce qui était en train de se passer.

Il s'arracha des bras de Maggie et se jeta loin du divan.

— Cord…, appela Maggie.

— Laisse-moi ! ordonna-t-il en s'écartant d'elle.

Péniblement, il se remit sur ses pieds et se détourna, comme s'il ne pouvait supporter la vue du corps qu'il embrassait si passionnément quelques instants plus tôt.

A son tour, Maggie se mit debout, agitée de tremblements nerveux. Incapable de comprendre, elle rassembla ses vêtements, à la fois horrifiée et écœurée par ce qu'elle venait de faire. Maladroitement, elle les enfila à la va-vite, n'importe comment.

Des voix jusque-là étouffées remontaient de son passé. Des voix horribles, torturantes, qui l'accusaient, dénonçaient son manque de retenue. Elle n'était rien qu'une fille des rues, une fille de rien… Voilà ce qu'elle entendait. C'était abominable.

Elle se précipita vers la porte pendant que Cord essayait encore de reprendre ses esprits.

Une fois dehors, sous la véranda, elle s'assit sur la balancelle, espérant que personne n'avait rien entendu de la scène qui venait de se dérouler dans le bureau.

Comment oserait-elle de nouveau regarder Cord en face ? Elle était anéantie.

Au moment même où elle prononçait ce mot dans son for intérieur, la porte s'ouvrit derrière elle et Cord la rejoignit sur le porche. Il s'arrêta en l'apercevant assise là, les bras serrés sur sa poitrine.

Sous ses paupières baissées, elle aperçut les longues jambes revêtues de jean, les bottes de cow-boy à talons coupés.

Non, elle ne pouvait pas lever les yeux vers lui, elle avait bien trop honte pour cela.

Maintenant, il avait une bonne raison de la détester.

5

Pourtant, Cord s'assit à côté d'elle, glissa un bras autour de ses épaules et attendit patiemment qu'elle lève son visage vers lui. Lorsqu'elle osa enfin croiser son regard, elle n'y lut ni le dégoût ni la colère qu'elle attendait. Bien au contraire, Cord la regardait calmement, avec tendresse.

— Je crois que nous avons besoin d'une bonne discussion au sujet des séances de caresses appuyées…, expliqua-t-il avec un petit sourire.

Maggie rougit violemment et détourna le visage.

— Maggie, tu n'as rien fait de mal ! Arrête de me regarder comme une gamine prise en faute.

Tendrement, il la prit dans ses bras, la souleva et l'installa sur ses genoux. Ensuite, il lui caressa les cheveux et, peu à peu, elle se calma.

— Attends, je crois que j'ai un mouchoir…, proposa-t-il en la voyant renifler comme un enfant.

Il fouilla dans sa poche, en extirpa un immense mouchoir à carreaux gris et blanc et le lui tendit en s'excusant

— On fait plus élégant, sans doute…

Maggie le prit et lui sourit enfin.

Cord mit alors la balancelle en mouvement, et ce bercement très doux aida la jeune femme à se détendre. Epuisée par les violentes émotions qu'elle venait d'éprouver, elle se laissa aller dans ses bras.

— Je me sens aussi emprunté qu'un adolescent ! avoua-t-il.

— Ne me fais plus jamais ça ! ordonna-t-elle, encore gênée par ce qui s'était passé.

— Espèce de rabat-joie ! lui reprocha-t-il, amusé.

Maggie rougit encore plus et se mit à fixer un point au loin, au milieu des pâturages où paissait le bétail à la luxuriante robe cuivrée.

— Je croyais que tu étais une femme avertie..., reprit Cord. Comment se fait-il que j'aie pu me tromper à ce point ?

La réponse fusa, mordante.

— Ma vie privée ne te regarde pas.

— Dans ce cas, pourquoi m'as-tu permis de retirer ton soutien-gorge ?

En guise de réponse, Maggie se mit à lui marteler la poitrine de son poing fermé. Cord s'en saisit, le força à se déplier et posa la main ouverte de la jeune femme sur sa poitrine. Puis il exhala un grand soupir et son visage prit une expression détendue que Maggie ne lui avait jamais vue auparavant.

— Laisse-moi, Cord. Je dois rentrer maintenant, dit-elle.

— Pas question, nous n'avons pas encore mangé le

dessert ! Dès que tes traces de larmes auront disparu, nous irons chercher notre part de la tarte que je t'ai promise.

Maggie avait compris à demi-mot. Comme chaque fois qu'elle pleurait, elle devait avoir les yeux rouges et gonflés… Quel abominable spectacle elle devait offrir à Cord ce soir !

De son côté, Cord se disait que ce dîner lui avait fait découvrir une Maggie inconnue. Rien à voir avec la femme qu'il pensait connaître… Il avait la confirmation que quelque chose dont elle ne gardait pas un souvenir agréable avait bouleversé sa sexualité. Mais quoi ? De nouveau, il se reprocha sa conduite au cours de l'unique nuit qu'ils avaient passée ensemble. Son comportement possessif, presque brutal, n'avait pu que raviver chez elle des émotions désagréables.

Il fallait distraire Maggie, l'amener à penser à autre chose. Voyons… Il regarda au loin, les grands espaces où il aimait galoper au petit matin sur un de ses chevaux andalous.

— Tu montes toujours à cheval ?

— Ça fait des années que je n'ai pas posé mes fesses sur une selle !

— Reviens demain matin, nous irons faire une balade dans la campagne…

Elle frissonna. Dans la campagne, seule avec Cord ? Il serait moins risqué de s'engager dans les marines !

Sa gentillesse ne réglait rien. En fait, elle était plus à l'aise quand il lui manifestait une franche aversion. Le choix qu'il lui restait à faire était clair : ou bien partir de nouveau au bout du monde, ou bien accepter d'avoir des relations sexuelles avec lui. Or elle n'était pas prête pour cela. Elle ne le serait peut-être jamais.

Comme elle ne lui répondait pas, Cord comprit les craintes qu'elle était en train d'éprouver.

— Je te promets de ne pas chercher à te séduire, Maggie. J'en prends l'engagement formel, tu entends ?

La lèvre inférieure de la jeune femme se mit à trembler.

Comme elle était fragile ! De nouveau, Cord se remit à lisser les longs cheveux bruns qui s'étalaient sur sa poitrine. Jamais il n'aurait imaginé qu'elle puisse être aussi vulnérable. Une émotion étrange s'empara de lui à l'idée qu'elle acceptait malgré tout de se laisser aller ainsi dans les bras d'un homme. D'autant plus que cet homme, c'était lui !

Il la serra un peu plus fort contre lui. Les chaînes de la balancelle grinçaient doucement. Au loin, on entendait les meuglements du bétail et, tout proches, la stridulation des criquets, le gazouillis des oiseaux perchés dans l'araucaria voisin. Des chiens en vadrouille aboyaient de temps à autre. Tous ces bruits étaient étrangement réconfortants dans l'obscurité qui commençait à épaissir. L'air humide embaumait le jasmin et le chèvrefeuille.

— C'est plein de lucioles par ici, constata Maggie, qui observait depuis un moment les éclairs verts produits par les insectes dans leur vol au milieu des fleurs et des arbres qui environnaient la véranda.

— Tu te rappelles quand on les attrapait et qu'on les mettait dans un pot de confiture avec des trous dans le couvercle ?

— Tu penses ! Amy nous suppliait tout le temps de leur rendre leur liberté. Elle était si bonne qu'elle ne supportait pas l'idée que qui que ce soit se trouve prisonnier, même pas un insecte... On finissait toujours par lui obéir, mais comme elles étaient jolies, ces petites bestioles !

— Oui, mais elles le sont encore plus quand elles volent en liberté.

Cord avait enroulé ses doigts autour de ceux de Maggie et caressait de sa joue les cheveux de la jeune femme.

Silencieuse, elle le laissait faire. Elle n'aurait pas dû, se reprochait-elle, et pourtant elle ne disait rien. Au contraire, ce qu'elle éprouvait, c'était un bonheur absolument délicieux.

— C'est la première fois que je te berce comme ça..., remarqua Cord.

— Non. C'est arrivé une fois déjà, quand j'avais neuf ans. Le chat de la voisine m'avait griffée. Je m'étais mise à hurler et à pleurer. Tu étais venu me chercher et tu m'avais bercée exactement comme maintenant en attendant le retour d'Amy.

— J'avais complètement oublié.

— C'est normal, répondit-elle sans la moindre rancœur. Ce n'était pas important...

Mais, pour elle, ça l'avait été, nota Cord, puisqu'elle s'en souvenait encore. Il se demanda combien de fois son indifférence avait pu la blesser au cours des années qu'ils avaient passées ensemble.

— J'aimerais bien que nous fassions cette balade à cheval demain matin, reprit-il.

Elle hésita, tentée, avant de répondre :

— Non, c'est impossible. J'ai beaucoup de travail au bureau. Merci tout de même pour ta proposition.

Il se pencha pour la regarder dans les yeux.

— Maggie, je sens que tu as décidé de refuser systématiquement tout ce que je te proposerai, et, dès que ce sera possible, tu partiras au bout du monde. C'est le moyen que tu as trouvé pour ne plus avoir à affronter ces situations embarrassantes pour nous deux. Je me trompe ?

— Non, avoua-t-elle simplement.

A quoi bon mentir, au point où ils en étaient ?

Doucement, il caressa l'oreille de Maggie, ourlée comme un coquillage.

— Je ne pense pas que fuir soit la bonne solution.

— Je n'ai pas l'intention de devenir ta maîtresse, annonça-t-elle sur un ton cassant. Je te dis ça juste au cas où tu te ferais des idées…

— Je ne l'ai pas envisagé, répondit-il aussi brusquement. Ecoute, Maggie… Je pense que tu as vécu quelque chose de très dur, quelque chose dont tu ne veux même pas parler. J'aurais dû le sentir, me montrer plus délicat… Si tu savais comme je regrette ce que j'ai fait cette nuit-là !

Maggie ne s'attendait pas à des excuses. A la suite de cet épisode malheureux, Cord ne s'était jamais comporté comme s'il regrettait quoi que ce soit. Bien au contraire, il avait d'abord essayé de rejeter sur elle toute la responsabilité de cet épisode assez sordide.

— Oui, reprit-il, exactement comme s'il lisait dans ses pensées, je sais que j'ai dit que tout cela était arrivé par ta faute, mais c'est parce que je me détestais. Je ne pouvais pas supporter l'idée que j'avais fait du mal à quelqu'un qui m'avait toujours apporté de l'affection et du réconfort.

— C'est la première fois que tu me dis ça.

Cord haussa les épaules.

— Oui. La fierté mal placée est souvent ce qui empêche les gens de présenter des excuses. Moi, j'en avais plus que la dose ordinaire ! Tu comprends, c'est difficile de grandir dans une ville américaine quand on est fils d'immigré. Personne ne voulait m'accepter, je n'avais ma place nulle part. Pour survivre, j'ai dû fourbir mes armes. Ensuite, j'ai continué à m'en servir, même si elles n'étaient plus de mise.

— Je n'avais pas compris ça.

— C'est normal, tu n'avais même pas remarqué que j'étais étranger ! A huit ans, tu parlais couramment l'espagnol. Par contre, tu ne m'as jamais dit comment tu l'avais appris.

— Avec ma mère. Elle était originaire de Sonora, au

Mexique. Sa grand-mère était une femme extraordinaire. Elle faisait partie de celles qui avaient suivi Pancho Villa pendant la révolution mexicaine. Je garde précieusement une photo d'elle arborant plusieurs ceintures chargées de cartouches et transportant une carabine.

— Ça, c'est franchement drôle ! s'exclama Cord. Figure-toi que l'un des grands-oncles de mon père a combattu Villa ! Son fils élève encore des taureaux de combat en Andalousie, au nord de Malaga. C'est un cousin que je vais voir de temps à autre, celui qui avait recueilli Hijito.

— Franchement, je n'avais jamais compris à quel point il avait été difficile pour toi de t'intégrer. Tu paraissais très sûr de toi pour ton âge et tu n'avais jamais peur de rien !

— Tu étais exactement pareille. A la différence près que toi tu avais peur du chat de la voisine…

— Et aussi des serpents !

— Tu étais une drôle de petite fille, ajouta-t-il en caressant les sourcils de Maggie. Tu raisonnais si bien qu'on t'aurait facilement donné cinq ans de plus que ton âge. Tu détestais les garçons. A part moi, ajouta-t-il sur un ton de défi, comme pour provoquer une réaction chez la jeune femme.

— C'est parce que tu vivais sous le même toit que moi et que tu m'as toujours protégée.

— Toi aussi, tu me protégeais. A l'époque, d'ailleurs, je n'aimais pas beaucoup ça ! Il me semblait que c'était une mainmise sur moi, un peu comme si je t'appartenais.

— Il n'y avait qu'avec toi que je me sentais en sécurité. Tant que tu étais là, il me semblait que rien ni personne ne pouvait me faire de mal.

— Tu donnais bien plus que tu ne recevais. Tu es très généreuse, Maggie. Moi, tu vois, j'ai tellement dû me battre, même quand j'étais gosse en Espagne, que mon cœur s'est endurci. Mon père était matador et nous savions très bien qu'à chaque corrida il mettait sa vie en danger.

— Je ne m'étais pas rendu compte de cela.

— Nous étions très heureux, malgré les dangers qu'il affrontait. C'était son choix de vie et ma mère l'avait accepté. Tu sais, longtemps j'ai regretté de ne pas avoir péri avec mes parents dans cet incendie. Comme ma mère était américaine, j'ai été considéré comme citoyen américain et les autorités n'ont pas voulu me renvoyer en Espagne. C'est comme ça que j'ai atterri dans cette espèce d'orphelinat où Amy m'a trouvé. Tu imagines dans quel état j'étais ! Fou de chagrin et de rage contre le destin.

Maggie lui serra affectueusement la main.

— Et quand elle m'a ramené chez elle, poursuivit-il, j'ai rencontré cette gamine aux allures de garçon manqué qui s'appelait Maggie. Elle s'est assise avec moi sur le porche et s'est mise à me parler un espagnol impeccable alors que je refusais obstinément de prononcer un seul mot d'anglais. Partout où tu te trouvais, je me sentais chez moi. Tu te rends compte, un gaillard costaud comme je l'étais, qui se sentait rassuré par une petite fille âgée de dix ans !

— Tu sais bien que j'étais très mûre pour mon âge.

— Oui, c'est vrai. Maintenant encore, tu n'es pas comme les autres jeunes femmes.

A son tour, il lui prit la main et la serra dans les siennes, avant de poursuivre sur le ton de la confidence.

— Entre toi et moi, il y a un lien spécial. Je l'ai toujours su, même quand je faisais tout mon possible pour l'ignorer parce que je t'en voulais de me protéger. Nous ne pouvons plus faire comme si de rien n'était. Surtout pas après ce qui vient de se passer entre nous.

Ces quelques mots furent de trop pour Maggie, qui se laissa glisser sur le sol, et se mit debout face à lui.

— Je t'en prie, Cord. Je… je ne veux pas… Je ne peux pas faire ça.

Cord se mit debout lui aussi. La silhouette de la jeune femme se détachait sur le fond de soleil couchant, nimbée de couleurs d'or et de feu.

— Mais je ne te demande rien ! se récria-t-il.

Dans les yeux verts, il aperçut, fugitives mais bien présentes, les traces des vieilles blessures émotionnelles qui refusaient de disparaître.

— Le sexe me fait peur, avoua Maggie dans un souffle, comme s'il s'agissait d'un secret terrible et honteux. Oui, le sexe, c'est sordide, ajouta-t-elle.

Cord posa un doigt sur sa bouche pour la faire taire.

— Maggie, le sexe, c'est une manière merveilleuse pour

un homme et une femme de se dire qu'ils s'aiment. Ce n'est absolument pas sordide comme tu le crois. Si c'est à cause de moi que tu as cette opinion, je te demande pardon de tout mon cœur.

Cord paraissait profondément malheureux.

— Ce n'est pas ta faute. Nous n'étions pas dans notre état normal, ni l'un ni l'autre. D'ailleurs, j'ai peut-être fait quelque chose qui t'a laissé croire que c'était ce que je voulais… Moi aussi, je suis désolée. Je te jure que je ne laisserai jamais cette chose se reproduire entre nous.

— Mais… pourquoi ? demanda Cord, complètement perdu.

— Parce que… parce que c'est dégoûtant. Parce que c'est dégradant ! Je ne veux pas de ça entre nous.

L'expression qui se lisait sur son visage décomposé désarma totalement Cord. Qu'avait-elle donc vécu de si atroce qui ait pu lui donner cette vision distordue de l'intimité physique ? Maggie venait de lui dire qu'il n'était pour rien dans ce dégoût. Alors ? Il allait chercher à comprendre, il s'en faisait la promesse.

En attendant, il fallait recommencer à zéro avec Maggie. Le bref épisode qu'ils venaient de vivre lui prouvait qu'il existait entre eux une puissante alchimie. Il allait l'explorer. Lui qui fuyait toute intimité se sentait prêt à tout désormais pour gagner celle de Maggie.

— Si tu ne peux pas venir demain pour la balade à cheval, qu'est-ce que tu dirais de m'accompagner au cinéma la semaine prochaine ?

— Cord, ce n'est pas une bonne idée. Ce qui s'est

passé ce soir, c'était un feu de paille, ni plus ni moins. Oublions tout ça le plus vite possible !

— Tu as peur, voilà la vérité ! Et je n'ai pas la moindre envie de t'acculer dans tes derniers retranchements. Nous pouvons être seulement amis si c'est cela que tu veux. Mais n'oublie pas ce que je t'ai dit tout à l'heure. Je suis prêt à tout pour toi, Maggie !

A ces mots, Maggie sentit des picotements de désir parcourir tout son corps. La voix de Cord était si douce quand il lui parlait ainsi qu'elle sentait son cœur fondre de tendresse pour lui. Mais elle ne lui faisait pas confiance. C'était encore trop tôt.

Plus tard, peut-être ?

Jamais, sans doute…

D'un geste de la main, elle rejeta ses cheveux en arrière.

— Si tu m'offrais enfin de la tarte aux cerises ?

— Attends un peu…

Il tourna le visage de Maggie vers la lumière et l'examina.

— Bon, ça va, tu es présentable, tu n'as plus les yeux rouges. Je ne veux pas que Travis et sa fille pensent que je t'ai fait pleurer, même si c'est ce qui s'est passé en réalité.

Maggie résolut de jouer franc jeu.

— Si j'ai pleuré, c'est parce que je… j'ai cru que tu me repoussais. J'ai eu peur de te dégoûter.

— Oh, jamais de la vie ! se récria Cord. Qu'est-ce que tu vas imaginer ? J'essayais seulement de t'épargner un autre traumatisme. C'est un peu tôt encore pour que nous nous lancions dans une relation aussi intime. Nous sommes devenus des gens différents. Nous devons réapprendre à nous connaître. Le problème, c'est que… j'avais commencé à t'embrasser et je ne pouvais plus m'arrêter. J'avais envie d'aller jusqu'au bout, mais j'avais peur de te faire encore du mal. J'ai préféré te repousser avant de commettre une nouvelle idiotie que je n'aurais pas pu rattraper.

— Tu veux dire que… ce n'était pas ma faute ?

— Pas du tout ! C'est mon impatience qui a tout gâché, voilà tout. Il n'a jamais été question de dégoût ou de rejet de ma part ! Jamais je n'ai…

— Jamais quoi ?

— Jamais je n'ai désiré une femme avec une telle violence.

Le mot résonna dans la tête de Maggie. Violence… Oui, c'est exactement ce qu'elle-même avait ressenti. Un désir d'une violence inouïe, effrayante.

— Est-ce que… est-ce que c'est normal ?

— Quoi ?

— D'avoir envie de quelqu'un à ce point ?

— Ça ne t'est jamais arrivé, de tellement désirer un homme que c'était une torture de t'écarter de lui ?

— C'est exactement ce qui m'est arrivé ce soir avec toi, et c'était la première fois.

Les yeux noirs de Cord lui jetèrent un regard brûlant.

— Maggie, j'ai un peu honte de te poser une question

aussi directe, mais j'ai besoin de savoir. Est-ce que tu avais couché avec un homme avant moi ?

Le temps des mensonges entre eux était révolu. Elle avala péniblement sa salive et avoua :

— Non. Pas de cette façon, répondit-elle avec dignité, sans même prendre garde à son étrange formulation.

Cord fit de son mieux pour cacher à quel point cette surprenante réponse le troublait.

Comme Maggie prenait résolument le chemin de la salle à manger, il renonça à comprendre pour l'instant et lui emboîta le pas.

La tarte aux cerises était délicieuse. Ils se montrèrent parfaitement polis et courtois pendant le moment où ils mangèrent leur dessert. Leur excitation était retombée et ils étaient l'un et l'autre revenus à une attitude plus paisible, évitant soigneusement tout sujet de conversation un peu trop personnel. Ensuite, toujours accompagné d'un chauffeur, Cord raccompagna Maggie à son hôtel après le café.

Malgré les protestations de Maggie, il insista pour la reconduire jusqu'à sa chambre.

— Je ne veux pas que tu traînes seule dans les couloirs d'un hôtel à cette heure-ci, expliqua-t-il. D'accord, j'aurais peut-être mieux fait de m'occuper de toi plus tôt, mais mieux vaut tard que jamais. A partir de maintenant, je vais prendre soin de toi.

Maggie lui jeta un regard étrange.

— Pourquoi te donner ce mal ? Tu sais très bien qu'il ne te servira à rien de prendre de nouvelles habitudes puisque je vais partir. Dès que j'aurai trouvé le genre de poste que je recherche, je quitterai Houston.

— Pour toujours ?

— Plus je serai loin, mieux nous nous porterons, toi et moi. J'empoisonne ta vie. Tu n'as pas envie de t'investir dans une relation stable, et moi, je ne peux même pas en envisager une de courte durée… Que pouvons-nous espérer de tout ça ?

Cord laissa échapper un soupir.

— Effectivement, je te vois mal avoir une liaison, même brève, avec qui que ce soit, y compris moi !

Presque vexée par cette remarque, Maggie introduisit sa carte magnétique dans la serrure, puis se tourna vers Cord.

— Je peux savoir pourquoi ?

— Parce que tu trimballes un certain nombre de blocages qui finissent par faire un gros sac de nœuds ! Il te faudra trouver un homme bien patient pour les défaire…

— En tout cas, ce ne sera pas toi !

— Qui sait ? Je trouve que je ne me suis pas débrouillé si mal que ça aujourd'hui.

Maggie s'aperçut qu'en lui lançant cette boutade il souriait, le monstre ! Là-dessus, il recula d'un pas dans le couloir et se mit à considérer sa silhouette.

— Tu as un corps magnifique… Tu es mince, mais tes seins sont juste comme il faut.

— Arrête de parler de mes seins ! s'écria Maggie en repliant les bras sur sa poitrine comme pour la défendre de quelque attaque imprévue.

— Qu'est-ce que tu dirais si je leur faisais ce à quoi je suis en train de penser ? ajouta-t-il, provocant.

Une lueur de désir aussi imprévue qu'un éclair dans un ciel d'été traversa le corps de Maggie, qui rougit jusqu'à la racine des cheveux. Cela au moins n'échappa pas à la perspicacité de Cord.

— Je vois que tu comprends de quoi je parle…, ajouta-t-il, moqueur, tandis que son regard se posait sur la bouche de la jeune femme.

— Si tu savais comme j'aimerais t'embrasser pour te dire au revoir ! Mais, si je le faisais, je crois que tu n'accepterais plus jamais de sortir avec moi.

Maggie, si douée pour la repartie d'ordinaire, demeura muette. Quand Cord lui parlait sur ce ton, avec sa voix de velours, elle perdait tous ses moyens. Il le savait et il en jouait.

— Je te promets de ne pas te prendre en traître, poursuivit-il. Je n'exercerai sur toi aucune pression. Mais je te désire, je veux que tu le saches.

— Je t'ai déjà dit que…

— Laisse-moi finir ! Je sais que c'est réciproque. Toi aussi, tu me désires. Je suis à toi, quand tu veux, où tu veux. Au lit, contre un mur, par terre, comme il te plaira, ça m'est égal. Mais c'est toi qui prendras l'initiative. A partir de maintenant, je ne te toucherai plus à moins que tu ne me le demandes.

— Je… je ne comprends pas.

Cord se rapprocha de Maggie et la fixa droit dans les yeux.

— J'ai passé une grande partie de ma vie professionnelle à faire respecter la loi. Je sais qu'il y a des victimes innocentes.

Ces paroles énigmatiques firent monter les larmes aux yeux de Maggie.

Sans bouger, elle fixait Cord. Puis un vertige s'empara d'elle. Les murs du couloir se mirent à tourner, de plus en plus vite au fur et à mesure que les abominables souvenirs remontaient à sa mémoire, terrifiants, plus handicapants que jamais.

— Cord ! appela-t-elle dans un souffle.

Et elle tomba évanouie à ses pieds.

Quand elle revint à elle, Maggie était étendue sur la courtepointe de son lit. Cord se tenait assis près d'elle, un verre d'eau dans une main. De l'autre, il lui soutenait la tête pour s'efforcer de la faire boire.

Sous son hâle, il était blême.

Elle tenta d'avaler une gorgée d'eau et s'étrangla.

Il posa le verre sur la table de chevet et l'aida à s'asseoir. Pendant tout le temps où elle lutta pour recouvrer son souffle et son calme, il lui caressa doucement les cheveux.

— Excuse-moi, plaida-t-il. J'aurais dû me taire.

Elle avala plusieurs fois sa salive. S'il savait quels souvenirs atroces il avait ressuscités…

— Tu te sens mieux ?

Elle fit un effort pour sourire. Comment aurait-il pu deviner ? Il ne savait rien de son passé. Il se contentait de faire des suppositions, sans savoir exactement jusqu'à quels abîmes de dépravation certaines personnes peuvent descendre pour satisfaire leur goût du plaisir facile et pervers.

— Ça ira, Cord. Ça va déjà mieux. J'ai eu une semaine difficile. Toute la fatigue est en train de me tomber dessus d'un coup, voilà tout.

Il continuait à la regarder d'un air soucieux. De toute évidence, il ne croyait pas un mot de cette pauvre excuse.

— Si tu revenais au ranch avec moi ? June pourrait te tenir compagnie.

Elle secoua la tête.

— Non, c'est inutile. Je ne comprends pas ce qui m'arrive ! C'est vrai, j'ai un passé un peu compliqué, mais je sais me défendre, ne t'inquiète pas.

— Tu te défends tellement bien que tu t'évanouis, petite Maggie…

L'expression affectueuse la fit cligner des yeux. Jamais encore Cord n'avait utilisé le moindre terme tendre pour s'adresser à elle.

Cord devina la cause de cette réaction. Il se mit à rire doucement.

— Oh… Il me semble bien que j'ai trouvé un défaut dans la cuirasse ! Il va falloir que j'en profite.

— Ça ne marchera pas deux fois, je te préviens, l'avertit Maggie.

— On verra bien, ma chérie…

Elle devint instantanément cramoisie.

Les yeux de Cord se mirent à briller de malice.

— Parfait. Je vais donc peaufiner ma liste de vocabulaire d'ici à la semaine prochaine. Mercredi ou jeudi ? Cinéma et restaurant, qu'est-ce que tu en penses ?

— Cord, je…

— Je t'ai fait une promesse, je la tiendrai, coupa Cord. Je ne toucherai pas un cheveu de ta tête.

— Mais tu sais bien que je vais repartir. Tout cela ne fera que rendre les choses plus difficiles.

— Pour qui ? Pour toi ou pour moi ?

— Pour moi, avoua-t-elle, furieuse de voir qu'il savait parfaitement tout ce qu'elle éprouvait. Je t'en prie, arrête de me tourmenter.

Cord la considéra. Elle avait effectivement l'air martyrisé. Il lui prit la main et lui caressa les doigts.

— Tu as parfaitement le droit de te comporter comme tu le fais. Je ne te reproche rien. Mais laisse-moi une place dans ta vie, ne serait-ce qu'une toute petite place comme ami, si c'est tout ce que tu as envie de m'offrir. Maggie, ne me repousse pas complètement !

La modestie de cette requête la surprit un peu. A vrai dire, elle n'y croyait pas totalement. Ne serait-ce qu'à cause du désir qu'elle sentait pour lui au creux d'elle-même. Quelle ironie, tout de même… Elle l'aimait, et pourtant elle ne pouvait pas imaginer faire l'amour avec lui. Quant à lui, il voulait bien faire l'amour avec elle, mais il ne l'aimait pas !

— Laisse-moi ajouter quelque chose tout de même, reprit Cord. Il y a sûrement plus d'une femme à Houston qui ne considérerait pas comme un calvaire de devenir ma maîtresse.

Maggie se redressa. Cord avait voulu la blesser ? Il avait réussi. Elle prit le verre d'eau et en but une gorgée, incapable de parler. Les mots l'auraient étranglée. En fait, Cord lui posait un ultimatum. C'était le vieux jeu qui remontait à la surface. Exactement comme autrefois. Frappe avant d'être frappé…

Mais, à ce jeu-là, elle n'avait plus envie de jouer.

— Tu ne me réponds rien ? s'enquit-il, provocant.

De nouveau, elle but une gorgée d'eau et demeura silencieuse.

Cord se leva, se dirigea vers la porte et sortit, silencieux lui aussi. Pourtant, il revint sur ses pas aussitôt.

— Ferme ta porte tout de suite derrière moi ! Je t'ai déjà dit que j'avais un ennemi en ville. Il peut avoir envie de s'en prendre à toi, inutile de lui faciliter le travail.

— Très bien, j'ai compris.

Il attendit que Maggie se lève avant de se retirer.

— Excuse-moi pour ce que je viens de te dire. C'est moche, et je le regrette.

Maggie haussa les épaules.

— Pas la peine. S'il y a tant de femmes qui n'attendent qu'un signe de toi pour sauter dans ton lit, pourquoi m'y précipiterais-je ? Profite de ta bonne fortune et laisse-moi tranquille !

— Maggie, je ne…

— Bonne nuit, Cord.

Il fit un pas en arrière dans le hall, et se mit à se maudire. Maggie venait de s'évanouir à cause de la terreur que suscitaient ses souvenirs, et, juste au moment où elle reprenait conscience, il ne trouvait rien de mieux à faire que de se livrer à un chantage ignoble. Juste après lui avoir promis qu'il allait la laisser tranquille… Quelle honte ! Ce n'était pas son cœur qui parlait, seulement la frustration que cette situation suscitait en lui, mais tout de même… La culpabilité l'étouffait.

— Maggie, je t'ai fait des promesses que je ne suis pas capable de tenir, avoua-t-il, abattu. Je comprends que tu n'aies pas envie de sortir avec moi. Je ferais pareil si j'étais à ta place ! Pardon, et promets-moi de bien tenir ta porte fermée. D'accord ?

— Oui, promis.

Les mains dans les poches, il s'éloigna dans le couloir. Maggie le regarda s'avancer vers l'ascenseur. Au moment d'appuyer sur le bouton, il se retourna, l'aperçut et parut hésiter un instant. Il fit même un pas dans sa direction, comme s'il avait envie de revenir en arrière, vers elle.

Cette pensée fit frissonner la jeune femme. Elle n'était pas prête pour cela. Non, elle serait incapable de supporter une autre étreinte ce soir.

Elle se retira dans sa chambre et referma soigneusement la porte derrière elle comme elle le lui avait promis. Puis elle s'y adossa et attendit un long moment que les battements de son cœur se calment un peu avant de regagner son lit.

6

Pendant le reste du week-end, elle ne put se reposer qu'à coups de petits sommes irréguliers. En prenant sa douche, elle avait aperçu autour de son sein la marque encore rouge que les lèvres de Cord y avaient laissée. La honte l'avait inondée.

Bien sûr, personne ne pouvait apercevoir cette trace de l'interlude torride qu'elle avait connu avec Cord, mais ce souvenir brûlant l'avait empêchée de trouver le sommeil. Après des années passées à rêver en vain de cet instant, la réalité l'avait tellement submergée qu'elle avait peine à croire ce qui s'était passé. Cord ne lui avait fait aucun mal. Loin de là… Il s'était montré si tendre que son corps tout entier frémissait au souvenir de sa caresse. Le douloureux souvenir de la nuit où il l'avait possédée après la mort d'Amy ne l'avait pas préparée à tant de douceur. Mais qui sait ? S'ils avaient continué, la souffrance serait revenue, pire encore peut-être… Non, ce n'était pas possible. La griserie qu'elle avait éprouvée dans les bras de Cord témoignait du contraire. Il devait être un amant merveilleux. Maintenant, elle pressentait ce qu'elle perdait à se refuser à lui, et ce qu'elle perdrait à jamais si elle quittait le pays.

Mais à quoi bon rester ? Même si Cord avait clairement manifesté sa contrariété à l'idée de ce projet, elle n'avait rien à attendre de lui. Il ne voulait pas se marier. Elle, au contraire, le souhaitait vivement. Elle avait menti afin de préserver sa dignité, mais, en fait, elle aurait adoré être mariée avec Cord. Porter ses enfants... A cette idée, une douleur la transperça, aussi vive qu'un coup de couteau.

Ce matin, elle avait terminé sa toilette en évitant de regarder la marque de ce qu'elle qualifiait intérieurement de dévergondage, s'était dépêchée de s'habiller, et c'est somnolente et les yeux rouges qu'elle s'était présentée à son bureau.

Deux clients l'attendaient, et, par chance, son aisance professionnelle leur laissa croire qu'elle était entièrement concentrée sur sa tâche et au sommet de sa forme.

Ensuite, Kit l'invita à déjeuner avec elle. Un peu surprise, Maggie la vit glisser un appareil photo dans son sac.

— Qu'est-ce que tu comptes faire avec ça ? lui demanda-t-elle, curieuse.

Kit se mit à sourire mystérieusement.

— Nous allons déjeuner dans un restaurant que j'ai choisi avec soin. Il se trouve à proximité de l'agence pour l'emploi où travaille le type sur lequel nous enquêtons. J'espère le surprendre en compagnie de quelqu'un. Qui que ce soit, peu importe, nous n'avons pas encore la moindre idée de ses relations. Si je pouvais ramener une photo de lui en compagnie d'un de ses acolytes, cela nous mettrait le pied à l'étrier pour la suite des recherches.

— En effet, approuva Maggie. C'est une bonne idée. Est-ce que ton mari est au courant ?

— Non, répondit Kit en se renfrognant. Et gare à toi si tu lui dis quoi que ce soit ! Par moments, Logan se comporte comme le pire des machos... Jamais il ne me laisserait prendre une initiative pareille, mais j'estime que ça fait partie de mon travail. Le tout est de ne rien dire à l'avance. Ce que Logan ne sait pas ne peut pas l'inquiéter !

Maggie se mit à rire.

— Imagine un peu ton mari en train de nous courir après dans la rue ! Ça serait plutôt rigolo, non ?

— Je préférerais qu'il comprenne que je ne peux pas laisser en liberté des gens assez ignobles pour vendre des enfants comme des esclaves. Si quelqu'un faisait ça à Bryce, je te jure que je ne prendrais pas de gants pour lui régler son compte !

Maggie opina en silence. Elle comprenait parfaitement la position de son amie.

Elles entrèrent dans le restaurant et choisirent une table d'où elles pouvaient observer les allées et venues dans la rue. Tous les clients de l'agence pour l'emploi que Kit soupçonnait de se livrer à cet ignoble trafic passeraient forcément devant leurs yeux.

— Oh ! Dis donc, la devanture est super chic ! remarqua Maggie.

— Evidemment, c'est leur couverture. Et ils ont d'autres agences qu'au Texas, des antennes en Floride et à New York. Mais Lassiter pense que les autres agences sont réglo. Elles contribuent uniquement à intégrer celle de Houston dans une chaîne commerciale apparemment insoupçonnable d'une quelconque malhonnêteté. Le bureau de Jobfair à Houston, par contre, paraît être relié à une société qui s'occupe d'enfants volés revendus comme main-d'œuvre gratuite, et ce serait Gruber qui contrôlerait tout ça.

— Quel triste monde que le nôtre…, commenta Maggie.

La rue était vide. Elles passèrent leur commande et commençaient à siroter un jus de fruits en attendant d'être servies lorsque Kit se redressa pour mieux voir par la fenêtre.

— Maggie, regarde vite ! s'exclama-t-elle, prise au dépourvu. Ils vont s'en aller avant que j'aie seulement eu le temps de mettre la main sur mon appareil !

Elle se mit aussitôt à fouiller dans son sac.

— Ne t'en fais pas…, souffla Maggie. Je vais me débrouiller pour les retenir.

Sans réfléchir, elle se leva d'un bond et se précipita dans la rue en adressant des signes d'amitié aux deux hommes qui discutaient sur le trottoir en une langue qu'elle reconnut aussitôt comme étant de l'espagnol. L'un d'eux était petit et presque chauve, l'autre grand, brun et d'allure peu engageante.

— Jake ! s'exclama-t-elle avec un grand sourire en se

précipitant vers le plus grand des deux. Quel plaisir de te revoir ! Mon Dieu…, ajouta-t-elle soudain quand elle fut un peu plus près. Excusez-moi ! Je suis en train de me tromper. Je vous avais pris pour un ancien collègue de travail… Je suis vraiment désolée.

Elle afficha un air confus et rebroussa chemin pour rejoindre Kit à l'intérieur du restaurant.

— Alors ?

Kit était radieuse.

— Ça y est ! annonça-t-elle, triomphante. Tu as plus d'un tour dans ton sac ! C'est moi qui t'invite, pour fêter ça.

— Je me suis bien amusée ! répliqua Maggie, un peu essoufflée par sa performance. Je me demande si je ne suis pas une détective-née ! Au fait, est-ce que tu sais qui sont ces hommes ?

— Le petit est celui sur lequel nous enquêtons. Il s'appelle Alvarez Adams. Et je pense que le grand est l'associé que nous avons essayé de repérer, celui qui s'occupe du trafic d'enfants en Afrique. Il s'appelle Raoul Gruber et travaille dans la région de Madrid. Mais nous pensons qu'il entretient des relations étroites avec Jobfair et que lui et Adams collaborent au niveau mondial. Tu sais quoi ? Ça me fait froid dans le dos, de penser à tout ça ! Heureusement, Lassiter a des contacts dans tout le pays avec les bureaux de police qui s'occupent de ce genre de délits. Nous leur fournissons aussitôt tous les renseignements que nous avons pu obtenir.

— J'espère qu'ils feront bon usage de ce que tu as récolté aujourd'hui.

— Oui, moi aussi, répliqua Kit. Mais, si jamais cet homme n'est pas Gruber lui-même, il y a peu de chances que ce soit utile. Adams nous file entre les doigts comme une anguille. Nous ne savons rien sur lui. Par contre, s'il s'avère qu'il travaille avec Gruber, nous avons trouvé le chaînon manquant, et, à partir de là, nous pourrons commencer à remonter la filière.

— Ont-ils eu l'air de faire très attention à moi pendant que je revenais vers le restaurant ? s'enquit Maggie.

Quelque chose qu'elle était incapable de préciser la tracassait à propos du plus grand des deux hommes.

— Le grand brun t'a regardée.

Ces quelques mots renforcèrent les pires soupçons de la jeune femme. Ce fut bien pire encore lorsque Kit ajouta :

— On aurait presque dit qu'il te reconnaissait. C'est quand même bizarre, non ?

Le cœur de Maggie fit un bond dans sa poitrine. Seigneur ! Si jamais… si jamais cet homme était celui qui avait essayé de tuer Cord ? Il lui semblait bien que Cord lui avait parlé d'un homme qui travaillait dans une agence pour l'emploi. Est-ce que, par hasard, il s'agirait de celle-ci ? Il fallait absolument qu'elle le sache !

Toutefois, elle ne fit pas part de ses craintes à Kit. A quoi bon inquiéter cette dernière, qui ne lui avait rien demandé ? C'est elle-même qui avait décidé d'intervenir, et, maintenant encore, elle ne le regrettait pas. Bien au contraire, elle avait le sentiment d'avoir fait quelque chose d'important et d'utile. Et puis, elle avait découvert le plaisir procuré par une bonne poussée d'adrénaline… Pas étonnant que Cord n'ait pas envie d'abandonner son métier !

Après les émotions du déjeuner, le reste de sa journée s'écoula dans une sorte d'hébétude ennuyeuse qui ne fut pas sans l'alarmer. Allait-elle passer sa vie entière à conseiller les gens sur les placements qu'ils pouvaient faire ? Quel ennui… Quelle horreur ! Elle n'en avait aucune envie. Aussi aimable soit-il, Dane Lassiter allait sans doute avoir besoin de chercher une autre employée…

Pourtant, l'imprudence de son comportement ne lui échappait pas. Elle commençait à entrevoir à quel point Gruber pouvait être dangereux. Et, si jamais il devinait qui elle était et la soupçonnait de l'épier, elle ne donnait pas cher de sa sécurité. Peut-être avait-elle assez joué avec le feu…

De retour à l'hôtel, elle appela au ranch. Cord était absent, mais elle lui laissa un message. Puis, après avoir troqué son tailleur contre un T-shirt noir et un short de toile beige, elle se cala dans le fauteuil de sa petite chambre et se mit au travail sur son ordinateur portable.

Deux heures s'écoulèrent sans qu'elle en ait conscience, perdue dans ses comptes et ses évaluations. Ce fut la sonnerie insistante en provenance de sa porte qui la ramena à la réalité. Elle se leva et, prudente, jeta un coup d'œil par le judas. Cord se tenait derrière sa porte, en jean et chemise à carreaux, le Stetson penché en arrière.

Un peu surprise de le trouver là, alors qu'elle lui avait seulement demandé de lui passer un coup de fil, elle lui ouvrit et le fit entrer. Avant de pénétrer dans la pièce, il lui jeta un long regard appréciateur.

— Je… je voulais te dire que…

Il se pencha, la souleva dans ses bras et se mit à l'embrasser avec fougue.

Instantanément, Maggie oublia tout ce qu'elle avait prévu de lui raconter. Elle le laissa faire, grisée par la délicieuse sensation des lèvres chaudes de Cord sur les siennes. Le baiser n'était ni insistant ni exigeant, mais au contraire lent, délicatement sensuel. Elle le savourait sans réfléchir et se sentait fondre.

Au bout d'un moment, Cord se releva et la regarda droit dans les yeux.

— Au fait, qu'est-ce que tu voulais me dire ?

Maggie avait bien du mal à recouvrer son souffle. Et encore plus ses esprits !

— Heu… Tu portes un chapeau de cow-boy, maintenant ?

— Et alors, ça t'étonne ? Je suis un cow-boy qui élève des Santa Gertrudis. C'est ça que tu voulais me dire ?

— Cord, je suis incapable de penser !

— Vraiment ? J'en suis flatté ! Tu veux que je recommence ?

— Non. Pas tout de suite…

— Avec ça, l'avenir est plein de promesses ! plaisanta-t-il. Alors, qu'est-ce que tu faisais ?

Elle fit un geste en direction de son ordinateur, qu'elle avait posé sur le sol, à côté de son fauteuil.

— Je travaillais.

— Eh bien, tu en as assez fait pour le moment ! Habille-toi, je t'invite à venir dîner avec moi. Un bon steak dans un restaurant que je connais et où on sert de la viande tendre comme du beurre. Ça te tente ?

— Pourquoi pas ? Mais, avant, je veux te dire quelque chose.

Nerveuse tout à coup, elle ramena une mèche de cheveux derrière son oreille.

Cord s'était fait attentif.

— Je t'écoute.

— Eh bien voilà... Je voulais te parler d'un homme que j'ai vu à midi pendant que je déjeunais avec Kit. Il était en compagnie d'Alvarez Adams.

A ces mots, Cord sentit tout son entrain disparaître.

Maggie remarqua combien son visage s'était fait sérieux tout à coup et elle eut un aperçu rapide du genre d'homme qu'il était dans son travail. Brrr... Cela faisait froid dans le dos !

— Depuis quand connais-tu Adams et où l'as-tu vu ?

— C'est Kit qui l'a reconnu. Lassiter mène une enquête à son sujet. Nous étions en train de déjeuner toutes les deux près de cette agence qui s'appelle Jobfair, poursuivit-elle, observant avec curiosité l'expression dure qui envahissait le visage de Cord. Il était accompagné d'un homme. Grand. Brun. Il avait une cicatrice au menton.

— Gruber ! s'écria Cord. Il est déjà à Houston ?

Maggie se tut. Le nom de Gruber commençait à lui être familier, maintenant.

— Est-ce qu'il t'a vue ? s'enquit Cord.

— Eh bien… J'essayais de te dire que Kit voulait prendre une photo de ces deux hommes. Comme ils étaient sur le point de partir, je me suis précipitée dehors en faisant semblant de reconnaître le plus grand des deux, histoire de permettre à Kit de prendre sa photo. Ensuite, j'ai fait celle qui s'était trompée…

Comme le visage de Cord avait blêmi et prenait un air effrayant, elle se hâta d'ajouter :

— Je ne pense pas qu'elle ait eu le temps d'utiliser son appareil.

— Espèce de petite folle ! souffla-t-il. Raoul Gruber est l'homme qui avait posé la bombe qui a failli me tuer. Il est loin d'être stupide et je parie qu'à l'heure qu'il est il sait déjà qui tu es, avec qui tu étais au restaurant ! Ce qui signifie que toi et ta copine êtes en danger toutes les deux.

— Il faut que j'avertisse Kit !

— Oui, mais il faut surtout que tu fasses tes valises. Impossible pour toi de rester ici maintenant que Gruber sait qui tu es. Dépêche-toi, Maggie. Viens tout de suite. Je ne peux pas quitter cet hôtel sans toi. Au fait, Kit est bien l'épouse de Logan Deverell ?

— Oui, c'est ça.

— Je les appellerai dès que nous serons au ranch. Allez, vite ! Boucle ta valise. Nous partons tout de suite.

Maggie hésita un peu. Cord ne lui demandait guère son avis ! Allait-elle accepter la pression qu'il lui imposait ? Voilà qui ne cadrait guère avec ses principes de femme moderne et émancipée…

— Qu'est-ce que tu attends, Maggie ? demanda Cord, impatient. De recevoir une balle par la fenêtre ? Je ne suis pas en train de te faire la conversation. L'homme dont nous parlons sait qu'il perdra une fortune si jamais il est découvert. Il a déjà tué des enfants, alors tu imagines bien qu'il n'hésitera pas une minute à se débarrasser d'une femme encombrante !

Comme Maggie ne réagissait pas assez vite à son gré, Cord s'énerva pour de bon. D'un geste brusque, il la souleva et la jeta par-dessus son épaule avant de franchir la porte. Maggie se mit à gigoter de toutes ses forces, mais, insensible à ses protestations, il pénétra dans l'ascenseur. Là, il la fit glisser dans ses bras, où il la maintint malgré ses gesticulations. En arrivant dans le hall d'entrée, ils croisèrent un couple d'un certain âge qui les regarda d'un air effaré. Sans se démonter, Cord annonça, à la plus grande horreur de Maggie :

— Ma femme est en train d'accoucher… Elle n'est pas d'accord, mais je ne veux même pas lui permettre de poser le pied par terre !

— Oh ! s'exclama le vieux monsieur tandis que son épouse arborait un air attendri. Je sais exactement ce que vous ressentez. Ma femme travaillait dans une pharmacie quand notre fille s'est annoncée. Comme ils étaient en train de faire l'inventaire et qu'on avait besoin d'elle, le bébé est né sur le parquet du magasin, entre deux caisses de médicaments !

— Et alors ! intervint la vieille dame. Tout s'est très bien passé. Ma petite, ajouta-t-elle à l'adresse de Maggie, ne laissez pas votre mari trop vous dorloter. La meilleure des thérapies, c'est l'exercice.

Maggie aurait bien aimé ajouter son grain de sel à cette conversation surréaliste, mais personne ne lui en laissa l'occasion. Cord l'entraînait déjà à grands pas vers la sortie. Quelques instants plus tard, elle se retrouva assise à l'avant du pick-up de Cord, pieds nus et en short.

— Attends-moi ici, je vais récupérer tes affaires ! décréta Cord, imperturbable.

— Mais tu n'as pas la clé ! gémit Maggie.

— Si tu crois que ça me dérange ! rétorqua Cord, amusé par la naïveté de sa compagne. Dans mon métier, on n'a pas besoin de cet outil pour ouvrir les portes.

— Espèce de monte-en-l'air !

— Si tu veux. J'ai à ma disposition toute une panoplie de talents que tu ignores encore ! Tiens-toi tranquille, tu retrouveras tout ce qui t'appartient d'ici la fin de la soirée.

Maggie renonça à discuter. Cela ne menait à rien. Cord était venu seul cette fois, mais son arrivée au ranch dans pareille tenue ne passerait tout de même pas inaperçue... Tant pis ! Tant mieux, même. Ce serait à Cord d'expliquer aux uns et aux autres pourquoi il l'amenait ainsi, pieds nus, échevelée et les vêtements en bataille. Elle, elle s'en lavait les mains…

Quelques instants plus tard, sa valise et ses quelques affaires empilées sur la banquette arrière, ils arrivaient en vue du ranch. Par chance, personne ne les vit approcher, et Maggie en fut soulagée. Malgré tout ce qu'elle avait pensé tout à l'heure, elle était tout de même gênée de sa tenue, car elle détestait montrer ses jambes. Comme ni June ni aucun cow-boy ne se trouvaient dans les parages, elle commença à respirer plus tranquillement tandis que Cord la guidait vers la chambre d'invités.

Quelle ne fut pas sa surprise quand il en ouvrit la porte ! Elle était entièrement décorée dans des tons bleu lavande et vieux rose. Au milieu trônait un immense lit à baldaquin recouvert d'une courtepointe en broderie anglaise et de gros oreillers assortis.

— Eh bien ! s'exclama la jeune femme, ébahie. La personne qui a décoré cette pièce a dû piller tous les magasins de dentelle de la ville !

— La personne en question, c'est moi, déclara Cord.

Cette réponse plongea Maggie dans un abîme de perplexité. Il avait acheté ce ranch après la mort de Patricia. Pour qui donc avait-il préparé une chambre aussi raffinée et accueillante ?

— Voyons, reprit-il, réfléchis un peu… Qui, à ton avis,

aime les meubles provençaux et les rideaux matelassés en toile de Jouy ?

Le cœur de Maggie manqua un battement.

— Moi ! Mais… pourquoi aurais-tu décoré une chambre à mon intention ?

— Un moment de folie ! admit Cord. Je vais d'ailleurs prendre rendez-vous chez le psychanalyste la semaine prochaine pour éclaircir cet épisode bizarre de mon existence.

Maggie demeurait bouche bée.

— Tu as réellement fait ça pour moi ?

Cord fit un pas vers elle et posa ses mains sur ses épaules.

— Pourquoi parais-tu si étonnée ? Je t'ai déjà dit que tu faisais partie intégrante de ma vie. J'ai toujours pensé qu'un jour ou l'autre tu viendrais dormir ici, même si c'était seulement pour un week-end.

— Tu ne me l'as jamais dit ! Tu n'as jamais fait la moindre allusion à cela.

Les doigts de Cord serrèrent davantage les épaules de la jeune femme.

— C'est difficile pour moi de parler de choses aussi intimes. Tu connais mon histoire… Tout ce qui a trait aux sentiments me fait peur.

Il avait failli dire « tout ce qui a trait à l'amour », mais le mot n'avait pu franchir ses lèvres. Elle le comprenait certainement. Elle aussi avait été abandonnée. Ils étaient logés à la même enseigne, tous les deux.

Lentement, elle chercha le regard de Cord, nota le pli

soucieux qui barrait son front, les traits tendus du beau visage au teint sombre.

— Je sais ce que tu ressens, assura-t-elle. A la différence, tout de même, que ceux qui t'ont quitté, y compris Patricia, l'ont fait pour des raisons bien indépendantes de leur volonté. Moi, ce sont les gens les plus proches, ceux qui auraient dû me protéger, qui ont failli à leur mission.

— Qui ? demanda-t-il d'une voix douce, conscient qu'elle éprouvait le besoin de s'épancher.

— A peu près tout le monde, répondit-elle après avoir hésité un moment.

Une petite grimace de douleur crispa son joli visage au souvenir de ce que Bart Evans lui avait fait et du prix que cela lui avait coûté.

— Tu ne veux pas me raconter ce qui t'est arrivé ?

Avec douceur, Cord avait relevé le visage de Maggie vers le sien.

— Non, ce serait trop cruel.

A peine avait-elle achevé de parler qu'elle le regretta. Le regard intelligent de Cord venait d'étinceler. Cette curieuse réponse le laissait sur sa faim et aiguisait encore plus sa curiosité.

— Cruel pour qui ? Pour moi ? Pourquoi ?

Maggie s'écarta de lui et se pencha pour prendre un jean dans sa valise, qu'elle avait posée sur une petite table au pied du lit.

— Je vais ranger mes affaires et me changer.

— Pourquoi ne restes-tu pas en short ? C'est une tenue confortable et tu es ici chez toi.

— Non, je porte un short seulement quand je suis seule.

— Maggie, pourquoi es-tu aussi pudibonde ? On t'a agressée autrefois ?

Maggie laissa retomber le pantalon qu'elle tenait.

Cord alla fermer la porte et revint vers elle.

— Tu as eu des problèmes quand tu étais jeune ?

Le visage de Maggie se crispa.

— Tu n'as jamais envisagé d'en parler à quelqu'un ?

Elle secoua la tête.

— Je serais incapable d'en parler à un étranger.

Cord caressa de ses pouces l'ovale du visage dont le regard se détournait du sien.

— Je connais quelqu'un de bien. C'est une femme avec qui j'ai eu l'occasion de travailler. Elle te plairait, j'en suis sûr. Tu pourrais lui dire ce qui te ronge et que tu t'obstines à garder pour toi.

— Tu crois ?

— Tu as envie de passer toute ta vie seule et sans enfants ?

— Oh, de toute façon, je ne pourrai jamais être enceinte !

Les mains de Cord s'arrêtèrent net.

— Et pourquoi ?

— Quand Evans m'a battue, j'ai été très mal en point, confessa-t-elle, hésitante. Je suis tombée sur une table en marbre qui s'est cassée sous la violence du choc. L'un de mes ovaires a été abîmé. L'autre est en bon état, mais les médecins pensent que j'aurai probablement du mal à être enceinte.

Aussitôt, Cord se dit qu'il aimerait bien lui prouver le contraire, et cela ne fut pas sans le surprendre. Jusqu'à présent, enfants et vie de famille n'avaient jamais fait partie de ses préoccupations. Il était sur une lancée qui mène tout droit un homme à devenir un célibataire endurci.

Mais Maggie paraissait si blessée, si malheureuse... Il se mit à penser aux longues années qui l'attendaient, pendant lesquelles le travail deviendrait le substitut à l'amour et à la famille qu'elle n'aurait pas. Quel gâchis !

— Difficile ne signifie pas impossible, assura-t-il tandis qu'il sentait son propre corps se durcir de désir.

Cette réaction inattendue lui donna envie de rire.

— Qu'est-ce qui te prend ? demanda Maggie, qui ne comprenait pas.

— Figure-toi que le fait de penser à des enfants et à une vie de famille m'a donné envie de faire l'amour. C'est bien la première fois que ça m'arrive !

Maggie devint rouge comme une pivoine et s'écarta de lui. Prudent, il fourra ses mains dans ses poches. C'était encore la meilleure précaution à prendre pour résister à l'envie de la serrer contre lui...

— Tu comprends, ce que tu me racontes ressemble à un défi. Et moi, j'adore les défis !

Les mains de Maggie tremblaient maintenant.

— Il faut que je me change.

— Tu permets que je te regarde ? J'adore la couleur nacrée de ta peau. Elle est aussi douce qu'un pétale de rose, et d'ailleurs, quand je suis près de toi, il me semble toujours que je respire dans un jardin plein de fleurs.

Maggie avait conscience qu'il la regardait avec désir de la tête aux pieds.

— J'ai eu des femmes dans ma vie, poursuivit-il. Oh, pas des centaines, mais un certain nombre tout de même. Assez, en tout cas, pour les apprécier. Tu les dépasses toutes, sous tous les aspects. S'il existait un idéal féminin, ce serait toi.

Maggie se demandait comment elle devait prendre cette avalanche de compliments. Elle était à la fois gênée et flattée. Mais le plus fort dans tout cela, c'était que Cord en personne les lui faisait. Cord, avec qui elle ne cessait de se disputer depuis des années !

— Tu as pitié de moi, c'est pour cela que tu me fais tous ces compliments.

— Pitié de toi ? Mais pourquoi ?

Il pouvait jouer les étonnés, elle n'était pas dupe. Elle savait reconnaître la pitié. Quand les gens vous plaignent, ils essaient de vous gâter pour compenser. Ils veulent vous aider et, quand ils n'ont que les mots à leur disposition, ils se mettent à vous flatter dans l'espoir de vous redonner confiance en vous. Mais les mots ne sont que des mots. Ils ne changent rien à la réalité.

— Tu as tellement de secrets, Maggie ! Tu ne me fais toujours pas confiance, c'est ça ?

— Mon attitude n'a rien à voir avec toi en particulier,

souffla-t-elle, tandis que son regard reflétait des angoisses inquiétantes.

— Si je ne te brusque pas, si je fais bien attention à ne pas te presser de questions, est-ce que tu crois que je réussirai à gagner ta confiance ?

— Qu'est-ce que tu me demanderas en retour ? ne put-elle s'empêcher de demander, soupçonneuse malgré elle.

— Rien, rassure-toi.

C'est alors que Cord comprit à quel point le chemin qu'il voulait parcourir était long et peuplé d'ornières. Non, il n'était pas question d'une victoire éclair !

Peu importait. Plus il la regardait, plus il avait envie de l'embrasser. Il fronça les sourcils. Décidément, jamais il n'aurait cru que ce serait aussi difficile de conquérir cette jeune femme encore plus rétive qu'une pouliche andalouse…

— Ecoute, reprit-il. J'ai trente-quatre ans. J'ai déjà pas mal vécu. J'ai fait des choses dont je ne suis pas fier, et parfois uniquement pour gagner de l'argent, je l'avoue. Mais j'ai changé depuis que je mène cette enquête sur Gruber. Si j'ai décidé de les arrêter, lui et ses complices, ce n'est pas pour devenir plus riche.

Il s'arrêta un instant de parler, bien conscient qu'il lui fallait choisir ses mots avec le plus grand soin.

— Tu comprends, je me dis que moi aussi, je pourrais avoir un enfant de huit ou neuf ans qui deviendrait esclave quelque part dans une mine de cuivre ou un champ de cacao… J'ai découvert que certaines personnes sont tellement pauvres qu'elles sont amenées à faire des choses impensables.

— Quoi par exemple ?

— Eh bien, vendre leur enfant...

— Quoi ? Des parents en sont réduits à cela ?

— Oui. Pour une dizaine de dollars. Parce qu'ils espèrent qu'il connaîtra une vie meilleure à l'étranger, une fois employé par une société internationale. En fait, ce qui se passe, c'est que l'enfant est emmené et contraint de travailler jusqu'à dix-huit heures par jour, sans recevoir le moindre salaire. C'est tout juste si on lui donne à manger.

— Quelle horreur ! Comment une chose pareille est-elle encore possible de nos jours ?

Cord haussa les épaules d'un air découragé.

— Ce que nous appelons civilisation n'est qu'un léger vernis. Dans les pays en voie de développement, l'aide internationale suffit à peine à empêcher les gens de mourir de faim. Nombreux sont ceux qui préfèrent fermer les yeux plutôt que de dénoncer les trafics qui se déroulent pourtant devant eux. Mais Gruber est en train d'innover dans l'horreur. Afin de permettre aux sociétés qui collaborent avec lui de diminuer de moitié leurs coûts de production, il travaille à mettre sur pied un réseau destiné à leur fournir une main-d'œuvre taillable et corvéable à merci.

— C'est ignoble !

— Ignoble, oui. Lâche, abject. Malheureusement, bien peu des pays concernés ont les moyens de mettre le holà à cette exploitation. La télévision soulève parfois la question, mais on ne nous montre qu'une version édulcorée d'où sont retirées les images choquantes. On ne voit jamais les jeunes enfants, ni les mauvais traitements qu'ils doivent subir, la malnutrition…

Cord s'arrêta un instant de parler, le visage durci.

— Il y a pire encore. Gruber a aussi mis sur pied un réseau où il utilise de toutes jeunes filles comme esclaves sexuelles. Tu imagines des gamines de douze ans, prisonnières dans un bordel où on les oblige à se prostituer vingt-quatre heures sur vingt-quatre ?

Maggie eut un haut-le-cœur. Oui, elle pouvait imaginer…

— Il faut mettre un terme à ces horreurs…

— Je suis bien d'accord !

Il prit le visage de Maggie entre ses mains.

— Tu n'as pas besoin d'être mêlée à cette entreprise. En te faisant la complice de Kit dans son enquête improvisée, tu t'es mise dans la ligne de mire et je ne veux pas te laisser courir de risques. Demain, je vais rencontrer Lassiter et nous mettrons un plan sur pied. J'en sais plus que lui sur Gruber et j'ai accès à des informations qu'il ne pourrait obtenir seul. Nous allons partager tout cela et…

— Mais tu vas te mettre en danger toi aussi ! coupa Maggie, inquiète par la froide détermination qui perçait dans la voix de Cord.

— Et alors ? J'adore ça ! J'aime que tu t'inquiètes pour

moi. Tu ne t'en es jamais privée, d'ailleurs, simplement je ne m'en rendais pas compte.

— Parce que tu ne le voulais pas. Tu n'avais pas envie de laisser place en toi au moindre sentiment. Question de sécurité affective, sans doute. Moins on aime, moins on souffre, c'est ça ?

— C'est la même chose pour toi, tu ne crois pas ? Si tu savais comme j'ai regretté que la fois où j'aurais pu te rendre vraiment heureuse, tu n'aies connu que de la souffrance… Tu n'étais pas prête, mais je n'en ai pas tenu compte. Je n'avais pas su te donner envie de moi.

— Tu crois que tu y avais réussi, l'autre jour, dans ton bureau ?

— Oui, répondit-il, la voix rauque. Là tu étais prête, j'aurais pu continuer.

— La nuit après la mort d'Amy, j'ai eu mal…

— Oui, cela arrive souvent la première fois. Pourtant, il n'y avait pas de barrière physique…

Maggie baissa les yeux. Elle ne pouvait supporter les souvenirs qui affluaient à sa mémoire. Et encore moins d'en parler.

Cord paraissait comprendre son malaise. Au lieu de lui poser des questions, il lui baisa les paupières.

— Je sais que tu étais vierge.

— Comment est-ce possible ?

— J'ai bien vu à quel point tout ce que je faisais te choquait. Et comme tu étais gênée et inquiète.

Maggie rougit et garda les yeux fixés sur le sol.

— J'avais peur.

— De souffrir ?

— Non. J'avais peur de… Je me sentais bien, de mieux en mieux, il me semblait que j'allais exploser… et puis, j'ai eu peur de ressentir du plaisir. Il m'a semblé que ce serait trop.

Cord l'attira contre lui et la serra très fort. Elle sentait son cœur battre vite et fort contre ses seins.

— Au moins…, reprit-il, au moins, tu as éprouvé quelque chose…

— Si je m'étais laissée aller… si je n'avais pas lutté contre ce que je ressentais, que se serait-il passé ?

— Tu as déjà eu un orgasme ?

Maggie eut un petit sursaut. Elle n'en avait jamais eu, mais elle savait de quoi il parlait.

— Non.

Il posa ses lèvres sur la bouche humide de la jeune femme.

— Et si tu me laissais t'en donner un ?

Le cœur de Maggie bondit dans sa poitrine. Les mains de Cord avaient glissé jusqu'à ses hanches et l'attiraient contre lui rythmiquement, exactement comme la fois précédente, quand ils étaient sur le canapé de son bureau. Elle sentit son corps se tendre, brûlant de curiosité, et un plaisir diffus l'envahir.

Elle enfonça ses ongles dans la poitrine de Cord. Elle avait envie de savoir. Elle était vivante. Affamée…

Cord glissa l'une de ses jambes entre celles de Maggie et se mit à la remuer lentement. Le corps de la jeune femme suivit le mouvement qu'il lui indiquait ainsi, de plus en plus avide de sentir ce contact qui l'électrisait.

— Je peux t'emmener au paradis…, murmura Cord. Laisse-moi faire !

Maggie ouvrit la bouche pour accueillir son baiser brûlant et profond, et se mit à gémir lorsque d'autres sensations grisantes vinrent s'ajouter à celles qu'elle éprouvait déjà.

— Tu veux bien, Maggie ?

Elle voulait répondre, mais elle en était incapable. Si elle disait le « oui » qui lui brûlait les lèvres, Cord la mépriserait. Il le lui reprocherait ensuite… Il se moquerait d'elle, peut-être. Et pourtant… pourtant, elle souhaitait qu'il n'arrête jamais !

Après avoir lutté contre elle-même un long moment, elle sentit que sa bouche s'ouvrait pour laisser le mot fatidique s'en échapper. Ce mot qui devait lui ouvrir les portes de la volupté et qui ferait d'elle une femme. Une femme à part entière.

Le coup frappé contre la porte lui parut assourdissant et cruel. Cord s'écarta d'elle brutalement, tout frissonnant de frustration.

— Qui est là ? demanda-t-il sèchement.

— Désolée de vous déranger, monsieur Romero, répondit June d'une voix gênée, mais M. Dane Lassiter vous demande au téléphone.

7

Au moment où Cord s'empara du récepteur dans la salle de séjour, il vacillait encore sur ses jambes mal assurées.

— Romero à l'appareil, répondit-il d'une voix étranglée.

Dire qu'il avait été à deux doigts de séduire Maggie alors qu'il venait juste de lui promettre qu'il n'en ferait rien !

— Ici Dane Lassiter, répondit-on à l'autre bout du fil. Je viens à l'instant de recevoir un coup de fil de Logan Deverell à propos d'une photo que sa femme et Maggie Barton auraient prise aujourd'hui à l'heure du déjeuner. Est-ce que Maggie vous en a parlé ?

— Oui, répondit-il un peu sèchement.

— Savez-vous qui est l'homme qui se tient à côté d'Adams ?

— Parfaitement. Kit Deverell a pris une photo d'Alvarez Adams et d'un homme qui s'appelle Raoul Gruber. Ce dernier se livre à un trafic d'enfants entre l'Afrique de l'Ouest et l'Amérique centrale. C'est lui qui avait placé la bombe qui a failli m'aveugler. Maggie a mis sa vie en danger en se montrant à lui. Je suis réellement inquiet pour sa sécurité, maintenant, et je l'ai fait venir au ranch pour la protéger.

— Ah... Je vois.

— Vous ne le connaissiez pas ?

— Je connaissais Adams. J'ai enquêté sur lui pendant quatre mois, pour essayer de trouver des preuves de son trafic d'immigrants clandestins. Je savais qu'il avait un complice du nom de Gruber et que ce dernier avait des accointances avec Jobfair, mais j'ignorais que c'était l'homme qui se trouve sur la photo. Je suis content que vous ayez pu l'identifier.

— Lassiter, il faut que vous sachiez que ce Gruber est un tueur. D'hommes et d'enfants. Il n'a pas d'états d'âme. Il y a des années que je le traque. En Afrique, il a entraîné mon groupe dans un piège qui nous a coûté plusieurs hommes, et nous avons fini par nous rendre compte que nous nous battions contre des enfants pendant qu'il disparaissait sans laisser de traces.

— C'est un peu comme de peler un oignon, commenta Lassiter. Au moment où l'on pense être arrivé à la dernière couche, on en découvre encore une qui se cachait en dessous.

— Oui, c'est à peu près cela, convint Cord. J'aimerais bien vous rencontrer en personne, poursuivit-il. J'ai accès à des sources d'information dont vous ne disposez pas et qui devraient vous permettre d'avancer.

— Voilà qui intéressera une famille dont je viens

d'avoir des nouvelles et qui ne vit plus que pour régler ses comptes avec lui.

— Ici ou à l'étranger ?

— Je ne peux pas vous en dire davantage si ce n'est qu'Adams a été mêlé à l'enlèvement et au meurtre de deux de leurs fils. Ils avaient été accidentellement pris dans un raid conduit dans un petit village d'Amérique centrale et, quand il a vu que les autorités allaient se mêler d'un peu trop près de ses affaires, Gruber les a tout simplement éliminés. J'avais commencé à centrer mes recherches sur Adams, mais finalement la piste m'a conduit jusqu'à Gruber. Contrairement à Gruber, Adams n'a jamais été mêlé à des meurtres.

— Je peux vous garantir que Gruber est recherché en haut lieu. Un sénateur, en particulier, veut le mettre sous les verrous avec autant de détermination que moi-même.

— Je vois que vous avez de bonnes relations..., remarqua Lassiter.

— Oui, assura Cord, et mieux encore puisque je suis en relation avec un chef d'Etat étranger. Je vous promets de vous aider autant qu'il sera en mon pouvoir de le faire.

— Il paraît que Logan Deverell et son épouse ont eu des mots aujourd'hui à cause de cette malheureuse photo. Je ne pense pas qu'elle recommence à jouer les reporters de sitôt, même si j'ai l'autorisation de la garder comme employée de mon agence. Logan ne connaissait pas Gruber, mais il savait qu'Adams était dangereux. Il était carrément furieux que Kit se soit mêlée de cette affaire.

— Kit est sans doute aussi impulsive que Maggie. Elles se sont laissé emporter par leur idée sans penser aux conséquences sur leur sécurité.

— Sans doute. Toujours est-il que Kit a un fils de deux ans. Elle ne peut pas se permettre de prendre des risques pareils.

— Oui… Je comprends, approuva Cord.

— Je suis à l'agence demain toute la matinée. Est-ce que vous pourriez venir m'y retrouver à 8 h 30 ?

— Oui, parfait. Je déposerai Maggie à son bureau en chemin. Je déteste l'idée de la voir retourner au travail, mais je ne peux pas envisager une autre confrontation avec elle. Déjà aujourd'hui, pour lui faire quitter son hôtel, j'ai dû employer les grands moyens. Si je ne l'avais pas prise à bras-le-corps, jamais je n'aurais réussi à la faire venir au ranch !

— Rassurez-vous, prévint Lassiter aussitôt. Aucun des collaborateurs qui se trouvent dans son bâtiment ne s'occupe de cas difficiles.

— Il vaudrait mieux que vous ne sous-estimiez pas Gruber, conseilla Cord. Je l'ai fait et cela a failli me coûter la vie.

— Je serai vigilant, je vous le promets. Alors, à demain matin, je vous attendrai !

— Entendu.

Cord raccrocha et réfléchit un moment avant de rejoindre Maggie. Il ne voulait pas se montrer hyper protecteur, mais en même temps il voulait absolument lui éviter de fréquenter des lieux où Gruber pourrait l'enlever. L'homme était redoutable. Il fallait donc avoir un œil sur elle sans que cela ne paraisse trop évident. La quadrature du cercle, en somme ! Car, s'il tenait à respecter la farouche indépendance de Maggie, il fallait tout de même la protéger d'un grand danger.

Maggie était restée dans sa chambre pour installer ses affaires et se changer pendant que June préparait le dîner. Quand elle redescendit, elle avait attaché ses cheveux en une queue-de-cheval et, avec son jean et son T-shirt gris pâle, elle paraissait toute jeune et insouciante.

Cord l'observait à la dérobée tandis qu'elle demandait à June la recette du gratin d'aubergines qu'elle venait de mettre au four. Elles paraissaient s'entendre fort bien, toutes les deux, et il en était tout heureux. Quelle sottise d'avoir essayé de mettre Maggie sur une fausse piste quant à ses relations avec June ! Cela aurait pu avoir des conséquences désastreuses.

Il remarqua que Maggie fuyait son regard, mais que cela ne l'empêchait pas de lui jeter de temps à autre un petit coup d'œil furtif, ce qui lui parut plutôt de bon augure pour la suite de leur relation.

Pour l'instant, les Travis ignoraient encore la raison qui avait amené Maggie à s'installer au ranch, mais Cord estima qu'il fallait les mettre au courant. Mieux valait qu'ils sachent de quoi il retournait, au cas où quelque chose surviendrait au cours d'une de ses absences.

— Je veux que vous informiez aussi Davis de la situation, ajouta-t-il quand il leur eut résumé le problème. Quand je ne serai pas là, ce sera à vous deux d'assurer la sécurité du ranch. Je pense que Gruber réfléchira à deux fois avant de s'aventurer ici s'il sait que je m'y trouve, mais je préfère me montrer prudent.

June parut assez affectée d'apprendre les risques encourus par Maggie.

— Vous avez bien fait de venir au ranch, où Cord peut veiller sur vous, assura-t-elle. En plus, vous pourrez toujours venir bavarder un moment avec moi quand vous vous sentirez trop seule.

Cord fit la moue.

— Ça n'a pas été facile de la convaincre, croyez-moi !

Il se voyait encore en train de transporter sur son dos une Maggie gesticulante et hurlante, mais préféra garder cet épisode pour lui.

Maggie lui jeta un regard contrarié qui eut pour résultat immédiat de le faire éclater de rire. June les regarda tour à tour et se mit à sourire. Depuis qu'elle travaillait au ranch, elle n'avait encore jamais entendu rire Cord Romero ! Il avait fallu le retour de Maggie pour que cela soit possible.

En fait, elle avait toujours trouvé son patron extrêmement intimidant, avec son visage fermé qui ne savait même pas sourire. Il ne pensait qu'au travail et, parfois, d'étranges hommes venaient le rejoindre pour s'enfermer avec lui dans son bureau et y discuter pendant des heures. June ne s'était jamais sentie à l'aise avec lui. Mais, depuis que Maggie avait fait son apparition, on aurait dit qu'il était devenu un homme différent. Elle avait un aperçu de celui qu'il avait dû être autrefois, avant que son rude métier ne l'endurcisse au point de le priver de sensibilité. Se doutait-il seulement de la transformation que Maggie avait provoquée en lui depuis son arrivée ?

— Dire que je suis arrivée ici échevelée, pieds nus et en short ! commenta cette dernière. Si jamais l'un de mes clients m'avait aperçue dans cet accoutrement, c'en était fini de mon image de conseillère sérieuse et fiable. Plus personne n'aurait voulu me confier son argent !

— Arrête de dire des sottises ! coupa Cord. Tu étais tout à fait charmante dans cette tenue décontractée, avec tes cheveux dénoués.

Maggie rosit. Puis, au lieu de lui lancer une réplique cinglante, elle vida sa tasse de café.

Plus tard, le repas terminé, ils s'installèrent tous dans le salon pour regarder la télévision, mais Maggie se sentait mal à l'aise.

— Tu ne penses pas réellement que Gruber va se mettre à nos trousses ? s'enquit-elle auprès de Cord.

— Bien sûr que si, répliqua ce dernier sans la moindre hésitation. C'est bien pour cela que je vais voir Lassiter dès demain matin. Nous avons l'intention de discuter stratégie. Je te déposerai à ton bureau et je reviendrai t'y chercher avec Davis.

Le premier réflexe de Maggie fut de protester. Déjà, elle avait ouvert la bouche pour le faire. Mais, elle la referma sans avoir soufflé mot. De quoi se mêlait-elle ? Cord ne faisait que son travail. Il gagnait sa vie en anticipant les menaces, les dangers, la violence. Si en face d'eux se trouvait un homme réellement mauvais, il était certainement bien mieux capable qu'elle de lui tenir tête.

— Alors quoi ? Pas de révolte ? Pas de rouspétance ? Que se passe-t-il, Maggie, tu es malade, tout à coup ?

La jeune femme se cala sur le canapé.

— A quoi servirait que je proteste ? Je pense que tu es le seul à pouvoir apprécier la situation à sa juste mesure et je sais que tu sauras répondre à toutes les difficultés qui risquent de surgir.

— Je te remercie de ta confiance.

— Je pense réellement ce que j'ai dit, tu sais. Ce n'est pas du tout de la flatterie.

— Cela signifie que tu te sens en sécurité avec moi ?

— Oh… Je n'irai peut-être pas jusque-là ! se récria-t-elle, une étincelle taquine dans le regard.

— Ah, voilà qui est plutôt flatteur ! approuva-t-il en riant.

Il changea de chaîne et tomba sur un vieux feuilleton qui passait à la télévision du temps où ils étaient ensemble chez Amy. Ils l'avaient regardé avec passion et Cord s'amusait encore à en suivre les épisodes quand il était chez lui.

— Tu vois, dit-il, je suis toujours accro !

— Moi aussi ! s'exclama Maggie. Je me rappelle comme c'était agréable, le soir, chez Amy, de regarder ce policier avec toi quand tu revenais le week-end. Je n'en manquerais un épisode pour rien au monde.

— Tu vois..., commenta Cord d'une voix douce. Voilà les bons souvenirs qui commencent à refaire surface.

Maggie dormit à poings fermés cette nuit-là, pelotonnée dans son grand lit. Il lui sembla qu'elle n'avait pas connu un sommeil aussi réparateur depuis des siècles. Comment Cord avait-il eu l'idée de lui préparer une chambre ? Jamais elle n'aurait imaginé une chose pareille, surtout étant donné la tension qui avait présidé à leurs rapports au cours des dernières années.

Comme tout était devenu différent tout à coup ! La tendresse qui régnait entre eux la surprenait et faisait ses délices en même temps. Il lui semblait qu'enfin, au sens propre du terme, elle était rentrée chez elle. Cord était gentil, taquin, apaisé. En dépit des moments de passion physique qu'ils avaient partagés, ils avaient regardé la télévision comme deux vieux amis, et parlé de politique sans se disputer. Ils avaient encore plus à partager aujourd'hui qu'autrefois.

A la fin de la soirée, il s'était contenté de l'accompagner jusqu'à la porte de sa chambre. Il lui avait caressé les cheveux et cela avait suffi pour qu'elle se sente chérie. Quel que soit l'avenir de leur relation, elle aurait au moins découvert un univers dont jusqu'à présent elle n'avait jamais soupçonné l'existence.

Le lendemain matin, Maggie se présenta à la table du petit déjeuner dans un tailleur-pantalon bleu marine à la coupe stricte, son ordinateur portable à la main. De son côté, Cord arborait une chemise de soie beige clair, un pantalon un peu plus sombre et une veste en lainage marron. Il paraissait au meilleur de sa forme et Maggie eut bien du mal à résister à l'élan qui la portait vers cet homme si séduisant.

Ce fut lui qui osa un compliment.

— Tu es superbe ! constata-t-il avec un sourire de connaisseur. Nette et professionnelle à souhait.

— J'espère que cela ne t'étonne pas. En tant que représentante de ma société, je dois donner aux clients une image soignée et élégante.

— Oh… Tu as l'art de porter un simple short de manière tout aussi élégante et soignée ! rétorqua-t-il, persuadé qu'il allait ainsi la piquer au vif.

L'effet ne manqua pas son but. Maggie lui jeta un regard furieux par-dessus son assiette.

— Je n'ai pas besoin de montrer mes jambes pour retenir les clients.

— Ce n'est pas du tout ce que j'insinuais !

Maggie s'appliqua à mordre avec distinction dans sa tartine de confiture de prunes.

— C'est vrai qu'il y a des femmes qui ne se privent pas d'utiliser de tels arguments…, reconnut-elle.

Cord se carra sur sa chaise, sa tasse de café à la main, et la considéra, un sourire mi-attendri mi-moqueur sur les lèvres.

— Mais pas toi, Maggie. Certainement pas toi ! Tu ne fais jamais rien de provocant. Tes vêtements ne soulignent jamais les courbes de ton corps. Tu marches comme un homme d'affaires. Tu ne flirtes pas. Tu ne cherches pas à séduire. Bien sûr, cela donne à ton travail une image sérieuse et irréprochable, mais tu en arrives à nier en toi toute féminité.

— C'est mon métier qui veut ça, se rebiffa-t-elle.

— Il ne suffit pas à une femme de porter un pantalon et une chemise avec une cravate pour se transformer en homme…, rétorqua Cord. Au mieux, elle ressemblera à un androgyne. De nos jours, beaucoup d'hommes occupent des emplois autrefois réservés aux femmes, comme les fleuristes, les vendeurs de vêtements, mais ce n'est pas pour autant qu'ils se sont mis à porter des jupes. Je pense qu'une femme doit pouvoir être fière de sa féminité sans qu'on l'accuse pour autant de s'en servir pour promouvoir sa carrière. En tout cas, ce n'est pas quelque chose qu'on risque de te reprocher, n'est-ce pas, Maggie ?

Maggie le regardait d'un air buté.

— Je me demande parfois si ta manière de t'habiller ne révèle pas un certain blocage psychologique…

Maggie trouvait que la conversation prenait un tour beaucoup trop personnel à son goût. Cord avait le don de mettre le doigt sur les points les plus douloureux, mais aussi les plus véridiques, de sa personnalité et elle n'avait pas envie de le laisser davantage se pencher sur ses problèmes personnels. Heureusement, comme s'il était conscient du malaise qu'il avait provoqué, il abandonna le sujet.

— Au fait, il paraît que Logan n'a pas apprécié la performance photographique de Kit et qu'il ne le lui a pas envoyé dire !

— Je comprends ça, avoua Maggie. Ils ont un petit garçon. J'imagine qu'il a été très contrarié d'apprendre qu'elle avait fait quelque chose qui pouvait se révéler extrêmement dangereux pour elle.

— Et il n'est pas le seul dans ce cas ! renchérit Cord d'une voix grave. Jusqu'à nouvel ordre, c'est moi, le casse-cou de la famille. J'ai dû affronter des situations risquées depuis que je suis dans la vie active. J'en ai l'habitude et je m'en sors plutôt bien. Je te conseille donc désormais de t'en tenir à tes études de marché et de laisser le travail de détective aux experts.

Bien sûr, Cord avait raison, mais Maggie n'avait guère envie de l'admettre.

— Oui, je connais le refrain : « L'action n'est pas pour les faibles femmes… Gardons ces fragiles créatures bien à l'abri dans le cocon du foyer », c'est bien ça ?

— Bah… « Fragile créature » n'est peut-être pas le meilleur moyen de te décrire. En fait, tu es exactement le genre de compagnon que j'aimerais avoir à mes côtés au moment du coup de feu. Tu es courageuse et tu ne recules devant rien. Jamais !

Cette déclaration ne fut pas sans surprendre Maggie, qui dévisagea Cord en silence.

— Mais actuellement, reprit-il, nous ne sommes pas dans le feu de l'action. Au contraire, c'est à une guerre d'escarmouches que nous nous livrons, et dans le plus grand secret. Tu es dépassée par une puissance de feu bien supérieure à tes moyens actuels. Gruber a loué des mercenaires réputés pour qui entrer et sortir des endroits les mieux protégés n'est qu'un jeu d'enfant. J'ai dû faire appel à une demi-douzaine de collègues patentés rien que pour assurer la sécurité du ranch.

— Tu plaisantes ?

— Pas du tout.

Un sourire détendit son visage.

— Cette mise au point effectuée, est-ce que tu es prête à partir ?

— Oui, je te suis.

Elle ramassa son sac, cala la bandoulière de son ordinateur sur son épaule et lui emboîta le pas. Dans le hall, Cord prit le temps de rappeler à June de bien garder les portes et les fenêtres fermées. Puis il chaussa ses lunettes noires et Maggie et lui sortirent dans la cour.

Au moment où ils arrivaient au garage, ils aperçurent un homme vêtu de sombre qui tenait un berger allemand en laisse et transportait un appareil électronique. Il salua Cord d'un signe de tête, mais ne s'arrêta pas pour lui parler.

— Merci, Wilson, lança Cord.

— Que faisait cet homme ? demanda Maggie une fois qu'ils furent arrivés devant la voiture de sport qui les attendait.

— Il cherchait à déceler la présence de nitrates.

Maggie fronça les sourcils.

— Tu veux dire la présence d'engrais ?

Cord parut amusé par cette question.

— Quelque chose dans ce genre, si tu veux.

Maggie n'en crut pas un mot.

— Je ne sais pas quel genre d'appareil cet homme transportait, mais j'en ai déjà vu dans les aéroports et je suis bien sûre que ce n'est pas la présence d'engrais que l'on cherchait à déceler dans un endroit pareil.

— Tu es trop maligne pour moi, ma jolie ! décréta Cord, sans même se rendre compte qu'il avait utilisé un mot affectueux.

Il en prit conscience seulement quand il remarqua que Maggie rougissait.

— En fait, il cherchait une bombe, reprit-il sans chercher davantage à édulcorer la vérité.

Maggie laissa échapper un petit hoquet qui résonna haut et fort dans le calme du matin.

— A partir de maintenant, annonça Cord, je ne vais plus te cacher la vérité. Tu es adulte et tout à fait de taille à la supporter. Gruber est le genre d'homme qui n'hésitera pas à mettre une bombe ici, même si cela l'amène à tuer des innocents. Tant que je ne lui aurai pas réglé son compte, il faut que je fasse régulièrement contrôler ma voiture, ma maison et les environs immédiats pour voir s'il n'a pas installé incognito un petit cadeau à sa façon. Histoire de me faire une surprise, tout simplement…

Cette fois, Maggie comprit que Cord ne cherchait pas à l'impressionner et qu'ils étaient réellement en danger. Il lui aurait d'ailleurs suffi de regarder le visage de son compagnon, marqué par les blessures encore rosées sous son teint olivâtre, pour s'en persuader définitivement. Heureusement, il n'était pas défiguré pour autant. Au contraire, ces marques lui conféraient une allure de baroudeur haut de gamme, mais elles signaient aussi le fait que la plaisanterie n'était pas de mise.

— Je reconnais que j'ai fait preuve de beaucoup de naïveté, admit-elle.

— C'est normal, assura-t-il, tu n'as pas l'habitude de ce genre de milieu. Moi, si. Et, comme je sais parfaitement à qui j'ai affaire, c'est toi qui conduis parce que je suis aveugle.

Sur ce, il ajusta ses lunettes sombres et lui confia les clés de la voiture.

— C'est la première fois que tu me permets de te conduire, remarqua-t-elle.

— Je sais. Il faut du temps pour que la confiance s'établisse…

— Moi, je n'ai pas l'habitude de faire confiance aux gens !

— Moi non plus, avoua Cord. Mais nous pouvons apprendre, tu ne crois pas ?

Maggie hésita un instant avant de hocher la tête. Puis elle sourit et s'installa au volant.

Maggie adorait conduire des voitures de sport ! Bien sûr, elle aurait aimé en posséder une, mais ses moyens ne lui avaient jamais permis de s'offrir ce luxe. Puis, tout à coup, l'incongruité de la situation lui donna envie de rire. Elle était en train de servir de guide à l'homme qui, entre tous, était le mieux à même de s'occuper de lui-même et de ses proches ! Mais laisser croire à tout le monde qu'il était diminué était sans doute une excellente ruse pour lui permettre de régler ses comptes avec Gruber.

Au moment de quitter la petite route pour tourner sur l'autoroute, elle observa le profil de Cord. Jamais encore elle ne s'était laissée aller à penser trop sérieusement au travail qu'il faisait. Eb Scott lui avait parlé des risques qu'il courait, des enquêtes dangereuses auxquelles il participait.

Après le suicide de Patricia, c'était devenu pire encore. Il avait décidé de quitter le FBI et avait accepté des emplois comme collaborateur indépendant pour des missions que la plupart de ses collègues auraient refusées avec la dernière énergie. Il s'était spécialisé dans tout ce qui touchait à la démolition et était devenu un expert en matière de désamorçage de bombes.

Devant le silence persistant de sa compagne, Cord

comprit que leur conversation l'avait profondément perturbée.

— J'ai l'impression que tu n'apprécies guère la manière dont je gagne ma vie…

— Pas du tout, en effet ! avoua-t-elle honnêtement.

— Malgré les déboires que j'ai connus, je n'ai jamais sérieusement envisagé d'abandonner. Les poussées d'adrénaline finissent par devenir une drogue dont on devient dépendant. Et plus le danger est grand, plus l'excitation l'est aussi.

— Oui, c'est quelque chose que je peux comprendre, admit Maggie. Heureusement, tu n'as jamais été très branché sur la famille !

— Pourquoi dis-tu cela ?

— Tu t'imagines chargé d'une épouse et d'enfants, en train de courir désamorcer une bombe prête à exploser ? Pas une seule femme saine d'esprit n'accepterait de vivre dans une telle incertitude. Je crois que l'exercice de pareille profession est le meilleur moyen de tuer un mariage dans l'œuf !

— Ah…, répondit Cord, laconique.

L'air rêveur, il se mit à tambouriner de ses longs doigts sur le tableau de bord.

— Je n'avais jamais envisagé ma profession sous cet angle.

— Tu n'avais aucune raison de le faire. Tu peux entreprendre tout ce qui te plaît, sans te soucier des réactions ou des inquiétudes de qui que ce soit puisque tu n'as que toi à prendre en considération.

Cord regarda le visage de Maggie, qu'elle maintenait dirigé vers la chaussée en attendant que les feux de signalisation passent au vert. Elle avait gardé un ton anodin tout au long de leur conversation, mais il n'eut aucun mal à lire les réponses que le corps tendu de la jeune femme affichait à son insu. Une certitude le frappa à cet instant. Elle avait été informée de ses dangereuses missions, et elle s'était inquiétée pour lui. Beaucoup. A aucun moment il n'avait imaginé devoir se soucier d'elle, qu'il pensait indifférente à son sort. En fait, si elle tenait à lui, comme il commençait à en être persuadé, elle avait dû le maudire pour les dangers au-devant desquels il s'était précipité.

Il en arriva même à inverser la situation et à se demander comment il aurait réagi s'il avait appris que Maggie était devenue une spécialiste des missions risquées et qu'elle mettait régulièrement sa vie en danger sans se soucier de qui que ce soit. Sa gorge se noua. Jamais il n'aurait cru éprouver une émotion pareille...

Le feu passa au vert. Maggie accéléra brutalement. Perdu dans ses pensées, il se laissa surprendre par l'embardée de la voiture. La ceinture de sécurité le retint avec rudesse et efficacité.

Le sursaut qu'il fit en avant décontenança la jeune femme.

— Pardon ! s'excusa-t-elle aussitôt.

Mais, en son for intérieur, elle savait que Cord n'était pas homme à se laisser déséquilibrer pour si peu. Sans doute était-il profondément perdu dans ses pensées pour que pareil incident se produise… Et à qui pouvait-il penser, sinon à Patricia ? Cette pauvre Patricia qui l'avait aimé, elle aussi !

Une fois arrivé à l'immeuble Lassiter-Deverell, Cord accompagna Maggie jusqu'à l'ascenseur, ses lunettes sombres sur les yeux, et appuyé sur le bras de la jeune femme comme s'il avait besoin d'être guidé. Plongé dans ses pensées, il ne prononça pas un seul mot pendant tout le temps de la montée.

Ils arrivèrent à l'étage des bureaux et s'avancèrent dans le long couloir jusqu'à une porte sur laquelle brillait une plaque de cuivre au nom de « Deverell, conseillers en investissements ».

— Merci de m'avoir accompagnée jusqu'ici, dit Maggie.

Il lui caressa la joue doucement.

— Il paraît qu'il ne faut pas juger les gens tant qu'on ne s'est pas trouvé à leur place…, commença-t-il, de manière tout à fait inattendue. Je crois que, jusqu'à maintenant, j'ai avancé dans la vie sans jamais tenir compte de la manière dont ma conduite pouvait affecter les autres.

— Mais nous venons juste de convenir que tu n'avais pas besoin de le faire ! remarqua Maggie, surprise par cette remarque.

— Maggie, parle-moi franchement : combien de nuits blanches as-tu passées à t'inquiéter pour moi ?

La jeune femme arqua les sourcils.

— Oh… Attends un peu… Il faudrait que je consulte mon calepin pour te répondre ! rétorqua-t-elle sur le ton de la plaisanterie.

Cord souligna du doigt le contour des lèvres de Maggie.

— J'aimerais bien que tu ne portes pas de rouge à lèvres aussi rouge, murmura-t-il.

— Tiens, et pourquoi donc ?

— Eh bien, parce que si je t'embrasse, tout le monde le saura !

Le cœur de Maggie fit un bond dans sa poitrine.

— Eh bien ! Qu'est-ce que tu as bu ce matin au petit déjeuner ?

— Du café, comme toi. Ni plus ni moins.

Les doigts de Cord s'étaient arrêtés au coin de la bouche de Maggie. Il ressentait de plus en plus violemment l'envie de se pencher sur les lèvres pulpeuses de la jeune femme. Le souvenir des gémissements de plaisir qu'elle avait laissés échapper l'autre fois résonnait à ses oreilles comme une musique tentatrice. Quant à celui de la douceur des seins souples et fermes serrés contre sa poitrine, il n'était pas non plus pour apaiser son désir.

Brusquement, il se rejeta en arrière.

— Avec les économies que j'ai à la banque, je pourrais déjà prendre ma retraite…, murmura-t-il d'un air absent. En fait, désamorcer les bombes est devenu pour moi une espèce de passe-temps. Un peu comme l'élevage de mes Santa Gertrudis, mais en plus dangereux.

— Tu crois vraiment que nous partageons la même

conversation ? demanda Maggie. Il me semblait que nous étions en train de parler de notre petit déjeuner !

Cord recula d'un pas.

— Cette natte enroulée autour de ta tête est très élégante, poursuivit-il sans se soucier le moins de monde de la remarque de sa compagne, mais je préfère quand tu portes tes cheveux dénoués sur les épaules.

— Cord, je suis ici sur mon lieu de travail. Je n'ai aucune envie de distraire l'attention de mes interlocuteurs avec des effets de cheveux. Imagine un peu les complications que j'aurais pour mon avenir professionnel si je me trouvais dans l'obligation de jeter un de mes clients par la fenêtre parce qu'il se serait tout à coup montré un peu trop entreprenant !

Cord se mit à rire.

— Quelle chance j'ai de ne pas appartenir à cette catégorie d'interlocuteurs ! Tu n'as pas besoin d'avoir recours à ce genre de méthode.

— Toi, tu es spécial.

Le sourire qui éclairait le visage de Cord disparut subitement pour laisser place à un air sérieux, comme si cette remarque apparemment anodine avait en fait touché un point sensible.

— Toi aussi, Maggie, tu es quelqu'un de spécial. Encore plus que ce que j'avais cru.

— Arrête, arrête ! Tu ne vois pas que tu es en train de me faire rougir ? s'écria la jeune femme, soucieuse d'éviter d'autres confidences.

Cord se pencha soudain et effleura de ses lèvres ses

paupières qui se refermèrent sous cette caresse inattendue.

— Ne quitte pas ton bureau toute seule, attends que je vienne te chercher. Davis me servira de chauffeur afin de continuer à sauvegarder ma petite mise en scène. Et, si jamais quelque chose t'inquiète, appelle-moi tout de suite. Tu me le promets ?

— Et si je refuse ?

— Alors je te prends tout de suite sous mon bras et je te ramène au ranch illico ! Et je te préviens, étant donné l'état dans lequel je me trouve présentement, ce n'est peut-être pas le meilleur choix que tu puisses faire…

— Quel état ? Qu'est-ce que tu veux dire ?

Cord jeta un coup d'œil dans le hall qui était désert, puis il saisit Maggie par la taille et la serra contre ses hanches.

— Cet état-là… Tu comprends ?

Maggie eut un sursaut et rougit violemment tandis que Cord haussait les épaules.

— Pas de panique ! C'est la réponse inévitable à la fréquentation rapprochée d'une jolie femme.

— Ou le résultat mécanique d'une abstinence forcée ! répliqua-t-elle du tac au tac.

Cord haussa un sourcil inquisiteur.

— Comment sais-tu si j'ai pratiqué l'abstinence ?

Maggie devint carrément écarlate.

— Ta vie privée ne me regarde pas, marmonna-t-elle en baissant le nez. Je me fiche complètement du nombre de femmes avec qui tu as fait l'amour. Tu peux bien coucher avec tout ce qui porte jupon dans cet immeuble, y compris avec la femme de ménage, je m'en moque éperdument !

Mais Cord ne la regardait plus. L'air profondément amusé, il fixait des yeux un point au-delà de l'épaule de la jeune femme. Intriguée, elle se retourna et aperçut Logan Deverell, debout dans l'embrasure de la porte de son bureau.

— Je préfère vous signaler que la femme de ménage est à deux ans de la retraite et qu'elle n'a jamais rien eu d'une star de Hollywood…

A deux doigts de suffoquer, Maggie se précipita dans son bureau sans regarder ni l'un ni l'autre des deux hommes, qui se mirent à rire de bon cœur.

Quelques instants plus tard, la secrétaire de Lassiter faisait pénétrer Cord dans le bureau de ce dernier. Grand, brun, il se leva à l'entrée de son visiteur et s'approcha de lui en boitant légèrement pour le saluer.

— Comme vous pouvez tout de suite le remarquer, commenta-t-il, j'ai eu ma part de plaies et de bosses au cours de mes missions. Je dois cette claudication à un instant d'inattention quand je faisais partie de la police du Texas. Le coup m'a pratiquement réduit en miettes… Bien sûr, je n'ai pas pu continuer mon métier, mais j'en ai trouvé un autre qui est tout aussi passionnant et dans lequel, somme toute, ce léger handicap constitue plutôt une valeur ajoutée.

Son sens de l'humour fit sourire Cord, qui retira ses

lunettes sombres. Ici, au moins, entre les quatre murs de cette pièce, il n'avait plus besoin de jouer la comédie.

— Vous pouvez contempler sur mon visage les traces de mes plus récentes aventures, répondit-il sur le même ton. J'ai vraiment de la chance d'être encore en vie et de ne pas avoir perdu la vue.

Lassiter contempla les brûlures encore bien visibles.

— Désamorcer des bombes comme vous le faites, c'est carrément tenter le diable. Pourquoi faites-vous cela ?

Cord haussa les épaules.

— Ma femme s'est suicidée et, d'une certaine façon, je me suis senti responsable de sa mort. Je pense que je fais ça pour me punir…

Lassiter hocha la tête, puis contourna son bureau sur lequel étaient posées des photos d'une jeune femme blonde, d'un garçon qui paraissait avoir huit ans et d'une petite fille un peu plus jeune. Il prit place dans son fauteuil et commenta avec fierté :

— Voici mon fils et ma fille. Ma femme, Tess, et moi-même pensions que nous ne pourrions jamais avoir d'enfants. D'ailleurs, elle a failli perdre la vie en mettant l'aîné au monde. J'ai découvert qu'on ne sait pas ce qu'on éprouve pour une femme tant qu'on n'a pas failli la perdre. Je vous assure que ce jour-là j'ai su en un clin d'œil où se trouvaient mes priorités.

En sentant l'émotion qui faisait vibrer la voix de son interlocuteur, Cord comprit que le chemin vers la paternité n'avait pas été facile pour lui, mais qu'il était profondément heureux d'avoir franchi cette étape.

— Le comble, reprit-il d'un air très contrarié, c'est que ces deux gamins veulent devenir détectives ! Quant à mon épouse, ajouta-t-il avec une moue d'impuissance totale, elle enquête en ce moment même avec l'un de mes collaborateurs. Mais je vous jure qu'il ne va pas le rester longtemps !

Il leva les bras au ciel d'un air impuissant avant de poursuivre.

— Et vous savez ce qu'elle essaie de faire ? D'enregistrer la conversation de Gruber et Adams dans le bureau de Jobfair, ni plus ni moins ! Ils y ont placé des écoutes et risquent le tout pour le tout sans même s'être préoccupés de me tenir au courant. La cerise sur le gâteau, c'est que Tess doit normalement être de retour ici dans moins de deux heures pour une réunion de toute l'équipe.

Il jeta sur Cord un regard désespéré qui ne fit que provoquer chez ce dernier une énorme envie de rire.

— Dire qu'on raconte que le mariage et la maternité rendent les femmes casanières… A d'autres, ce genre de bobards !

Cord n'en pouvait plus. Il éclata enfin de rire. Mais, à vrai dire, malgré son amusement, un certain nombre de ses illusions venaient de s'envoler en fumée…

8

Toutefois, il reprit rapidement son sérieux en songeant aux risques encourus par les deux complices. Gruber n'était pas du menu fretin et l'inquiétude de Lassiter était facile à comprendre.

— Voyons, comment se sont-ils débrouillés pour installer des écoutes dans le bureau de ce fauve ? s'enquit-il.

Lassiter s'appuya contre le dossier de son siège, l'air las.

— Ils se sont fait passer pour des employés de la désinfection.

— Diable ! Puis-je savoir pour quelle raison Gruber avait éprouvé le besoin de faire appel à leurs services ?

— Oh, c'est bien simple, poursuivit Lassiter, de plus en plus accablé. Tess et Morrow avaient préparé le terrain en se rendant dans une boutique d'animaux où ils avaient acheté toute une colonie de cafards, blattes et autres charmantes bestioles de ce genre. Ensuite, ils ont mis à profit l'heure du déjeuner pour s'introduire dans les bureaux, où ils ont libéré leurs pensionnaires et trafiqué la ligne de téléphone. Quand les employés de Gruber ont appelé les services de l'hygiène, ils ont intercepté la communication, se sont présentés et ont profité de leur passage pour installer des micros un peu partout.

De nouveau, Cord se prit à sourire.

— Des cafards ! reprit le malheureux Lassiter. Vous auriez pensé à ça, vous ?

— Sûrement pas, répondit honnêtement Cord, mais voilà mise au point une méthode originale qui fera peut-être école, qui sait ?

Lassiter laissa échapper un soupir à fendre le cœur.

— Peut-être avez-vous raison... Je dois reconnaître que Tess fait un excellent travail sur le terrain, mais elle donne le mauvais exemple à nos enfants. Vous savez ce qu'ils ont inventé, tous les deux, à la suite de cet épisode ? Rien moins que d'installer un micro dans le bureau de leur institutrice ! Du coup, ils ont enregistré un coup de fil plutôt passionné qu'elle échangeait avec son petit ami après la classe et Dieu seul sait ce qu'ils avaient l'intention d'en faire... Heureusement, nous avons découvert le pot aux roses avant que l'irréparable ne soit commis. Pour marquer le coup, nous les avons privés de télé et de dessert pendant deux semaines, mais j'avoue que nous avons bien ri en cachette de leur petite plaisanterie. Il y a de l'étoffe chez nos deux chères têtes blondes !

— Réjouissez-vous, conseilla Cord, votre succession me paraît assurée !

Lassiter hocha la tête en signe d'approbation, sans que

Cord puisse déterminer si cette perspective le rendait heureux ou au contraire le plongeait dans l'angoisse.

— Bon, reprit-il, assez parlé de ma petite famille. J'aimerais bien apprendre ce que vous savez sur Gruber.

Cord sortit une épaisse enveloppe de la poche intérieure de son costume et la déposa sur le bureau.

— Voici le dossier. Il contient des documents, des photos, et diverses informations concernant Gruber lui-même et un homme du nom de Stillwell. Ce dernier est le président de la société Global, une multinationale créée, du moins c'est ce que nous pensons, dans le but d'exploiter la main-d'œuvre fournie par les enfants dans les pays en voie de développement.

Cord s'arrêta un instant de parler, pendant que Lassiter s'emparait de l'enveloppe.

— Vous y trouverez également un CD qui contient tous les renseignements que j'ai téléchargés à partir des dossiers de la CIA et d'Interpol. Nous pensons que Jobfair et Global Enterprises sont en rapport l'une avec l'autre et qu'elles ont un lien direct avec Gruber bien que, jusqu'à présent, personne n'ait été capable d'en apporter la preuve. La photo prise par Kit Deverell est une première étape, mais, bien sûr, elle est loin d'être suffisante pour prouver que Gruber est le véritable dirigeant de Global Enterprises.

— J'espère que Kit n'aura pas pris de risques pour rien, commenta Lassiter.

— Si nous réussissions à obtenir la preuve dont je vous parle, nous aurions pratiquement bouclé notre affaire.

Cette entreprise est connue pour exploiter les enfants et Jobfair est son fournisseur attitré. Actuellement, nous avons l'œil sur eux en Afrique. C'est au cours de mes investigations à ce sujet que Gruber m'a surpris et a failli avoir ma peau à Miami avec un piège à la bombe.

— Savez-vous quelque chose au sujet des différents responsables qui travaillent dans cette entreprise ?

— Ils servent sans doute de couverture. L'un de mes hommes enquête là-dessus en ce moment, en particulier sur le directeur qui vit à Amsterdam. Il vient d'être accusé de gérer un réseau de pornographie et de prostitution enfantine, mais n'a pas été reconnu coupable. Un autre est espagnol, mais vit au Maroc. Lui aussi s'adonne à la même spécialité. Je regrette vraiment que nous n'ayons personne sous la main pour partir là-bas regarder de plus près ce qui s'y passe ! Je pense qu'il serait plus facile de démontrer les liens avec Gruber depuis l'étranger.

Lassiter commença à extraire les dossiers de la grande enveloppe.

— Je suis impressionné ! murmura-t-il après avoir commencé à les feuilleter.

Au bout d'un moment, il émit un petit sifflement d'admiration.

— J'aimerais bien vous poser une question... Comment avez-vous fait pour accéder aux dossiers de la CIA et d'Interpol ?

— Top secret ! répondit Cord, laconique.

Lassiter le considéra d'un air perplexe.

— J'imagine que c'est illégal seulement si on le fait

pour aider les sales types, ce qui n'est évidemment pas votre cas.

— C'est exactement ce que je me dis aussi, approuva Cord.

Lassiter continuait à parcourir les feuillets. L'un d'eux attira particulièrement son attention.

— Tiens, je vois ici quelque chose de très intéressant ! Alvarez Adams a des liens financiers avec Global Enterprises alors que Jobfair n'en a pas, tout au moins sur le papier, s'empressa-t-il d'ajouter. Vous en savez davantage sur le sujet ?

Cord secoua la tête.

— Malheureusement non. C'est difficile de trouver des indices, car ils sont passés maîtres dans l'art de brouiller les pistes par tous les moyens électroniques possibles.

— Je n'en saurais pas plus que vous si l'un de mes anciens agents ne travaillait pas maintenant pour le FBI à l'extérieur de Washington. L'un de ses amis est — comment dire ? hésita-t-il un instant — spécialisé dans les relations avec la pègre. C'est grâce à ces liens qu'il a appris que Global Enterprises dirige une exploitation de cacao en Côte d'Ivoire ainsi que divers ranchs d'élevage de bétail en Amérique du Sud. Nous savons que des milliers d'enfants y travaillent sans jamais recevoir le moindre salaire. Le problème, hélas, c'est que, même si les pays où se trouvent ces entreprises veulent nous aider à les éradiquer, ils n'ont pas les moyens financiers qui leur permettraient de se battre contre une multinationale qui brasse des millions de dollars chaque jour.

— Hélas oui, on retombe toujours sur le même problème : l'argent. C'est le nerf de la guerre et, sans lui, les meilleures intentions du monde demeurent impuissantes.

— Oui, approuva Lassiter, c'est bien triste. Il y a vraiment de quoi compatir sur le sort de ces malheureux enfants, mais je crois que celui des femmes qui sont amenées ici illégalement pour travailler dans des ateliers clandestins ou se prostituer ne vaut guère mieux. Ces criminels les appâtent en leur promettant monts et merveilles et, une fois qu'elles sont ici, ils les menacent de les livrer à la police et de les faire mettre en prison si elles se plaignent. Je ne me doutais pas de l'importance de ce problème avant de commencer les recherches sur Adams, avoua Lassiter, et ce que j'ai appris me bouleverse tellement qu'il me semble que j'aurais à cœur de mener cette enquête à son terme même si je n'étais pas payé pour cela. Il faut à tout prix empêcher ces assassins de poursuivre leur sinistre commerce.

— Je partage entièrement votre avis, mais on ne peut pas attaquer de front une organisation aussi bien montée et aussi puissante. Mieux vaut se glisser discrètement par la porte de derrière à un moment où ils ne regardent pas. Nous allons avoir besoin de beaucoup de personnel et de pas mal de soutien de la part des organismes gouvernementaux.

Un sourire satisfait, un peu mystérieux, éclaira le visage de Lassiter tandis qu'il ouvrait un tiroir de son bureau. Il en sortit une feuille de papier qu'il tendit à Cord.

— Regardez ceci !

Cord découvrit une liste de noms qu'il commença à lire. Aussitôt, une expression à la fois admirative et incrédule se lut sur son visage.

— Mazette ! Moi qui croyais avoir des relations ! murmura-t-il en découvrant les personnalités mentionnées.

— Tous ces gens n'ont pas encore été approchés et c'est là que je suis content que vous veniez me prêter main-forte. Vous voyez le nom qui se trouve au bas de la liste ?

Cord regarda et se frotta le menton, surpris.

— Diable ! C'est vrai que j'ai un lointain cousin qui travaille dans l'import-export à Tanger. Je l'avais complètement oublié. Lorsque je me suis mis à rechercher les membres de ma famille, confessa-t-il, le visage sombre à cette évocation, je pensais qu'il ne me restait qu'un vieux cousin en Andalousie, dans la région de Malaga.

— Vous avez perdu vos parents ici, n'est-ce pas ? Je me rappelle qu'à l'époque les journaux ont consacré plusieurs articles à l'incendie d'un hôtel du centre-ville.

— Oui. Si Amy Barton ne s'était pas occupée de moi, je ne sais pas ce que je serais devenu…

Sa phrase fut interrompue par un coup frappé à la porte. Avant que Lassiter n'ait eu le temps de répondre, elle s'ouvrit pour laisser le passage à une jeune femme blonde aux yeux sombres. Aussitôt, Lassiter changea du tout au tout. L'expression tendue et inquiète qu'il arborait jusque-là fit place à un soulagement évident. Il bondit de sa chaise et contourna vivement son bureau pour se précipiter vers elle. C'est à peine si Cord remarqua sa légère boiterie.

— Tête de mule ! Grande folle ! Espèce de…

Les mots se bousculaient sur ses lèvres, désordonnés. Mais, au lieu de continuer sa diatribe, il souleva la nouvelle venue dans ses bras et se mit à l'embrasser avec une violence qui laissa Cord sans voix. Jamais encore il n'avait vu une émotion aussi vive chez un homme, surtout de la part de quelqu'un comme Lassiter, qui lui avait jusque-là paru plutôt froid et parfaitement maître de lui.

La jeune femme lui rendit son baiser avec autant de passion, puis elle parut remarquer la présence de Cord et s'écarta de Lassiter avec un petit sourire gêné.

Mais ce dernier ne la laissa pas s'éloigner. Il la retint contre lui.

— Des cafards ! Des contrôleurs de l'hygiène ! Mais qu'est-ce qui t'est passé par la tête pour que tu inventes une histoire pareille ?

— Calme-toi, mon amour, conseilla Tess Lassiter d'une voix douce. Tu vois bien que je suis en pleine forme ! Morrow était avec moi. Tu connais sa valeur puisque c'est toi-même qui l'as volé au FBI. Avec lui, je ne courais absolument aucun danger.

— Sacré Morrow ! Il me revaudra ça, je te le promets. A la première occasion, je le découperai en rondelles !

Amusé, Cord nota que, au moment où il parlait, Lassiter paraissait tout à fait capable d'une pareille vengeance, aussi barbare soit-elle ! A voir sa colère, il aurait rôti le malheureux à petit feu sans le moindre remords.

Tess lui adressa un sourire attendri.

— Allons, nous ne sommes pas seuls !

C'est alors seulement que Lassiter parut se souvenir de la présence de Cord. Il s'écarta de son épouse, sans pour autant pouvoir la quitter des yeux. Cord commençait à se sentir gêné d'assister malgré lui à cette scène de ménage qui manifestait tant de passion amoureuse. Un petit pincement d'envie lui serra le cœur. Ces gens-là étaient mariés depuis plus de neuf ans… Pourtant, la force des sentiments qui les unissaient était si évidente qu'on la sentait presque physiquement dans la pièce. Voilà qui le troublait profondément. Jamais il n'aurait cru qu'une telle émotion puisse subsister après tant d'années.

Lassiter retourna vers sa chaise, en entraînant Tess qu'il tenait toujours par la main. Après qu'il se fut assis, elle resta debout auprès de lui, une main tendrement posée sur son épaule.

— Je vous prie de m'excuser pour cette parenthèse déplacée dans le cadre professionnel. Mais… Tess a pris des risques, et cela ne se reproduira plus. Morrow va avoir de mes nouvelles !

— Morrow est quelqu'un de très bien, coupa Tess. C'est moi qui lui ai suggéré cette idée, qu'il ne voulait absolument pas mettre à exécution. Tu sais quoi ? Il n'arrêtait pas de me dire que tu le tuerais de deux coups de revolver dès que tu apprendrais la chose, mais je lui ai promis que tu n'en ferais rien. Tu ne voudrais pas me faire mentir, tout de même ?

Elle sortit une bande magnétique de sa poche.

— Tiens, regarde ! L'enregistrement est tout à fait audible. Et je crois que tu vas apprécier à sa juste valeur l'information qu'elle contient.

Puis, sa mission accomplie, elle leva son charmant visage vers Cord et déclara :

— Au fait, j'imagine que vous avez deviné que je suis Tess, l'épouse de Dane ?

— Tu pourrais aussi bien te présenter comme la cause de mon ulcère à l'estomac, ajouta Lassiter sèchement.

— Oh, les enfants n'y sont pas pour rien ! compléta-t-elle avec son joli sourire. Pourtant, nous essayons tous les trois de ménager tes nerfs de notre mieux.

— Bon, passons..., conclut Lassiter, désarmé. Tess, je te présente Cord Romero.

— Oh, s'exclama la jeune femme, vous êtes le frère de Maggie !

— Non, pas exactement. Nous n'avons aucun lien de famille l'un avec l'autre, mais nous avons été élevés tous les deux par Amy Barton.

— Je vois...

— Si nous revenions à ce fameux enregistrement, source de notre dissension ? proposa Lassiter. Voyons la précieuse information qu'il contient et qui, en cas de malheur, aurait été susceptible de me consoler de ta perte...

Un sourire de fierté illumina le fin visage de Tess.

— Un indice qui peut apporter la preuve que Gruber est bien lié à cette multinationale avec laquelle Adams travaille. Tu l'entendras de sa propre voix. Le président de cette société s'appelle Stillwell et on l'entend aussi dans cet enregistrement.

Lassiter serra les mâchoires.

— Tu es vraiment incroyable ! murmura-t-il en levant vers sa femme un visage rayonnant de fierté.

Elle se pencha et l'embrassa sur le front.

— Je savais que tu ne serais pas déçu ! Et maintenant, tu me promets de ne pas être trop méchant avec Morrow, d'accord ? Il est déjà bien assez contrarié d'avoir accepté de me laisser faire ! Quant à moi, je vais de ce pas prendre un bon petit déjeuner. Une enquête, ça creuse !

— Je ne promets rien du tout pour l'instant, nous verrons plus tard. En attendant, tu veux bien me rapporter une brioche ?

Il se tourna vers Cord.

— Voulez-vous quelque chose vous aussi ?

— Non merci. J'ai pris un solide petit déjeuner avec Maggie ce matin.

Lassiter revint vers Tess.

— Mon amour, je t'en prie, plus de prouesses policières pour la journée, d'accord ? J'ai besoin de souffler un peu.

— Quel dommage ! J'avais précisément envie d'aller faire un tour du côté de la banque pour épingler quelques pickpockets !

— Sors d'ici avant que je ne me mette vraiment en colère ! ordonna Lassiter.

Tess lui adressa une petite grimace et ils échangèrent un regard passionnément complice.

— Vous êtes réellement mariés depuis neuf ans ? demanda Cord.

— Oui, mais je n'arrive pas à le croire. Il me semble que nous vivons ensemble depuis quelques mois à peine… Allons, écoutons donc cette fameuse bande.

Pendant qu'il l'introduisait dans le lecteur, Cord se laissa aller contre le dossier de son fauteuil. La scène à laquelle il venait d'assister l'obligeait à revoir toutes ses idées sur le mariage. Il avait toujours pensé que les années émoussaient le piquant de l'amour et le transformaient en quelque chose de doux et d'un peu ennuyeux… Or, Tess et Dane Lassiter lui donnaient une vivante preuve du contraire. S'était-il trompé jusqu'à ce jour ?

Il dut faire un effort pour se concentrer lorsque la bande commença à se dérouler. Il écouta tout d'abord un peu distraitement, mais tendit l'oreille en entendant une nouvelle voix, qu'Adams identifia comme appartenant à un certain Stillwell.

Lassiter arrêta la bande un instant pour lui donner quelques explications.

— Ce Stillwell est le président officiel et le principal actionnaire de Global Enterprises, expliqua-t-il. Il a des bureaux ici, aux Etats-Unis, mais le siège principal de son affaire se trouve au Maroc. Jusqu'à maintenant, tous les efforts des gouvernements africains pour engager des poursuites contre le trafic de femmes et d'enfants mené par la Côte d'Ivoire ont échoué. L'argent et le pouvoir garantissent l'immunité dans un continent où les ressources annuelles ne dépassent pas cinq cents dollars par famille.

Cord hocha la tête. Il n'était que trop conscient de cette énorme difficulté.

— Le système est tellement bien rodé que certains parents vendent leurs enfants sans même s'en rendre compte, poursuivit Lassiter. La société commence par leur verser une avance sur les salaires en leur promettant qu'une fois à l'étranger ils toucheront des sommes mirobolantes. Quand ces malheureux comprennent qu'ils ne reverront pas leurs enfants, il est trop tard pour entreprendre des recherches, les jeunes ont disparu sans laisser de traces.

— C'est absolument scandaleux ! commenta Cord.

— Oui, d'autant plus que la société s'est installée au Maroc. Elle est ainsi hors de portée de la justice des pays les plus pauvres où ce trafic prend sa source.

Ces explications données, Lassiter remit la bande en marche. Ils entendirent Adams raconter à ses collaborateurs qu'il avait recherché l'identité de la jeune femme qui s'était avancée vers lui la veille devant le restaurant et qu'il avait découvert qu'il s'agissait de la sœur adoptive de leur vieil ennemi, Cord Romero.

En entendant cela, Cord se sentit blêmir, mais une voix nouvelle se fit entendre, que Lassiter identifia rapidement comme celle de Stillwell. Ce dernier expliquait à ses complices qu'il était persuadé qu'Interpol était à ses trousses, mais que personne n'avait réussi à le relier à quelque activité illégale que ce soit. Il affirmait cela sur un ton sinistre, plein de suffisance et lourd de menaces, qui augmenta le malaise de Cord.

Ce fut ensuite au tour de Gruber de prendre la parole ; Cord l'identifia immédiatement. Gruber mentionnait une enquête sur Adams lancée par l'agence de Lassiter. Il racontait avoir remarqué une seconde jeune femme, brune, qui se tenait dans l'embrasure de la porte du restaurant et qui l'avait pris en photo pendant que la première les retenait en feignant de l'avoir reconnu. Il en fit une description plus précise et Adams reconnut en elle Kit Deverell, une collaboratrice de Lassiter. Gruber laissa échapper un juron fort grossier avant de continuer à parler. Il expliqua qu'il avait chargé un de ses hommes de se débarrasser de Cord Romero, qui aidait une agence gouvernementale à enquêter sur l'immigration clandestine à Miami, car ce dernier était susceptible d'établir un lien entre Gruber et Global Enterprises. Malheureusement, la bombe qui avait été placée à l'intention de Romero ne l'avait pas tué. Il fallait donc lui régler son compte le plus vite possible, parce que, même aveugle, Romero n'abandonnerait jamais. Pourquoi ne pas s'attaquer à Maggie Barton ? L'agence de Lassiter était une cible haut placée qui entraînerait une enquête approfondie et risquait de les menacer. Par contre, prendre la sœur adoptive de Romero comme cible pouvait suffire à faire hésiter ce dernier à se lancer sur leur piste. Il conclut en disant :

— J'ai sous la main un professionnel qui fera très bien l'affaire.

En entendant cette menace, Cord eut froid dans le dos. Après cette inquiétante déclaration, plus aucun son ne leur parvint. L'enregistrement paraissait être arrivé à son terme. Lassiter arrêta donc l'appareil et les deux hommes échangèrent un regard inquiet.

— Je n'avais pas prévu cela ! avoua Lassiter, la mine sombre.

— C'est tout à fait logique, reconnut Cord. Si jamais Gruber a recours à un tueur professionnel, tous les mercenaires que je pourrai louer ne suffiront pas à garantir la sécurité de Maggie.

Il laissa échapper un profond soupir et passa la main dans ses cheveux d'un air las.

— Qu'est-ce que je peux faire ? demanda Cord en réfléchissant à voix haute. Si je lui faisais quitter le pays ? Et, pendant ce temps, vous mettriez en veilleuse votre enquête sur Adams. Ils ne comprendront plus très bien notre ligne de conduite et Adams pourrait penser qu'il s'est trompé et qu'il n'est pas la cible qu'il croyait. Qui sait ? Cela pourrait peut-être même l'amener à se montrer moins vigilant ?

A cette pensée, les yeux de Cord se mirent à pétiller.

— Je pourrais même enquêter un peu moi aussi. Nous

savons que Gruber a des relations à Tanger, à Madrid et à Amsterdam…

Les yeux plissés par la concentration, il essayait de concevoir une stratégie possible.

— Gruber me croit aveugle. Il croira peut-être que j'ai décidé d'abandonner le jeu parce qu'il a failli me tuer à Miami ? Etant donné mon état, il trouvera logique que Maggie m'accompagne pour prendre soin de moi puisque je ne peux plus me suffire à moi-même. Quelle chance qu'il me croie aveugle ! répéta-t-il. Cela me donne un atout important. A moi de l'utiliser au mieux…

Il poursuivit sa réflexion en silence, puis hocha la tête.

— Ce plan a des chances de marcher. Qui sait si Gruber n'irait pas jusqu'à renoncer à son projet de me supprimer ? Voyons… Imaginons que je décide d'aller rendre visite à mon vieux cousin en Espagne… Avec Maggie comme accompagnatrice, bien entendu.

— Je pense que cela vous fera courir un danger encore plus grand à tous les deux, répondit Lassiter.

— Mais il est possible aussi que Gruber ne sache plus très bien comment agir. Si jamais lui et Adams relâchent leur garde et se montrent moins vigilants, vous auriez une chance de les prendre sur le fait grâce à ce système d'écoute qu'ils n'ont pas découvert. Cet enregistrement nous permet déjà de les rattacher à Stillwell, et je pense que je pourrai creuser un peu les relations d'affaires de Gruber avec l'Europe et l'Afrique. Je porterai des lunettes noires et je laisserai Maggie me conduire. Même si Gruber me fait filer, il n'imaginera pas que je suis à même de lui faire beaucoup de mal étant donné mon état de santé. Et, pendant ce temps, vous pourrez de votre côté demander à l'un de vos contacts de faire des recherches en Côte d'Ivoire pour voir s'il est possible d'établir un lien entre Jobfair et Global Enterprises. Que pensez-vous de cela ?

Lassiter parut se détendre un peu et sourit.

— J'aime bien votre tactique. Faire profil bas et battre l'ennemi sur son propre terrain en attaquant au moment où il s'y attend le moins, c'est assez fort !

— C'est exactement mon projet. Je peux faire appel à quelques vieux copains qui adoreraient faire payer à Gruber l'embuscade qu'il nous a tendue en Côte d'Ivoire il n'y a pas si longtemps et qui nous a coûté fort cher.

Lassiter hocha la tête lentement.

— Ce projet ne me paraît pas mauvais… Mais il n'est pas exempt de dangers, vous en êtes conscient ?

Cord haussa les épaules.

— Ce n'est pas cela qui va me décourager !

— Et que ferez-vous si Maggie refuse de vous accompagner ? s'enquit Lassiter.

Cord haussa un sourcil étonné.

— Maggie, refuser ? Vous ne la connaissez pas ! Plus il y a de risques, plus elle est contente. Elle est téméraire et m'a souvent confié qu'elle adorerait se lancer dans une aventure périlleuse. Mais, rassurez-vous, je ferai mon possible pour lui éviter les ennuis.

— C'est une femme remarquable, nota Lassiter.

— Oui. Et une compagne fiable. En cas de problème, je sais que je pourrai compter sur elle.

Cord se leva et serra la main de Lassiter.

— Je vais mettre notre affaire sur les rails.

— Parfait. Tenez-moi au courant !

— Bien sûr.

Cord remit ses lunettes noires et passa dans la pièce voisine où Red Davis l'attendait pour le ramener au ranch. Une fois de retour dans son bureau, Lassiter retourna d'un geste machinal la cassette. Persuadés qu'ils avaient entendu tout ce qu'elle contenait, ils n'en avaient écouté qu'un seul côté. Lassiter n'en attendait plus aucune révélation, mais par acquit de conscience il la réinséra dans l'appareil. Les mots qu'il entendit alors lui donnèrent des sueurs froides.

« Lassiter est hors de portée, poursuivait Stillwell, et Romero est un ennemi redoutable, mais nous devrions pouvoir nous dispenser d'avoir recours à un tueur professionnel, ce qui est toujours un peu risqué pour nous. Je sais un certain nombre de choses sur Maggie Barton… Des choses très compromettantes, croyez-moi ! J'ai à ma disposition tout un dossier comportant des coupures de journaux, des vidéos et des photos d'un genre très spécial. Tout cela m'a coûté les yeux de la tête, mais peut clouer le bec à cette péronnelle en deux temps, trois mouvements. Elle préférerait mourir que de voir son passé étalé au grand jour. Il me suffira de l'informer des documents qui sont à ma disposition pour qu'elle supplie Romero de laisser tomber toute recherche nous concernant. Je vous le garantis ! Nous serons en parfaite sécurité. »

« Je vous trouve bien sûr de vous, commenta Gruber. A part une balle en plein cœur, je vois mal ce qui pourrait arrêter Romero. Même aveugle, il est dangereux. Alors vous imaginez sans peine ce qui nous attend si Lassiter fait équipe avec lui ! De toute façon, Romero en sait trop sur mon compte, il faut nous en débarrasser… »

« Romero éprouve certainement de l'affection pour la femme avec laquelle il a été élevé. Si nous faisons suffisamment peur à celle-ci, elle trouvera un moyen de le faire renoncer. »

« Vous pouvez toujours essayer, proposa Gruber, qui ne paraissait pas convaincu. Mais, si votre plan échoue, le mien marchera à coup sûr. »

Lassiter écouta le reste de la cassette, mais elle ne contenait plus grand-chose, et rien qui soit intéressant. Il était tout simplement abasourdi. Dans l'espoir de se remettre un peu, il alla proposer à Tess de venir prendre un thé avec lui. Pourtant, il ne se montra guère bavard pendant cet intermède. Ce qu'il venait de découvrir le perturbait énormément. Comment allait-il s'y prendre maintenant ? Une fois seul, il décida de se rendre dans les bureaux de Logan Deverell afin de rencontrer Maggie.

Elle était en train de dire au revoir à un client lorsqu'il se présenta et demanda à la voir en privé. Elle l'invita donc à entrer, sous le regard intrigué de la secrétaire de Logan.

— Il est arrivé quelque chose à Cord ? demanda-t-elle aussitôt la porte refermée sur eux.

— Non, Cord va très bien, dit aussitôt Lassiter d'un ton rassurant.

Mais il fallait en venir à la partie difficile de son intervention. Il décida d'aller droit au but sans plus attendre.

— Nous avons en notre possession l'enregistrement d'une conversation qui a lieu dans le bureau d'Alvarez Adams. L'un de ses acolytes prétend disposer d'informations compromettantes à votre sujet. Il a parlé de photos, de cassettes vidéo…

Maggie devint blanche comme un linge et Lassiter dut la soutenir pour l'aider à se rapprocher d'une chaise. Une fois assise, elle posa la tête sur ses genoux et s'évanouit.

Lassiter ne put s'empêcher de laisser échapper un juron. Il avait espéré que Stillwell mentait. De toute évidence, ce n'était pas le cas. Un long moment, il resta là, debout, impuissant, ne sachant que faire.

Puis Maggie se mit à gémir. Elle prit sa tête entre ses mains et demanda dans un souffle :

— Est-ce que Cord est au courant ?

— Non, il était déjà parti quand j'ai écouté cette face de la cassette.

La jeune femme avala péniblement sa salive et, lentement, se redressa sur son siège. Son visage était cramoisi maintenant, et elle paraissait à bout de forces. Lassiter était désolé d'être la cause indirecte de son malaise.

— Je travaille en respectant scrupuleusement le secret professionnel, Maggie. Je ne révèle jamais les informations personnelles que je détiens, même pas à Tess. Rien de ce que vous me direz ici sous le sceau du secret ne sortira de cette pièce.

Maggie comprit à cet instant pourquoi Kit Deverell appréciait cet homme taciturne et réservé. Elle hésita un instant, puis se décida à parler.

— Je sais de quelles photos parle cet homme, confia-t-elle d'une voix rauque. Elles suffiraient à détruire ma vie et je préférerais mourir plutôt que de les savoir en possession de Cord.

— Elles sont donc si terribles ?

— Oui.

— Si vous m'en parliez un peu ?

Jamais Maggie ne se serait crue capable d'évoquer ce sujet avec qui que ce soit. Et pourtant, avec Dane Lassiter, les mots lui vinrent facilement aux lèvres. L'horreur de son passé déborda tout à coup, et, en parlant, elle eut l'impression de jeter une bouée à la mer. Quel soulagement de pouvoir enfin raconter à quelqu'un ce qui lui était arrivé ! Lassiter demeura silencieux, bienveillant. Il ne porta aucun jugement d'aucune sorte et il l'écouta jusqu'au bout sans l'interrompre. Quand elle eut terminé, il était devenu tout pâle lui aussi, mais ne manifestait ni mépris ni dégoût.

— Cord n'est au courant de rien ?

Maggie secoua la tête.

— Amy ne lui a jamais rien dit. Moi-même, j'ai essayé une fois de lui parler, mais je me suis arrêtée avant d'avoir commencé. Il m'a semblé que cela changerait complètement notre relation.

Elle baissa les yeux.

— J'ai eu peur qu'il me haïsse.

— Mais pourquoi, bon sang ? Rien de tout cela n'est votre faute !

Un sourire triste étira les lèvres de la jeune femme.

— C'est ce que je me dis. Mais, en même temps, il me semble qu'on me regarde comme si je ne pouvais plus jamais être propre de nouveau.

Les yeux noirs de Lassiter étincelaient.

— Cord ne vous blâmera de rien. Et, s'il a des envies de meurtre, je peux vous assurer que ce ne sera pas contre vous !

Maggie leva le regard vers lui.

— C'est un risque que je ne veux pas courir, monsieur Lassiter. Mes relations avec Cord ont souvent été tendues, voire difficiles. En fait, il n'est vraiment aimable avec moi que depuis mon retour du Maroc. Vous savez, je ne supporterais pas de perdre son estime !

Lassiter avait envie de lui expliquer que cela ne se produirait pas, mais elle paraissait si terrifiée à cette idée, ses traits étaient si crispés, qu'il préféra se taire.

— Je vous promets de ne lui parler de rien. Mais il faut tout de même que je vous donne une autre information que je juge capitale. Gruber est persuadé qu'il lui faut tuer Cord pour être enfin tranquille. Et il a également envisagé la possibilité de vous prendre comme cible. C'est son complice qui a évoqué la possibilité du chantage, persuadé que ce serait tout aussi efficace.

— Qu'est-ce que je peux faire ? demanda Maggie, les larmes aux yeux.

— Rien. En tout cas, à vous seule. Mais Cord a un plan. Il a l'intention de vous en parler. Tâchez de ne pas céder à la panique et tout ira bien. Gruber est une ordure, mais il n'est pas invulnérable.

Maggie ne l'écoutait plus. Désormais, les ennemis de Cord disposaient d'une arme terrible contre elle, et ils la conserveraient, quoi qu'il arrive. Elle en aurait hurlé de rage et d'impuissance.

Lassiter la contemplait, plein de compassion.

— Je vous garantis que, si je dois parler de votre affaire, ce sera uniquement avec des personnes dignes de confiance qui demeureront aussi muettes que moi. Je vous donne ma parole d'honneur que vous n'avez pas à redouter la moindre indiscrétion.

— Merci, dit-elle en relevant le menton comme pour se donner du courage.

— Et puis… vous feriez sans doute bien d'aller consulter. Parler avec un professionnel vous aiderait sans doute à vous débarrasser de vos mauvais souvenirs, ajouta Lassiter.

Maggie préféra ignorer ce conseil.

— Aussi terrible que ce soit pour moi, je vous remercie de m'avoir informée de ce que vous avez appris.

Puis, comme de nouveau happé par une inquiétude incontrôlable, le visage de la jeune femme se crispa une fois de plus.

— Vous me promettez de ne rien dire à Cord ?

— Je vous le jure. Mais, pour revenir au vif du sujet, vous auriez tort de vous inquiéter pour la sécurité de Cord. Il ne faut pas le sous-estimer ! Gruber regrettera d'avoir eu affaire à lui, je peux vous l'assurer.

— Cord exerce une profession dangereuse et je sais qu'il n'a peur de rien. Je m'efforce seulement de ne pas penser aux détails…

— Croyez-moi, Romero est un fin limier et un tireur hors pair. Malgré les menaces que je vous ai rapportées, vous n'avez pas à craindre pour votre sécurité.

— Je n'ai pas de doute là-dessus, convint-elle avec un sourire, mais je me demande tout à coup si je ne devrais pas apprendre le métier moi aussi. Après tout, si je dois devenir une cible ambulante pour ces criminels de niveau international, ça ne serait pas plus mal que je me mette à la page ! Qu'en pensez-vous ? D'ailleurs, je suis sûre que je porterais à merveille l'incontournable imperméable mastic.

Lassiter sourit à son tour, soulagé de voir la jeune femme retrouver si rapidement sa pugnacité et son sens de l'humour.

— Pourquoi pas ? Je garde votre proposition dans un coin de mon esprit. En attendant, je vais voir ce que je peux faire pour poursuivre en même temps Jobfair et Global Enterprises.

— Je vous remercie, monsieur Lassiter.

— Vous savez, reprit ce dernier, nous avons tous quelques secrets que nous préférons garder pour nous. C'est là-dessus que jouent les corbeaux de la pègre. A leurs yeux, peu importe la souffrance que leurs révélations peuvent provoquer. Tout ce qui compte, c'est ce qu'elles leur rapportent. Mais je vous assure que vous n'avez pas à vous inquiéter à cause de Stillwell. Nous arriverons à le neutraliser. Par contre, pour votre équilibre personnel, je pense que vous feriez bien de tout dire à Romero, ajouta-t-il, sincèrement soucieux de la tranquillité de la jeune femme. Il me semble que vous seriez moins inquiète.

— Je n'en ai pas le courage…, avoua-t-elle simplement.

Lassiter eut réellement pitié d'elle. Il aurait voulu l'aider davantage, mais ce n'était pas en son pouvoir. Aussi, il prit congé d'elle et se retira, bien décidé à chercher le moyen qui lui permettrait de couper court au chantage que Stillwell envisageait d'exercer.

Maggie n'avait pas imaginé que les ennemis de Cord chercheraient à entrer en contact avec elle, mais le coup de fil qu'elle reçut à son bureau juste au moment où elle s'apprêtait à le quitter lui glaça le sang.

— Si vous êtes un peu maligne, lui suggéra une voix mielleuse dès qu'elle se fut identifiée auprès de son interlocuteur, vous allez vous arranger pour que Romero abandonne son enquête. Je parle dans votre intérêt, bien entendu, poursuivit la voix en se faisant encore plus doucereuse. Mes amis et moi disposons en effet de quelques vidéos qui vous montrent dans des postures… disons… plutôt compromettantes. Imaginez la réaction de Romero si jamais il les découvrait ! Car finalement, mademoiselle Barton, sous vos allures de sainte-nitouche, vous êtes une sacrée garce !

— Et vous, vous êtes un horrible personnage, qui n'a même pas le courage de se montrer à visage découvert ! Si jamais Romero met la main sur vous…

— Ne tentez pas le diable, mademoiselle Barton. Débrouillez-vous pour que Romero aille fourrer son nez dans d'autres sociétés que Jobfair. Inventez un moyen de lui ôter l'envie de venir voir de trop près ce qui se passe chez nous. Et vite ! Sans cela, vous risquez de faire la une de tous les journaux.

L'homme marqua un temps d'arrêt avant de cracher son ultime venin.

— Mais, après tout, mademoiselle Barton… star du porno, c'est peut-être une carrière qui vous tente ?

L'homme raccrocha sur cette horrible question.

Maggie se leva et tituba jusqu'à la salle de bains, où elle vomit d'angoisse et de désespoir.

A la fin de la journée, Maggie avait réussi à retrouver son sang-froid et s'efforçait de mesurer l'étendue du désastre que provoqueraient les révélations dont elle était menacée. Elle voulait envisager la situation de façon positive. Le plus important, c'était bien sûr les victimes impuissantes de Jobfair et de sa principale filière, Global Enterprises, le reste importait peu. Pourtant, elle ne pouvait envisager calmement l'horreur et le dégoût qui ne manqueraient pas d'apparaître sur le visage de Cord, ce visage aimé entre tous, s'il visionnait les vidéos… Jamais il ne lui pardonnerait ! Toute l'hostilité qu'il lui avait manifestée autrefois n'était rien en comparaison de ce qu'elle aurait à souffrir. Mieux valait garder la tête haute et faire comme si rien, jamais, ne s'était passé.

Le hic, c'est que, malgré tous ses efforts et sa détermination, Maggie avait bien du mal à mettre cette résolution en pratique.

Lorsque Cord vint la chercher pour la ramener au ranch, il portait de nouveau ses lunettes noires et, une fois de plus, Davis lui servait de chauffeur au volant d'un pick-up plutôt que de la voiture de sport. Elle demeura silencieuse et distante pendant toute la durée du trajet. Si seulement elle savait comment s'y prendre pour lui faire part des menaces dont elle était l'objet ! L'idée que certaines scènes de son passé risquaient d'être projetées devant lui lui soulevait l'estomac. Cord avait-il réellement l'intention de lui faire quitter le pays, comme le lui avait laissé entendre Lassiter ? Elle en doutait. Il n'était pas le genre d'homme à tourner le dos au danger, et encore moins à céder à quelque chantage que ce soit.

— Tu me parais bien songeuse, remarqua Cord.

Ils se trouvaient maintenant en tête à tête dans l'habitacle du véhicule que Davis avait garé devant le ranch avant de poursuivre son travail.

— J'ai eu une journée un peu difficile, répondit-elle en se forçant à sourire. Mais rien d'inquiétant.

Elle considéra son ami d'enfance longuement, et une panique irrépressible s'empara d'elle à l'idée du regard qu'il porterait sur elle si jamais il savait…

Puis, avec un haussement d'épaules, comme pour conjurer cette sinistre éventualité, elle lança :

— Tu n'aurais pas envie par hasard de poser ton Stetson et tes bottes pour m'emmener à Tahiti ? Le surf te changerait un peu des taureaux…

— Pourquoi pas ? rétorqua-t-il, amusé par cette perspective plutôt fantaisiste. Tu t'y sentirais davantage en sécurité ?

— Non, je ne pense pas. Ce serait peut-être pire qu'ici, où tu es entouré d'hommes de confiance.

— Ecoute, reprit Cord, mi-badin mi-sérieux, Tahiti n'est peut-être pas la meilleure destination possible dans notre cas. D'ailleurs, il y fait trop chaud ! Mais j'ai une autre idée… Que penserais-tu d'un petit voyage en Espagne ?

Le cœur de Maggie bondit dans sa poitrine.

— Sans blague ? Tu es sérieux ?

Cord allongea son bras le long du dossier de Maggie.

— Oui. J'ai appris que Gruber avait lancé des menaces contre nous deux, expliqua-t-il, sans pour autant révéler exactement la teneur de ce qu'il savait, et ignorant que sa compagne avait eu un entretien avec Lassiter.

Comme elle devenait toute pâle, il se demanda ce qui dans ses paroles avait pu provoquer une réaction aussi vive, mais, incapable de trouver, il décida de poursuivre.

— J'ai décidé de brouiller les pistes pendant que Lassiter fera mine de laisser l'enquête au point mort. Par exemple, s'ils apprennent que nous sommes partis à l'étranger, Adams, Gruber et Stillwell croiront que la pression a baissé, ils se montreront moins vigilants, et c'est alors que nous aurons davantage de chances de les arrêter.

— Mais... Gruber risque de nous suivre en Espagne.

— Maintenant que je suis aveugle, quel danger est-ce que je peux représenter pour lui ?

— C'est vrai qu'il est persuadé que tu es handicapé...

— Bien sûr, nous devrons tout de même rester sur nos gardes, mais j'ai les moyens de te protéger. Quelques-uns de mes amis se feront un plaisir de nous suivre discrètement pour assurer notre sécurité. De toute façon, tu seras plus en sûreté là-bas qu'ici.

Maggie ne prêtait guère attention aux mots proférés par Cord. Ce qui retenait son attention, c'était l'éclat qui brillait dans ses yeux noirs. Il révélait un tel enthousiasme que les pires craintes de la jeune femme disparaissaient, étouffées avant même d'avoir pu prendre forme. Quelle aventure ce serait ! Elle serait avec Cord, elle partagerait avec lui ce qu'aucune femme encore n'avait connu. Et si jamais le pire devait se produire… si jamais elle était tuée, eh bien, au moins emporterait-elle de l'autre côté le précieux souvenir de ce qu'elle aurait vécu auprès de lui.

Plus elle pensait à cette proposition, plus son envie d'accepter grandissait. Si jamais l'aventure tournait mal, il ne saurait jamais la vérité sur son compte. Oui, l'invitation de Cord la tentait de plus en plus.

— Je me vois déjà munie d'une plaque officielle, d'un imperméable mastic et d'un revolver à six coups ! répliqua-t-elle sur un ton amusé. J'ai déjà essayé de me faire embaucher par M. Lassiter, mais j'avoue que ce que tu me proposes a l'air encore plus audacieux. Appelle tout de suite Interpol pour leur annoncer que je suis libre et que j'accepte de t'accompagner. Au fait, est-ce qu'il s'agit du genre d'emploi où on vous donne une capsule de cyanure, au cas où… ?

Cette réponse enlevée enchanta Cord. Décidément, Maggie avait de la classe ! Elle avait aussi du courage, et cela suffisait largement pour qu'il l'admire plus que n'importe quelle autre femme.

Il posa un doigt sur sa joue si douce.

— Il faudra demander des précisions ! Mais ce qui est sûr, c'est qu'il s'accompagne d'un bon calibre .45 et d'un mercenaire en assez mauvais état.

— Allons, allons… pas si abîmé que ça ! corrigea-t-elle gentiment.

Elle caressa du doigt les blessures encore mal cicatrisées autour de ses yeux.

— Et bigrement chanceux !

Cord la dévisageait, heureux de plonger dans la tendresse que chacun des gestes de Maggie révélait.

— Oui, en effet, très chanceux ! ajouta-t-il.

Cet instant d'abandon surmonté, elle le considéra d'un air sérieux.

— Cord, parle-moi franchement. Tu n'es pas seulement en train d'organiser un voyage chez un vieux cousin, n'est-ce pas ? Tu as bien une idée derrière la tête ?

— Inutile de poser des questions pour l'instant. Nous partons en vacances tous les deux. Et, comme je suis aveugle, c'est toi qui seras mes yeux. Nous allons faire croire à Gruber que nous avons peur de lui et lui laisser la bride sur le cou. Avec un peu de chance, il s'y prendra les pieds et se pendra tout seul !

9

Tout excitée, malgré les circonstances, à l'idée de l'escapade qui se profilait avec Cord, Maggie rassembla rapidement quelques affaires dans un sac de voyage. Tout en pliant pantalons et chemisiers, elle refusait de se demander pourquoi un homme de la trempe de Cord se montrait si pressé de fuir l'enquête qui lui aurait peut-être permis de mettre la main sur l'homme qui avait failli le tuer. Mais ce départ présentait au moins l'avantage de la mettre à l'abri, ne serait-ce que momentanément, des révélations qu'Adams était susceptible de faire à son sujet. Il allait en effet penser qu'elle avait réussi à convaincre Cord de quitter le pays et de renoncer à sa mission, ce qui ne pouvait que les apaiser, lui et sa bande, au moins pour un certain temps.

Elle pouvait donc pendant quelque temps envoyer Jobfair et son inquiétant dossier aux oubliettes, puisqu'il ne pouvait être question de représailles dans un proche avenir. Elle voulait profiter pleinement des moments qu'elle allait passer avec Cord. Les promenades, les repas, le voyage… Elle allait faire partie de sa vie, de son quotidien, au point de partager aussi le danger, la traque, et l'excitation qui les accompagne. Quelle que soit la durée de ce sursis, quel qu'en soit le prix à payer plus tard, cela valait la peine de le vivre.

Quand elle rejoignit Cord dans le salon, elle avait revêtu un jean et un T-shirt noir sous sa veste beige. Ses cheveux nattés descendaient dans son dos et elle traînait derrière elle un simple sac de voyage à roulettes.

— Tu sais voyager léger ! remarqua Cord, surpris par la taille modeste du bagage de sa compagne.

— Ma garde-robe est plutôt réduite, tu sais, et, comme je ne laisse ici que les photos de mes parents et les quelques bijoux qui appartenaient à ma mère, je peux dire que j'emporte pratiquement tout ce que je possède.

Cord n'avait jamais pris conscience du peu de souvenirs qui restaient à Maggie. Pourtant, il était logé à la même enseigne, voire pire… Tout ce que ses parents possédaient avait disparu dans l'incendie de l'hôtel. Ils habitaient le reste du temps dans une maison louée et il s'était retrouvé sans rien.

— Il ne te reste rien de la grand-mère qui faisait la guerre avec Pancho Villa ?

— Rien, à part la photo dont je t'ai parlé l'autre jour.

Cord avait seulement l'intention de la taquiner, mais elle n'eut aucune envie de lui avouer que tout ce qui se trouvait chez elle avait été confisqué par la police. Dieu sait ce que tout cela était devenu… Par crainte de réveiller la curiosité autour de l'affaire dans laquelle elle était impliquée, elle n'avait jamais voulu courir le risque de le demander. Par la suite, le besoin de compenser ce vide en s'encombrant de possessions ne lui était jamais venu.

Cord trouvait l'attitude de Maggie un peu étrange. Comment une jeune femme pouvait-elle ainsi ne pas s'attacher aux choses ? Elle ne possédait rien et ne cherchait pas à acquérir quoi que ce soit. Cette attitude spartiate vis-à-vis de tous les biens matériels le surprenait. Mais, dans le fond, était-il si différent ?

— Nos enfants, si nous en avions, ressembleraient probablement à de parfaits va-nu-pieds..., remarqua-t-il, encore plongé dans ses pensées.

— Parle pour toi ! rétorqua-t-elle vivement. Mes enfants à moi seront tirés à quatre épingles !

— Ah... Et quand penses-tu donner le jour à ces pures petites merveilles ?

— À peu près au moment où tu te mettras en ménage avec la personne destinée à enfanter tes futurs vagabonds ! Je prierai pour elle, la malheureuse, qui restera coincée entre quatre murs pendant que tu courras le vaste monde pour essayer de te faire exploser la cervelle.

Au lieu de réagir par un éclat de rire comme elle s'y attendait, Cord arbora un air sombre.

— Si jamais je me remarie un jour, je resterai au ranch, où j'élèverai des Santa Gertrudis à plein temps. Tout au plus ferai-je un peu de consultation pour Lassiter à mes moments perdus.

— Cause toujours... On reparlera de tout ça plus tard. Quand les poules auront des dents, par exemple !

— Qui sait ? J'exerce un métier dangereux. Le jour où j'ai expliqué à Lassiter que je le faisais peut-être pour me punir du suicide de Patricia, je n'étais pas très loin de la vérité. Je me sens encore coupable de sa mort.

Maggie ne sut que répondre à pareil aveu. Cord avait aimé Patricia. Patricia l'avait aimé en retour. Elle, Maggie, ne comprenait rien aux histoires d'amour. Quoi de plus normal ? Elle n'en avait jamais vécu.

— Un mariage, c'est toujours une entreprise risquée, même quand on s'aime, hasarda-t-elle, tout en se souvenant avec colère de son propre mariage, si bref et si douloureux. Si on va trop vite, on en paye chèrement le prix.

Cord plissa les yeux. Une vague de jalousie inattendue venait de le submerger à cette évocation.

— Tu sais de quoi tu parles ?

Au lieu de répondre, elle ferma les yeux un instant et parut sortir de sa pénible rêverie.

— Si nous partions maintenant ? proposa-t-elle en se détournant.

Mais Cord n'avait pas l'intention de la laisser filer ainsi. Elle sentit ses mains la retenir par les épaules et la faire pivoter vers lui.

— Si j'avais su ce qu'Evans allait te faire, reprit-il en martelant chacun de ses mots, je te jure que je lui aurais fait la peau avant qu'il ne porte la main sur toi…

— Je me demande bien pourquoi ! Tu te moquais complètement de ce qui m'arrivait. Ton seul souci était que je n'interfère pas avec ton existence. Tu me l'as clairement dit, tu ne te rappelles pas ?

Cord ferma les yeux, torturé par ce souvenir. Il avait dit tant et tant de choses horribles dont il ne pensait pas le moindre mot ! Au point d'avoir eu honte de lui-même, d'en avoir rougi une fois seul.

— Je… je suis désolé, souffla-t-il.

— Eh bien ! Encore une excuse de la part de Cord Romero ! commenta Maggie, ironique. Que se passe-t-il ? La Terre s'est mise à tourner à l'envers, ma parole !

— J'avoue que je ne suis pas très bon pour présenter des excuses…

— Quelle importance, puisque tu ne te trompes jamais ! riposta-t-elle avec insolence. Allez, c'est l'heure de partir, non ?

— Maggie…

Elle s'écarta de lui et le regarda droit dans les yeux.

— On peut recoller les morceaux d'un miroir qui a été brisé, mais il renverra toujours un reflet déformé. Je pense que c'est la même chose avec les relations humaines. Tu n'éprouves pas vraiment d'affection pour moi, Cord. Tu me protèges parce que Gruber m'a menacée et que c'est dans ta nature de voler au secours du faible, mais, une fois le danger passé, tout redeviendra comme avant. Tu me toléreras à condition que je me tienne soigneusement à la marge de ton existence.

Là, elle s'interrompit un instant pour sourire tristement.

— J'ai obéi pendant des années, j'ai respecté ta volonté

à la lettre, mais, maintenant, j'en ai assez. Je veux un nouveau départ, ailleurs. Je veux… je veux me libérer du passé, ajouta-t-elle en détournant les yeux.

— Et tu crois que la fuite est la meilleure solution ?

Elle leva vers lui un regard plus peiné que fâché.

— Oui, Cord. A ce point de ma vie, je fais l'éloge de la fuite.

Tout en parlant, elle voyait ses rêves mourir, tués dans l'œuf par les menaces proférées par Stillwell et l'information qu'il détenait.

— Parfois, Cord, on n'a pas le choix…, ajouta-t-elle d'une voix rauque.

Cord ne comprenait pas cette attitude. Que se passait-il tout à coup ? Maggie faisait des pas de géant en arrière au moment même où lui-même avait envie de tout recommencer avec elle…

— Pourquoi est-ce que tu prends les choses de façon aussi globale ? Un jour après l'autre, tu ne crois pas que ça suffirait ?

Maggie éclata d'un rire vide de gaieté.

— Non. Je crois qu'il est trop tard pour trouver une solution. Allons, Cord, partons maintenant !

— Attends une minute. Il faut que j'aille faire quelques recommandations à June.

— Alors je vais déjà sortir mon bagage.

— Non, commanda Cord, ce ne serait pas prudent. Wilson se trouve dans la grange avec l'un de ses hommes. Le père de June et Red Davis sont absents et il n'y a personne dehors. Attends-moi ici, nous sortirons ensemble.

— Très bien, approuva-t-elle en s'asseyant sur un bras du canapé.

— Comment ? Tu ne te révoltes pas ? Que se passe-t-il ? demanda Cord, affichant sa surprise.

— Attends un peu… Je ne suis pas encore armée ! riposta Maggie, un peu plus détendue.

— Et tu ne le seras pas de sitôt ! répliqua Cord. Je me rappelle que la fois où j'ai voulu t'apprendre à te servir d'un revolver, tu t'es débrouillée pour me le faire tomber sur le pied.

Ah, si elle avait pu lui dire pourquoi ! Elle aussi se souvenait parfaitement de l'incident. En sentant Cord si proche d'elle, tout son corps avait été bouleversé. Elle s'était mise à trembler, troublée par le pressentiment délicieux de ce qu'elle ressentirait si elle se laissait aller contre lui. Mais comment lui avouer une chose pareille ?

— Il était trop lourd pour moi. Et d'ailleurs, au lieu de me le tendre, tu me l'as jeté comme si toute ma vie j'avais manipulé des engins de ce genre !

Elle se garda bien d'ajouter que, depuis lors, elle avait appris à tirer et le faisait avec une précision tout à fait remarquable. Eb Scott lui avait servi de professeur pendant leurs brèves fiançailles.

Comme s'il avait lu dans ses pensées, Cord lança :

— Eb aurait dû t'apprendre. Après tout, il était resté dans l'armée un certain temps.

— Eb n'avait pas le temps de s'occuper de moi,

mentit-elle. Il jouait les redresseurs de torts, et je ne faisais pas partie de son programme.

— Tu regrettes de ne pas l'avoir épousé ?

Elle secoua la tête.

— Non. Nous étions bons amis et nous n'avons jamais été plus que cela.

— Alors pourquoi est-ce que tu t'es fiancée avec lui ?

« Parce que tu venais d'épouser Patricia… », pensa-t-elle, une fois de plus bouleversée par la souffrance. Oublierait-elle jamais le jour où Cord s'était avancé dans le salon d'Amy, une jolie petite blonde accrochée au bras ? Il n'avait pas eu un coup d'œil pour Maggie et avait annoncé tout de go qu'il allait épouser Patricia. Il avait posé son bras sur les épaules de la jeune fille. Tous deux paraissaient rayonner de bonheur. Maggie avait souri elle aussi, mais avec les lèvres seulement. Dans sa poitrine, son cœur venait de se briser.

Aujourd'hui encore, elle souriait. Elle n'allait tout de même pas lui expliquer tout ça !

— Il était beau gars ! lança-t-elle avec désinvolture.

Cord lui jeta un regard furieux et partit en direction de la cuisine.

Maggie profita de ce moment de solitude pour rassembler ses esprits.

Cord possédait un avion biplace qu'il utilisait fréquemment pour se rendre à des ventes de bétail ou à des rencontres de travail, mais, comme il voulait maintenir la fiction de sa cécité, il renonça à l'utiliser et demanda une fois encore à Red Davis de lui servir de chauffeur pour rejoindre l'aéroport d'où ils s'envoleraient pour l'Espagne.

Maggie eut la surprise de découvrir qu'ils voyageaient en classe affaires, ce à quoi elle ne s'attendait pas du tout. C'était la première fois que cela lui arrivait et elle s'appliqua à profiter au maximum de tout le confort qui lui était ainsi offert. Elle eut beau s'appliquer à fermer les yeux, le sommeil refusait de venir. Elle écouta donc de la musique et tenta de s'intéresser au film qui leur était proposé. Peine perdue ! C'était un scénario catastrophe qu'elle renonça rapidement à suivre. Inutile de se donner des frissons pour rien, sa vie était bien assez fertile en émotions sans cela...

Cord eut la même réaction ; il ouvrit son ordinateur et se relia à Internet. Elle ne réussit pas à savoir à quel travail il se livrait et s'ennuya un peu. Elle aurait aimé lui parler, mais, visiblement, il préférait rester plongé dans sa recherche, aussi renonça-t-elle à le déranger. Une nouvelle fois, elle se cala dans son fauteuil et, miraculeusement, elle finit par s'endormir.

Lorsque l'avion atterrit à Barajas, l'aéroport de Madrid, Cord la réveilla doucement. Elle ouvrit les yeux, s'étira, un peu étonnée de se trouver dans ce lieu inconnu.

Une fois à terre, ils attrapèrent une correspondance pour Malaga. Tandis qu'ils s'avançaient dans le hall, elle regardait autour d'elle. De nombreux voyageurs en transit depuis le Maghreb portaient la djellaba, ce qui ne fut pas sans lui rappeler son voyage au Maroc avec son amie Gretchen. Les robes longues se mêlaient ainsi aux jeans des autres voyageurs dans une ambiance cosmopolite très dépaysante.

Des affiches publicitaires décoraient les murs des couloirs, invitant aux voyages les plus variés. Elle découvrit avec plaisir qu'elle les comprenait toutes sans difficulté. Cette compétence qu'elle n'avait pas eu l'occasion d'utiliser récemment lui ramena le souvenir des premières années qu'elle avait passées avec Cord. C'était sur la base de cette connaissance commune de la langue espagnole que s'était tissée leur complicité et qu'elle avait gagné une place privilégiée dans la vie de ce dernier. Après que leurs routes eurent divergé, elle avait plutôt fui les occasions de parler cette langue, mais voici qu'aujourd'hui tout lui revenait d'un coup, et elle s'en trouvait fort aise.

— Tu ne parles plus espagnol maintenant, n'est-ce pas ? lui demanda Cord.

— Je n'en ai plus tellement eu l'occasion.

— Dans ta bouche, cette langue prenait des accents peu communs…, plaisanta son compagnon. Je n'oublierai jamais ton débit traînant, typique du Sud, mâtiné d'une pointe d'accent mexicain, c'était unique !

— Ça n'a pas changé, tu vas t'en rendre compte sous peu. Je risque même d'être refoulée à la frontière avec un accent pareil ! ajouta-t-elle en riant.

— N'aie crainte, je suis sûr au contraire que tu seras

vite appréciée. C'est tellement agréable de pouvoir communiquer !

Cord regardait autour d'eux, comme s'il cherchait quelqu'un dans la foule.

— J'ai téléphoné à mon cousin avant de quitter les Etats-Unis et il m'a proposé de m'envoyer quelqu'un pour nous accueillir. J'ai tout de même préféré louer une voiture et me débrouiller seul pour arriver à son ranch.

— C'était pourtant bien aimable de sa part...

— Oui, mais je redoute de suivre quelqu'un que je ne connais pas. Ce pourrait être n'importe qui, tu comprends.

Ils se dirigèrent ensemble vers le poste de contrôle des passeports et, de là, vers les locations de voitures. Mais ce fut Maggie qui remplit tous les formulaires, ce fut elle qui prit la clé de la voiture et qui le guida à l'extérieur sous le brûlant soleil espagnol.

— Mon cousin Jorge habite au nord de Malaga. Au fait, tu sais que c'est dans cette ville que Picasso est né ?

Maggie haussa les épaules.

— Bien sûr, voyons !

— Pardon d'avoir sous-estimé ta culture ! s'excusa Cord aussitôt avec un sourire. Jorge possède une immense ferme, qu'on appelle ici une *finca*, et il élève encore des taureaux de combat. C'est un Romero de la ville de Ronda qui est le père de la tauromachie moderne. Jorge a moins de bétail maintenant et, comme il est célibataire sans enfants, à sa mort, son élevage devra être vendu.

— Quel dommage !

— Oui, mais c'est la vie… Je suis sûr que c'est un homme qui va te plaire. Il connaît tout un tas d'histoires sur les corridas et les matadors d'autrefois, quand mon grand-père était toréador.

— J'adore les histoires !

— Moi aussi. Nous allons nous régaler ! J'espère aussi avoir le temps de te faire découvrir le flamenco, cette danse gitane extraordinaire. Il y en a une multitude de variantes et il suffit de se déplacer d'un village à un autre pour découvrir une nouvelle manière de l'interpréter.

— Je vois que nous n'allons pas nous ennuyer ! s'exclama Maggie, déjà conquise par tous ces projets.

— Il y a d'autres découvertes à faire encore, poursuivit Cord. Les vestiges romains ne sont pas rares dans la région, il y en a même sur la propriété de Jorge. Et puis, nous irons aussi faire un tour sur la Costa del Sol, le paradis des millionnaires, jusqu'à Gibraltar, qui appartient encore aux Anglais. De là, on aperçoit les côtes marocaines, et Tanger en particulier.

L'évocation de cette ville magique amena un sourire de nostalgie sur les lèvres de Maggie.

— J'ai adoré Tanger ! J'aimerais vraiment y retourner.

— Tu en auras peut-être l'occasion, ajouta Cord avec un air quelque peu mystérieux.

— Quel beau programme ! soupira-t-elle. J'ai beaucoup de chance.

Ce qu'elle n'ajouta pas, c'est que, à ses yeux, la partie la plus intéressante de ce voyage, c'était de tout partager avec Cord. Jamais elle n'avait été aussi heureuse, et ce, malgré les dangers qui les menaçaient tous les deux.

Ils commencèrent à rouler à travers un paysage magnifique parsemé de bois d'oliviers, de haies de cyprès et de fermes blanches, écrasées par le soleil. Dans les espaces réservés au bétail, des chevaux et des taureaux paissaient en liberté, composant des tableaux d'une éblouissante beauté. Maggie conduisait avec précaution, mais il y avait peu de véhicules sur la route et elle prit confiance en elle-même au fur et à mesure qu'ils avançaient.

Au bout d'une heure de trajet, ils parvinrent à un grand portail en fer forgé sur lequel était accrochée une planche peinte. Le nom de Romero y avait été inscrit en grosses lettres noires. Cord descendit de voiture, ouvrit le portail et le referma soigneusement une fois que la voiture l'eut franchi.

Ils commencèrent à rouler entre des pâtures clôturées et parvinrent à une maison élégante aux ouvertures arrondies, qui n'était pas sans ressembler à certaines maisons que Maggie avait vues au Texas. Le toit de tuiles rouges paraissait rutiler sous le soleil, comme pour les accueillir. Deux gros chiens aux longs poils en broussaille se tenaient assis sur la terrasse de l'entrée où les attendait un homme aux cheveux blancs, appuyé sur une canne.

— Mon cousin Jorge est le fils du frère de mon grand-père, expliqua Cord.

— Je le trouve très beau, commenta Maggie, qui admirait le maintien aristocratique du vieil homme.

— Il ne manque pas de personnalité, tu auras l'occasion de t'en rendre compte par toi-même.

Dès qu'ils furent descendus de voiture, le maître des lieux s'approcha de Cord, qu'il serra chaleureusement dans ses bras. Ils échangèrent quelques mots de bienvenue, puis Cord lui présenta Maggie, que Jorge gratifia d'un baisemain parfaitement suranné mais tout à fait charmant.

— Je suis très heureux de faire la connaissance de la femme la plus importante dans la vie de mon jeune cousin, annonça-t-il, tout sourire, dans un anglais à peu près correct.

— Je ne suis que sa sœur adoptive, corrigea Maggie vivement. Moi aussi, je suis heureuse de vous rencontrer.

— Venez, suivez-moi, proposa Jorge, je vous ai fait préparer des chambres. A moins que…

— C'est très bien, se hâta de préciser Maggie en évitant de regarder Cord.

Une fois dans la maison, Cord retira ses lunettes noires.

— Je suis obligé de les porter quand je sors, expliqua-t-il, pour des raisons de sécurité.

— Il faut que tu me racontes tout ça ! répondit Jorge. Tu sais que j'aime l'action, alors ne me prive pas des détails de tes aventures.

Ils s'avancèrent ensemble dans le hall et parvinrent dans la salle de séjour. La maison de Jorge Romero, d'un blanc immaculé, paraissait sortir tout droit d'un magazine de décoration. Les sols de marbre blanc accueillaient des tapis marocains dont les couleurs vives et les motifs géométriques offraient avec ce fond sobre un contraste saisissant. Le plafond en chêne sculpté était à lui seul une œuvre d'art. Des rideaux en laine fine, visiblement de facture artisanale, habillaient les fenêtres de leurs discrètes rayures blanches et beiges. De part et d'autre d'une grande table de salle à manger de bois sombre, des fauteuils à haut dossier étaient recouverts de cuir repoussé, clouté de cuivre rutilant.

— Votre maison est magnifique ! s'exclama Maggie, déjà conquise.

— La maison d'un célibataire doit lui servir de substitut à tout, commenta Jorge. Femme et enfants compris, ajouta-t-il tristement. Ma fiancée est morte pendant la guerre civile. Elle était belle comme le jour. Son sourire me donnait la joie de vivre. Nous étions côte à côte pendant la bataille où elle a perdu la vie. Je n'ai jamais eu envie de la remplacer.

— Je suis désolée…, compatit Maggie, réellement émue par cette triste histoire d'amour.

Jorge haussa les épaules.

— Chacun a ses peines dans la vie…, dit-il en rapprochant un petit fauteuil pour Maggie. Tenez, venez vous asseoir ici, je vais demander à Marisa de nous apporter un chocolat. Au fait, j'espère que vous aimez le chocolat chaud ? demanda-t-il, inquiet tout à coup. C'est notre boisson nationale !

— Je l'adore ! le rassura aussitôt Maggie.

— Tant mieux ! Ici, en Espagne, nous préférons le chocolat au café, et j'en suis particulièrement friand.

Il quitta le jeune couple un instant pour aller chercher Marisa.

— Ton cousin me plaît beaucoup ! confessa Maggie.

— Je crois que tu as déjà fait sa conquête, répondit Cord. Tu sais que moi, je n'ai pas le droit de m'asseoir dans le fauteuil qu'il t'a offert ? C'était celui de sa fiancée et personne n'est autorisé à s'en servir depuis qu'elle est morte.

— Mon Dieu, je suis très flattée…

Cord guettait le visage de Maggie.

— J'aimerais bien que nous dormions dans la même chambre…

— Moi, non.

— Tu ne voudras pas me laisser entrer ? Tu as vraiment l'intention de te précipiter vers la première porte venue chaque fois que je viendrai vers toi ?

— Tu as dit que…

Jorge revint sur ces entrefaites et la conversation reprit à trois, ponctuée par les gorgées d'un chocolat chaud velouté à souhait, servi dans des tasses de porcelaine fine.

Jorge ne possédait pas de télévision. Aussi, le dîner terminé, ils sortirent sur la terrasse couverte et s'installèrent sur des rocking-chairs. Tout proche d'eux leur parvenait le bruissement de feuilles d'oliviers et, de plus loin, les meuglements du bétail.

— Oh, j'adore cette ambiance ! s'exclama Maggie. C'est exactement comme au ranch de Cord le soir.

— Vous vivez avec Cord ? s'enquit Jorge.

— Non, je passe seulement quelque temps chez lui. En fait, c'est un peu compliqué à expliquer…

— Maggie hésite à te dire que nous sommes menacés par l'homme dont je t'ai parlé un peu plus tôt, intervint Cord. Nous essayons de mettre un terme à son trafic d'enfants et, bien entendu, il fait son possible pour se débarrasser de nous, la façon la plus sûre d'y parvenir étant de nous supprimer tous les deux.

Jorge changea subitement d'expression. Il pencha vers Cord son long visage maigre, à peine éclairé par la lumière qui provenait de l'intérieur de la maison.

— Trois des hommes qui vivent sur ma propriété se trouvaient avec moi dans l'armée républicaine. Ils ne sont pas tout jeunes, mais ils sont à ta disposition. Et moi aussi, fiston, si je peux t'être utile.

Cord lui adressa un large sourire.

— Je te remercie. Il est bien possible que je te prenne

au mot bien que j'aie amené quelques copains avec moi. J'espère que tu me pardonneras de les avoir envoyés surveiller tes entrepôts et ta grange.

Jorge émit un petit gloussement de plaisir.

— Si je te pardonne ? Avec plaisir ! Ça va être comme dans le bon vieux temps. L'aventure… Ah, que je suis heureux de ta visite ! Mais… quel est le rôle de cette adorable jeune femme dans cette histoire d'hommes durs à cuire ?

— Maggie est mon bras droit. Elle m'accompagnera partout. Exactement comme le faisait Louisa pour toi.

Le vieil homme jeta sur Maggie un long regard qui lui fit chaud au cœur.

— Voici ce que je te propose, commença Cord. Si tu es d'accord, officiellement, je resterai ici, à la *finca*, pour me reposer pendant que Jorge fera visiter Tanger à son invitée.

— Il est hors de question que je te quitte ! se récria Maggie.

La vivacité de cette réaction réconforta Cord.

— Tout à fait d'accord. C'est pour cela que je t'accompagnerai, mais incognito, car je serai déguisé en Jorge.

Cette fois, le vieil homme se mit à rire franchement.

— Il va te falloir des cheveux blancs et une canne !

— Pas de problème pour le maquillage. L'un de mes hommes a fait du théâtre. Il est expert en déguisements de toutes sortes. Je suis sûr que mes parents eux-mêmes ne me reconnaîtraient pas une fois que je serai passé entre ses mains.

Le regard de Jorge s'attrista.

— Tu sais que je me rappelle très bien tes parents. Ton père était un véritable magicien de l'arène. Il était presque aussi remarquable que Sanchez. Hélas, il a été tué…

— Sanchez Romero était mon grand-père, expliqua Cord à Maggie, qui ne connaissait rien à l'histoire de la tauromachie.

— Venez voir, proposa Jorge, j'ai une belle affiche de lui.

Il les fit entrer et ouvrit une armoire dans laquelle il prit un rouleau de papier. C'était une affiche de corrida richement colorée en rouge et jaune, sur laquelle le nom de Sanchez Romero s'étalait en grosses lettres noires. Elle annonçait la dernière prestation de ce dernier dans les arènes de Madrid. Il sortit également un portrait à l'huile du même homme.

— Quelle beauté ! Quelle prestance ! s'exclama Maggie, immédiatement tombée sous le charme du menton volontaire et des yeux de braise.

— Le taureau l'a encorné au moment de la mise à mort, commenta tristement le vieil homme. J'étais tout près de lui, derrière la *barrera* d'où je l'encourageais à voix basse.

Il ferma les yeux un instant.

— Tout à coup, j'ai vu l'habit de lumière étinceler au bout des cornes du taureau au lieu d'évoluer sur le sable de la piste. L'animal a fait le tour de l'arène avec ce trophée scintillant. Je n'oublierai jamais les cris horrifiés de la foule. Ce fut la fin de Sanchez Romero.

Il jeta un coup d'œil en direction de Maggie, curieux de voir sa réaction. La réponse de la jeune femme ne fut pas sans le surprendre.

— L'un de mes oncles a perdu la vie au cours d'un rodéo du côté de Houston, expliqua-t-elle calmement. Des métiers aussi dangereux comportent toujours un risque de mort. Mais, après tout, est-ce pire que de mourir d'une attaque cardiaque ? Je ne sais pas…

Jorge apprécia la sagesse de la jeune femme. Décidément, bien que leurs rapports ne soient pas encore très clairs à ses yeux, Cord paraissait être en bonne compagnie…

— Au fait, reprit-il, j'imagine que, pendant que tu voyageras avec Maggie en te faisant passer pour moi, il vaudra mieux que je reste à la maison ?

— Oui, et éloigné de tes amis. Il suffira que l'on sache la maison occupée par ton cousin malade qui préfère la solitude à la compagnie.

— Je comprends. Je saurai me montrer discret.

— Parfait. Cela assurera ta sécurité. Quelques hommes à moi vont rester ici aussi, et deux autres nous accompagneront, Maggie et moi.

— Je vous trouve très courageuse, mademoiselle ! déclara Jorge avec un sourire admiratif.

— Pas tant que ça, corrigea-t-elle. J'ai mené une vie morne et ennuyeuse jusqu'à ces derniers temps. J'avoue que j'enfilerai la tenue du parfait détective avec le plus grand plaisir.

En voyant le sourire plein de fierté que Cord lui adressait, elle sentit son cœur se gonfler de bonheur.

10

Maggie écouta attentivement les explications que Cord lui donna à propos de leur voyage à Tanger le jour suivant. Ils devaient se rendre au ferry avec la Mercedes de Jorge, traverser et séjourner chez Ahmed, un arrière-neveu de Jorge qui se trouvait donc être un petit-cousin de Cord. Ahmed était berbère et propriétaire d'une petite affaire d'import-export au cœur de la ville.

Cord expliqua clairement qu'il ne fallait pas compter faire du tourisme alors que Gruber et sa bande s'appliquaient à faire disparaître toute trace de leurs activités. Ils allaient devoir travailler vite. Vite et bien.

La visite chez Ahmed devait faire croire à leurs ennemis que Maggie faisait un peu de tourisme au Maroc en compagnie de Jorge pendant que Cord poursuivait sa convalescence en Espagne. Si Gruber se donnait la peine de vérifier, il découvrirait que Jorge avait effectivement des cousins à Tanger. Quoi de plus normal que de séjourner chez eux ? En fait, grâce à cette mise en scène, Cord se trouverait incognito en plein cœur de Tanger, libre d'agir à son gré.

Maggie s'efforçait de ne pas penser à cette histoire de

déguisement, mais elle se faisait beaucoup de souci. Pas pour elle-même, mais pour Cord. Que se passerait-il si la substitution de personnalité était découverte ? Les quartiers généraux de Global Enterprises se trouvaient à Tanger. Si Gruber apprenait que Cord et elle-même étaient à la recherche de preuves contre lui, leurs vies seraient en danger à coup sûr. En dépit de l'escorte de sécurité mise en place par Cord pour veiller sur eux, elle était soucieuse. Ses inquiétudes provenaient en grande partie de sa certitude de ce que Gruber ferait si jamais ils découvraient quelle part elle prenait à l'enquête. Il n'hésiterait pas à rendre publics ses plus terribles secrets. Le conseil que lui avait donné Lassiter lui revint à la mémoire. Tout avouer à Cord... Oui, c'était sans doute une bonne idée, mais elle n'était pas prête encore à franchir le pas. Plus tard, peut-être ?

La nuit suivante, les cauchemars l'assaillirent, impitoyables. C'était le contrecoup inévitable des multiples tensions des derniers jours et des menaces de chantage qui avaient ravivé ses abominables souvenirs d'enfance.

Elle sanglotait pitoyablement lorsqu'elle sentit deux bras puissants l'attirer contre une poitrine musclée et tiède. Elle n'essaya pas de résister, se nicha là, comme l'aurait fait un enfant affolé, et continua à pleurer de tout son cœur.

— Là... là... Calme-toi, maintenant..., soufflait la voix de Cord à son oreille pendant qu'il caressait ses cheveux que le sommeil et les sanglots avaient emmêlés.

Tu es en sécurité ici. Je veille sur toi et je t'assure que rien ne peut t'arriver.

Tout doucement, elle comprit qu'elle n'était pas en train de rêver, que l'odeur épicée qui montait à ses narines était bien celle de Cord et que la douce chaleur dans laquelle elle baignait était bien celle de ses bras qui l'entouraient tendrement.

Cord avait allumé la lampe de chevet et refermé la porte. Elle s'assit dans son lit, dans la chemise de nuit en coton blanc qu'elle avait achetée pour le voyage. Une chemise bien austère, avec ses manches courtes et son petit col sage de pensionnaire. Cord se tenait à côté d'elle, drapé dans une serviette de bain.

Cette tenue la fit rougir violemment, ce qui amusa beaucoup son visiteur.

— Allons… Tu m'as déjà vu encore moins vêtu que ça !

Elle avala sa salive. Certes, c'était vrai. Il n'empêche qu'elle était encore mal à l'aise avec lui, comme elle l'aurait été avec n'importe quel homme, d'ailleurs. Une fois de plus, elle mesurait à quel point ses inhibitions et sa méfiance envers toute intimité empoisonnaient son existence.

Cord écarta la mèche de cheveux qui collait à sa joue humide de larmes.

— Maggie, tu ne crois pas que le moment est venu de me dire la vérité ? Toute la vérité…

Elle se mordit la lèvre.

— Je préférerais mourir !

— Mais pourquoi ?

— Il vaut mieux laisser de côté les conversations pénibles. Du moins, c'est mon avis.

Cela dit, elle leva vers lui son regard vert, encore perdu dans le cauchemar. Cord l'observait d'un air sombre, presque sévère. Il sentit la tension dans les mains fines qu'il tenait entre les siennes et se mit à les caresser doucement.

— J'ai consulté Internet dans l'avion…, déclara-t-il à brûle-pourpoint.

— Et alors ?

— Tu n'as pas envie de savoir ce que je recherchais ?

Un éclair de peur traversa les yeux verts de la jeune femme, mais elle se ressaisit rapidement. Non, il était impossible que Cord ait découvert quoi que ce soit alors que les dossiers étaient toujours tenus secrets…

Cord prit une profonde inspiration.

— Je ne sais pas comment aborder ce sujet avec toi.

Pendant qu'il cherchait ses mots, il serra plus fort encore les doigts fins de sa compagne.

— Le jour où j'ai rencontré Lassiter, il a évoqué devant moi une sinistre affaire de mœurs qui secouait Houston à la même période que celle de l'incendie qui a tué mes parents. Je ne sais pas pourquoi, cela m'a donné envie de me renseigner sur ce genre de crimes. J'ai fait des recherches un peu au hasard, j'ai utilisé des codes que je n'utilise pas d'habitude et j'ai trouvé…

Arrivé à ce point de son discours, il se mit à hésiter

et leva les yeux vers Maggie. L'expression d'horreur absolue qui figeait le visage blême de la jeune femme le terrorisa.

D'une secousse brutale, elle tenta de s'arracher à l'étreinte de Cord, horrifiée à l'idée qu'il ait vu les photos dégradantes, qu'il ait de lui-même appris la vérité. Sanglotant de plus belle, elle lutta pour s'échapper, mais Cord était bien trop fort pour qu'elle y réussisse. Il la serra au contraire plus fort contre lui et la maintint tendrement mais fermement contre sa poitrine.

— Il y a longtemps que tu aurais dû tout me dire ! souffla-t-il à son oreille. Quand je pense à ce que je t'ai fait… Je t'ai plongée en enfer, je t'ai fait mal, je t'ai fait peur. Tellement peur que tu as préféré me cacher ce que tu avais vécu.

Le corps de Maggie était agité de violents frissons que Cord essayait d'arrêter en la serrant encore plus fort contre lui.

— Je ne pouvais pas savoir, Maggie… Comment arriverai-je jamais à me faire pardonner ? Toi et tes maudits secrets ! Pourquoi ne m'avoir rien dit ?

— Amy pensait qu'il valait mieux que…

— Amy ? Mais elle était déjà morte quand tu as épousé Evans !

Maggie parut étonnée de sa remarque. Elle ne comprenait pas ce qu'il voulait dire.

Il plongea dans les yeux de la jeune femme un regard plein de douleur.

— Tu as refusé de me dire que nous avions conçu

un enfant la nuit où Amy est morte. Les mauvais traitements qu'Evans t'a infligés un jour où il était ivre ont provoqué une fausse couche et tu as perdu cet enfant. Maggie, si j'avais su cela, je te jure que je serais allé tout droit le tuer !

Maggie attrapa Cord par le cou et l'attira contre elle de toutes ses forces. Dieu soit loué, il ne savait pas tout ! Il ne savait pas le reste. Le pire… Tout allait bien. Elle enfouit son visage dans le cou de Cord et se remit à sangloter, de soulagement cette fois.

La bouche de Cord glissa contre sa joue, douce, tiède, rassurante.

— Si tu ne l'avais pas découvert tout seul, je ne t'aurais jamais rien dit, avoua-t-elle, la voix brisée. Je ne voulais pas que tu saches parce que je pensais que cela te ferait trop de peine.

Cord laissa échapper un gémissement, puis il se mit à embrasser le visage de Maggie avec une tendresse infinie. Doucement, il l'allongea sur le lit et il se lova contre elle, la sentit se détendre peu à peu.

A travers sa chemise de nuit en coton, Maggie sentit une des jambes de Cord s'insinuer entre les siennes. Normalement, un tel geste aurait dû la plonger dans la panique. Elle aurait dû perdre son calme, s'affoler, essayer de s'échapper. Mais il n'en fut pas ainsi cette fois. Cord pleurait avec elle leur enfant perdu. Il savait et, désormais, le boulet de douleur qu'elle traînait avec elle depuis si longtemps lui paraissait plus léger.

— Cord…, murmura-t-elle.

Toujours allongée contre lui, elle se tourna un peu afin de mieux sentir le voluptueux contact du corps de Cord. De temps à autre, un frisson le secouait. Tendrement, elle l'entoura de ses bras. Cette fois, c'était elle qui le consolait.

— Cord, je désirais cet enfant. Je le désirais de tout mon cœur. Mais Bart m'a frappée, frappée ! Il me semblait que jamais il ne s'arrêterait. Je me rappelle être restée allongée par terre. Je saignais. Je le maudissais de toutes mes forces parce que j'avais compris ce qu'il venait de me faire. Avant de perdre conscience, je lui ai dit que je te raconterais tout et je lui ai promis qu'il n'aurait plus jamais une seule minute de répit tant qu'il vivrait. Je lui ai juré que je me vengerais, même si je devais passer le restant de mes jours à attendre l'occasion de le faire.

Des larmes ruisselaient de nouveau sur son visage.

— Et il s'est tué… C'est à cause de moi qu'il est mort. Il faut que je vive avec ça, en plus de tout le reste.

— Il était ivre, Maggie. Tu n'es pas responsable de sa mort !

— Avant de l'épouser, je ne savais pas qu'il buvait. Je ne l'ai appris qu'après. Quand j'ai découvert que j'étais enceinte, j'ai eu peur de t'en parler, mais je voulais que le bébé ait un nom… Je ne savais pas quoi faire. Evans s'est trouvé dans ma vie à ce moment-là.

— Oh, comme j'ai été cruel envers toi sans le vouloir ! La nuit où… je croyais que tu étais une femme avertie, que tu avais déjà…

Maggie se nicha encore plus contre Cord.

— Oublie tout cela. Tu ne pouvais pas deviner. Moi aussi, un jour, j'oublierai.

— Je ne me pardonnerai jamais de ne pas avoir pensé aux conséquences de mon acte.

— Nous avions trop bu tous les deux. La responsabilité est partagée. Il n'y a pas de raison que tu l'assumes tout seul.

— Si tu savais comme je suis triste que tu aies dû vivre cette épreuve sans moi !

— J'ai téléphoné à Eb, expliqua Maggie en caressant les cheveux de Cord.

— Oui, tu me l'avais dit. Pourquoi as-tu fait cela ?

— Parce que, sur le coup, la douleur m'a fait perdre la tête. Je voulais qu'il me dise où tu étais. Je voulais que tu viennes me retrouver... Et puis, on m'a appris l'accident de mon mari et j'ai renoncé à te joindre. Je n'ai pas appelé le numéro qu'il m'avait donné.

Cord caressait le corps de Maggie, sa bouche posée contre la gorge de la jeune femme.

— Je serais arrivé tout de suite. En fait, je suis venu très vite après, dès que j'ai appris que tu avais été hospitalisée, mais je n'ai jamais su pour qu'elle raison tu l'avais été.

Il serra les mains si fort sur celle de Maggie en prononçant ces mots qu'elle en eut presque mal.

— Tu te trouvais chez toi, mais tu n'as même pas voulu me recevoir...

— Si tu m'avais vue à ce moment-là, tu aurais tout deviné. Je voulais t'épargner cette douleur. C'était fini.

Plus personne ne pouvait rien faire pour changer ce qui s'était passé. T'en parler ne pouvait que te rendre malheureux, rien de plus.

A travers le tissu de la chemise de nuit, la bouche de Cord se pressa sur le sein de Maggie.

— Je méritais d'être puni !

Excitée par la caresse, Maggie sentit une chaleur bienfaisante l'envahir. Elle se sentait légère, un peu grisée, avide d'autres gestes tendres.

— Jamais je ne chercherai à te faire du mal, déclara-t-elle tout en jouant avec les mèches brunes de Cord.

Elle s'émerveillait d'être ainsi allongée contre lui, de pouvoir le toucher. Son corps demeurait détendu, elle n'avait pas peur. Elle éprouvait tout au plus un étrange sentiment d'irréalité. Une de ses jambes bougea légèrement, à la recherche d'une position plus confortable, et glissa contre celle de Cord. Elle eut la surprise de découvrir que ce geste avait suffi pour éveiller la virilité de ce dernier.

— Je crois qu'il vaudrait mieux que tu ne recommences pas ce mouvement ! souffla-t-il.

— Pourquoi ?

— Parce que…

La bouche de Maggie se promenait lentement sur le visage de Cord.

— J'aime te sentir dans cet état…, murmura-t-elle, étonnée de sa propre audace.

Il n'en fallait pas plus pour que Cord fasse ce dont il avait envie depuis un moment déjà. Il attrapa Maggie par la hanche et la fit pivoter contre lui, de manière à ce qu'elle sente encore mieux son excitation.

— J'ai envie de venir en toi…

Maggie se sentit rougir. Ce qu'il venait de dire était si… cru ! Mais, au lieu de se crisper pour se défendre, elle sentit au contraire son corps fourmiller d'un désir encore plus intense.

Cord lui embrassait le cou à présent, suivant des lèvres la chaste encolure de sa chemise de nuit, cherchant à l'abaisser le plus possible pour découvrir sa peau douce comme du satin.

— Que c'est bon…, chuchota-t-elle, de plus en plus émerveillée par les réactions de son propre corps.

— Laisse-moi te retirer cette horrible chemise…, supplia-t-il. Tu verras que tu sentiras encore mieux mes caresses.

— Tu es pressé…

— C'est ta faute ! C'est trop bon de te sentir contre moi.

Les doigts de Cord cherchaient déjà à défaire la fermeture du petit col trop sage.

— Dis-moi, c'est un bouton ou une pression, ici ?

Mais, sans qu'il eût besoin d'une réponse, ses doigts habiles avaient déjà vaincu l'obstacle. Il souleva la tête, regarda Maggie droit dans les yeux, puis posa sa bouche sur le sein qu'il venait de découvrir. Raide, le mamelon tendu lui apporta la réponse à la question qu'il n'avait pas encore formulée.

Maggie avait de plus en plus de mal à respirer normalement. Ses ongles s'enfonçaient dans l'épaule de Cord, qui demeurait penché sur elle. La serviette de bain dans laquelle il était enveloppé tout à l'heure avait glissé, découvrant son corps entièrement, et elle sentait contre elle la virilité exacerbée de son compagnon.

Au bout d'un moment, Cord s'écarta d'elle.

— Tu veux me voir ?

Curieuse, elle se souleva légèrement. Son souffle se fit court quand elle aperçut la nudité de Cord. Comme il était beau ! Il ressemblait aux sculptures antiques qu'elle avait admirées dans les musées. Son corps était parfait, musclé, mince et plein de force en même temps. Elle n'éprouva pas la moindre crainte en contemplant son sexe dressé, seulement une curiosité étonnée.

— Tu me désires vraiment ! commenta-t-elle enfin.

Cord glissa sa main sous la chemise et couvrit le sein tiède de sa paume.

— Oui. J'ai faim de toi, Maggie. Si tu me laisses venir en toi, je te promets que je ne te ferai pas mal. C'est bon de faire l'amour. Il y a un rythme, et, quand on l'a trouvé, quand on s'accorde bien, c'est comme si l'on écrivait ensemble une symphonie. Le plaisir que l'on éprouve alors est plus intense que ce que tous les mots peuvent décrire.

— Je… je ferai ce que tu voudras.

Les doigts de Cord s'emparèrent du téton déjà raidi et le taquinèrent avec douceur et dextérité. Il se durcit encore davantage.

— Si je continue, nous allons perdre la tête…

Ses yeux noirs étincelèrent dans la pénombre.

— … Et ce sera délicieux !

Maggie éprouvait maintenant une grande curiosité. Aujourd'hui, les réactions de son corps ne cessaient de la surprendre. Jamais encore elle n'avait ressenti de plaisir avec un homme. Même avec Cord, elle n'avait connu que douleur et malaise. Que se passerait-il cette fois ? Il lui semblait avoir oublié toutes ses inhibitions. La tendresse qu'il lui avait manifestée ces jours derniers, les attentions dont il l'avait entourée l'avaient transformée. Lui aussi, sans doute, en avait été changé.

Du doigt, elle traça les contours de la bouche de Cord, finement ciselée.

— Tu crois qu'on peut faire ça ici, chez ton oncle ?

Pour toute réponse, Cord eut un sourire amusé.

— Assieds-toi et lève les bras, commanda-t-il.

Il aida la jeune femme à se redresser et fit glisser la chemise de nuit par-dessus sa tête. D'un geste large, il l'envoya voler loin du lit. Elle atterrit à côté de la serviette de bain, promue comme cette dernière au rang d'accessoire inutile. Cette fois, ils étaient nus tous les deux. Nus et heureux de l'être. D'un geste autoritaire et doux à la fois, Cord incita Maggie à se rallonger, puis il laissa errer sa bouche sur le ventre tiède qu'elle ne lui dérobait pas.

A un moment donné, il fit mine de lui mordre la hanche, et elle éclata de rire. Cord laissa sa bouche descendre encore, puis il se mit à caresser Maggie d'une manière que jamais encore elle n'avait expérimentée dans sa vie de femme. Sa première réponse fut de se raidir pour refuser cette intrusion dans son intimité, tant les souvenirs que ce contact ramenait à sa mémoire étaient pénibles. Mais, alors qu'elle ne s'y attendait pas du tout, une onde de violent plaisir déferla sur elle. Son corps s'arqua de lui-même, obéissant à la volupté qui lui était prodiguée et non aux fantasmes terribles qui l'avaient gouverné jusque-là.

Lorsque Cord se souleva sur un coude pour la regarder dans les yeux, il aperçut cette lueur de plaisir et comprit instantanément que toute résistance de la part de Maggie était vaincue. Son regard toujours plongé dans celui de la jeune femme, il continua à déployer toute sa science amoureuse et l'amena à accepter avec autant de facilité les libertés de plus en plus grandes qu'il s'autorisait.

— Tu vas voir… Cela ne fait que commencer, murmura-t-il amoureusement lorsque Maggie commença à bouger et à soupirer au rythme de ses caresses. Je vais te donner un orgasme et, quand tu l'atteindras, je te pénétrerai de toute ma force.

Un gémissement s'échappa des lèvres de Maggie. Les mots prononcés par Cord l'excitaient autant que les effleurements de ses doigts habiles dans l'intimité de sa chair.

— Je… C'est merveilleux !

— Tu vois… Je te l'avais dit. Touche-moi toi aussi.

Elle chercha le sexe de Cord d'une main timide d'abord, puis gagna de l'assurance lorsqu'elle le sentit frémir et se mettre à lui mordiller le lobe de l'oreille avec passion.

— Je n'aurais jamais cru pouvoir éprouver cela… C'est magique ! murmura-t-elle, de plus en plus audacieuse.

Le plaisir montait en elle, inexorable, inévitable.

— Cord ! cria-t-elle, surprise par le déferlement de volupté qui l'emportait, raidie et frissonnante entre les bras de son amant.

Aussitôt, Cord intensifia son geste de manière à la propulser vers le plaisir vertigineux dont elle ne soupçonnait pas encore l'existence.

— J'adore te regarder jouir…, avoua-t-il, les yeux pleins de tendresse, tandis qu'il se repaissait de la beauté du corps arc-bouté sous le sien.

Les seins de Maggie étaient dressés, leur aréole d'un rouge sombre évoquant la volupté. Ses jambes fines, largement écartées, lui laissaient toute liberté de mouvement. Elle aussi le regardait, audacieuse soudain. Tout cela montait à la tête de Cord aussi sûrement que le vin le plus capiteux.

— Que tu es belle…

Maggie ne l'entendit même pas, attentive au moindre frisson de son corps, à chaque nouveau mouvement de Cord, prête à frémir encore plus, à vibrer, à jouir intensément. Au bout d'un moment, son plaisir se fit si grand qu'elle se mit à pleurer et à supplier Cord de ne jamais s'arrêter.

— Encore… encore, je t'en supplie…

Une fois de plus, elle lui offrit ses lèvres. Comment croire qu'elle se trouvait là, nue, incitant son amant à la faire jouir toujours davantage, et sans la moindre honte ?

— J'aime te donner du plaisir, lui dit Cord. J'aime t'entendre gémir, cela m'excite encore plus.

— C'est tellement bon !

— Oui, c'est meilleur que tout à l'heure. Et ce sera encore meilleur dans un moment, tu vas voir !

Il se repositionna au-dessus de Maggie, de manière à lui écarter encore davantage les jambes tandis que sa main augmentait sa pression et bougeait à un rythme plus rapide.

Maggie cria de nouveau, puis se mordit la lèvre tandis que de nouvelles grandes vagues de plaisir la submergeaient inexorablement.

— C'est ça, Maggie, continue…, l'exhortait Cord. Tu es arrivée juste au bord de l'orgasme, je vais te faire basculer maintenant. Ne pense plus à rien, laisse-moi posséder ton corps, laisse-moi te prendre tout entière… Maggie, laisse-moi entrer !

Malgré elle, Maggie se raidit, tant la jouissance qui l'emportait s'était faite violente. Tant de plaisir lui paraissait presque effrayant, mais elle ne se dérobait pas, au contraire. Docile, elle obéissait aux ordres de Cord, et plus elle se soumettait, plus les sensations qu'elle éprouvait se faisaient enivrantes. Portée par la voix de son amant, elle releva les genoux comme il le lui demandait, de manière à l'accueillir encore plus profondément. C'est alors qu'elle se sentit possédée par une extase indescriptible, qui la traversa de part en part.

— Que c'est bon ! s'exclama Cord tandis que, de toute la force de ses hanches, il plongeait dans le corps de Maggie.

Il ne fit rien pour retenir l'élan frénétique qui le portait vers elle car il savait qu'elle était prête à le recevoir, à l'accepter, à jouir de lui de la façon la plus intime qui soit.

— Regarde-moi, Maggie !

Sa voix se brisa au moment où son corps se raidit, arc-bouté de plaisir au-dessus de celui de Maggie. Son regard s'était dilaté. On aurait dit que sa respiration s'était arrêtée. Il serrait les dents, le corps tout entier agité d'une série de frissons.

— Maggie... mon amour, c'est comme si je mourais !

Il se convulsa si violemment que Maggie eut presque peur cette fois. Elle lui encercla les hanches de ses jambes et découvrit alors que cela ne faisait qu'accentuer les convulsions de Cord. Les poings serrés de part et d'autre de la tête de la jeune femme, il sanglotait au rythme des contractions qui lui soulevaient le corps.

— Cord ? Ça va ? demanda-t-elle, un peu inquiète.

— Je... je ne peux pas m'arrêter !

— Mon amour..., murmura-t-elle en l'embrassant partout où elle le pouvait pendant qu'il continuait à exploser entre ses bras.

Elle sentait sa respiration haletante à côté de son oreille maintenant qu'il s'était complètement allongé sur elle, les hanches encore agitées de tremblements. Elle le sentait encore en elle, dur, chaud, vigoureux. Doux comme la soie aussi, malgré la dureté. Les yeux clos, elle s'appliqua à savourer cette parfaite intimité. Jamais elle ne s'était sentie si proche de quelqu'un. Jamais elle n'aurait imaginé que cela soit possible.

— Maggie…, grogna Cord en cherchant sa bouche.

Il se mit à l'embrasser avec frénésie, tout en continuant à murmurer des mots incompréhensibles.

Elle le berça, souriante sous les baisers qui la dévoraient tandis que, lentement, il commençait à se détendre et à se remettre du paroxysme de plaisir qu'il venait de connaître.

Calme, apaisée, elle laissait ses mains errer dans la chevelure noire de son amant. Ils avaient fait l'amour. Elle s'était donnée à lui, sans peur, sans honte. Elle était devenue une femme à part entière alors que jamais elle n'aurait cru cela possible. Pas comme ça, et pas avec Cord.

Cord continuait à l'embrasser, puis il se mit à rire.

— Qu'y a-t-il de drôle ? demanda-t-elle.

— Je te le dirai un jour…, répondit-il, énigmatique.

Il voulut se relever, mais elle le retint contre elle, mécontente de sa réponse. Les cheveux collés par la transpiration, il se pencha sur elle et remua les jambes. Instinctivement, elle accompagna son mouvement, et elle sentit qu'elle était de nouveau prête pour le plaisir. Elle souleva ses hanches, les écrasa contre celles de Cord et serra les dents d'impatience.

— Cord… Je crois que…

Il frotta ses hanches contre celles de Maggie, grisé de voir le regard de la jeune femme s'élargir de plaisir à chaque nouvelle poussée.

— Je vais te prendre encore, Maggie... Tu vas me sentir en toi une nouvelle fois. Loin dans toi, au plus profond !

Il ferma les yeux pour mieux sentir la nouvelle érection qui le poussait de nouveau vers elle. Il n'avait pas envie de se retenir, non, il n'avait pas envie de mettre un frein à son désir...

— Cord, je te veux de nouveau ! Je veux te sentir exploser en moi.

Ces mots excitèrent Cord autant, et même plus, qu'une intime caresse. Un orgasme inattendu les posséda tous les deux, jambes et bras mêlés en une danse au rythme rapide et voluptueuse.

— Cord, je veux un enfant de toi. Fais-moi un enfant !

Cette requête galvanisa Cord, qui connut une volupté d'une violence inouïe. Maggie le regarda jouir, tout en sentant que sa propre excitation s'enflammait au contact de la peau brûlante de son amant. Sous leurs corps emmêlés, le drap crissait contre le matelas, mais cela ne ralentit en rien leur frénésie sensuelle.

A son tour, elle sentit son corps s'emballer jusqu'à accompagner celui de Cord dans ses mouvements convulsifs. Le monde entier autour d'eux n'était plus qu'un vague décor trouble et inconsistant. Seuls comptaient leurs respirations haletantes, leurs mouvements accordés et le bonheur qu'ils se donnaient l'un à l'autre.

Et puis, soudain, tout éclata. Un plaisir insupportable déferla sur Maggie, encore plus violent que tout ce qu'elle avait éprouvé la première fois. Elle sentit la chaleur de Cord se déverser en elle et elle crut qu'elle allait mourir.

— Là, je crois que c'était une première ! chuchota Cord d'une voix essoufflée.

— Mmm..., murmura Maggie, encore étourdie de plaisir.

Cord lui embrassa les yeux.

— Tu avais déjà eu un orgasme ?

— Non, mais je crois que ça y est ! répondit-elle avec un petit rire.

— Moi, je n'ai jamais rien connu de pareil avec personne !

— Tu en es bien sûr ?

— Parfaitement.

Il l'embrassa sur la bouche.

— Tu m'as demandé de te faire un enfant...

Maggie rougit, gênée de s'être montrée si hardie.

Il se redressa pour la regarder droit dans les yeux.

— C'est trop tard, maintenant, pour faire machine arrière ! Je n'avais jamais été dopé de cette façon et il est bien possible que j'aie suivi tes instructions à la lettre...

Maggie rougit encore plus. Mais, cette fois, elle sourit aussi.

— Ne t'inquiète pas, Cord, ce serait vraiment étonnant.

— Mais j'aimerais bien que…

Elle fit une petite grimace.

— Avec ton genre de vie ?

Cord ferma les yeux.

— Gruber…, murmura-t-il. C'est vrai que Gruber est notre priorité en ce moment.

— Ah, je l'avais oublié, celui-là !

— C'est vrai ? demanda Cord sans dissimuler la fierté que cette remarque lui inspirait.

— Arrête de jouer les coqs de basse-cour ! Tu n'es sans doute pas le seul homme au monde à pouvoir me faire perdre la tête de plaisir !

— Je ne te conseille pas d'examiner la question de plus près…, conseilla Cord d'un air mi-taquin mi-menaçant.

Maggie soupira, puis avoua, les yeux baissés :

— Tu sais, je ne m'attendais pas du tout à éprouver ce que tu viens de me faire découvrir. Jusqu'à ce soir, je ne savais rien de ces choses-là. Je… Ça ne se passe pas toujours comme ça, j'imagine ?

— Pas pour moi, en tout cas, confessa-t-il. Jamais le sexe ne m'a paru aussi bon.

— C'était seulement le sexe qui nous a réunis ?

Il fronça les sourcils, caressa les seins de Maggie qui étaient redevenus souples sous ses doigts.

— Non. Nous avons fait l'amour au vrai sens du mot. Tu sais… j'avais envie de te faire un enfant avant même que tu me le demandes. Et, quand tu l'as fait, cela m'a donné une force que je n'avais jamais eue. D'habitude, je ne suis pas aussi… puissant que ce soir.

Maggie était calme maintenant, détendue, apaisée.

— Il y a longtemps que tu n'avais pas touché de femme, n'est-ce pas ?

Il leva vivement les yeux vers elle.

— Tu crois que c'est l'abstinence qui m'a donné tant de vigueur ?

— Je ne sais pas. Et toi ?

— Non, Maggie, je ne crois pas.

Avec un long soupir, il se leva et ramassa la serviette de bain dont il s'était débarrassé un peu plus tôt. Il ramassa aussi la chemise de nuit de Maggie et la déposa sur le lit, à côté d'elle.

Décontenancée, Maggie avait le sentiment qu'il évitait maintenant de croiser son regard.

— Que se passe-t-il, Cord ? Tu as l'air contrarié. Est-ce que j'ai fait quelque chose de déplaisant ?

Sans un mot, il enroula la serviette autour de ses rcins.

— Maggie, je n'étais pas entré dans ta chambre pour faire ce que nous avons fait.

Il se tourna vers elle et la regarda d'un air gêné.

— Je t'avais entendue pleurer et j'étais réellement venu pour te réconforter. Je te jure que je n'ai jamais eu l'intention de profiter d'un cauchemar pour te faire coucher avec moi.

Maggie avait recouvert sa poitrine avec sa chemise de nuit.

— Je n'en ai jamais douté, Cord.

Il laissa échapper un profond soupir et déclara tout à trac :

— Maggie, tout à l'heure, tu as cru que j'avais découvert autre chose que ta grossesse et la brutalité d'Evans…

Elle se raidit de surprise et d'angoisse.

— Maggie, reprit Cord, tu me caches autre chose. Pourquoi ?

11

Consciente que Cord étudiait sur elle les réactions provoquées par la bombe qu'il venait de lui jeter au visage, Maggie retint son souffle et s'appliqua à demeurer impassible.

— Après ce qui vient de se passer entre nous, insista-t-il, il ne doit plus y avoir de place pour le moindre secret.

Maggie demeura de marbre. Du moins espérait-elle que c'était ainsi que Cord la voyait. Surtout, ne pas manifester d'inquiétude, ne pas laisser transparaître le moindre signe de l'affolement qui lui picotait la nuque... Elle voulait faire confiance à Cord, il n'y avait pas le moindre doute là-dessus, mais elle avait encore plus peur maintenant qu'ils avaient partagé de tels moments de tendresse de penser qu'il risquait de connaître son passé. Il lui semblait que, d'une manière ou d'une autre, cela la salirait, et elle n'en supportait pas l'idée.

Cord ne fut pas dupe de ce calme apparent. Sous la froideur affichée par sa compagne, il perçut clairement la souffrance qui ne voulait pas dire son nom, et l'angoisse qui, malgré les efforts déployés par Maggie, tirait les traits de son visage et voilait son regard.

Il préféra faire machine arrière. Après tout, pourquoi insister ? Pourquoi la torturer davantage ? Il avait déjà mis au jour l'histoire de la fausse couche. Avec le temps, il finirait bien par découvrir le reste, il suffisait de se montrer patient. Ce dont il était sûr par contre, c'était qu'il devait s'agir de quelque chose de terrible pour que Maggie se montre aussi obstinée et aussi bouleversée.

— Viens… Si nous allions prendre une douche ?

— Ensemble ?

— Pourquoi pas ?

— Mais si ton cousin s'aperçoit que…

— La belle affaire ! Il a été jeune lui aussi, tu sais. Il sait ce que c'est que de céder à l'impulsion du désir.

— Toi aussi, apparemment…, répliqua Maggie, un peu mal à l'aise.

Ce malaise n'échappa pas à Cord. Tendrement, il suivit du doigt le contour des lèvres de la jeune femme.

— Maggie, quand j'étais jeune, j'ai eu ma part d'aventures sans lendemain avec des femmes faciles dont je n'attendais rien. Je m'en suis vite lassé et tu peux me croire, cela ne m'intéresse plus. Mais, même si ce n'était pas le cas, je t'assure que ce n'est pas toi que je choisirais pour ce genre d'exercice. Entre toi et moi, c'est d'autre chose qu'il s'agit.

Maggie se mordit la lèvre, triste sans savoir pourquoi.

— Je… je ne sais pas grand-chose de tout ça… je veux dire, à un niveau personnel.

C'était épouvantablement difficile pour la jeune femme de se montrer claire sans dévoiler la vérité.

— Cette nuit, c'était une première fois pour moi…

— Pour moi aussi, répondit Cord calmement. Je n'ai jamais éprouvé auparavant ce que je viens de connaître avec toi. D'abord, cette envie de me montrer tendre, de t'écouter, de te déguster, de te caresser, même quand je sens la violence du désir m'emporter. Et autre chose aussi… Tu sais, d'habitude, quand un homme a connu la jouissance, il lui faut pas mal de temps avant de pouvoir recommencer. Ce soir, je n'ai pas eu besoin d'attendre, je suis venu en toi deux fois de suite, sans même prendre le temps de souffler.

Le visage de Maggie s'illumina.

— Tu veux dire que… jamais cela ne t'était arrivé avec une autre femme ?

— Jamais, confessa Cord, attendri par la naïveté de sa compagne. Ça te fait plaisir de le savoir ?

— Oui, beaucoup.

Sur cet aveu empreint de spontanéité, Cord se leva et rajusta la serviette de bain autour de ses hanches.

— Je te laisse, maintenant. Il me faut une bonne nuit de sommeil pour être capable demain matin de vieillir de quarante ans et de devenir bossu par la même occasion.

Cette perspective donna à Maggie le goût de rire.

— Et moi alors, il faudra que j'enfile la tenue de

rigueur ? Je risque d'avoir drôlement chaud si tu m'obliges à porter ce fameux imperméable mastic !

Cord se mit à rire à son tour, ravi de sentir l'excitation qui s'était emparée de sa collaboratrice.

— Tu sais quoi ? Avec ou sans imperméable, tu me plais à la folie…

Maggie rougit. Elle ne comprenait pas comment pareille chose était devenue possible.

De son côté, Cord était tout aussi surpris de découvrir la force des sentiments qui l'unissaient à la jeune femme. Diable ! Il la connaissait depuis des années et, jusqu'à ce soir, il ne savait que bien peu de chose sur elle. Ensemble, ils avaient conçu un enfant, ils l'avaient perdu, et il n'en avait rien su. Alors, maintenant qu'il l'avait appris, il se sentait partie prenante dans la vie de Maggie, comme jamais encore cela ne lui était arrivé avec personne. Toute cette souffrance, ce deuil si triste contribuaient à les rendre plus proches l'un de l'autre que jamais. Peut-être était-ce cela même, le terreau dans lequel naissent les relations humaines profondes, se dit-il en observant de nouveau le fin visage de Maggie. Oui, ce sont les épreuves, la douleur, qui rapprochent les gens et qui font qu'en partageant leurs problèmes ils se découvrent et s'attachent l'un à l'autre.

— Tu parais bien pensif, remarqua Maggie.

— J'étais en train de prendre conscience que toi et moi, nous sommes bien plus proches l'un de l'autre que de n'importe qui d'autre. Et je ne fais pas seulement allusion à ce qui s'est passé au lit. Il y a entre nous un lien très fort qui vient de toutes les épreuves que nous avons traversées. Jusqu'à ce que j'apprenne l'histoire du bébé, je n'avais jamais pensé à cela.

— J'aurais dû te tenir au courant…

— Oui, c'est vrai, approuva Cord. Mais je comprends parfaitement pourquoi tu ne pouvais pas le faire. Personne n'est à blâmer dans cette triste histoire. En tout cas, ni toi ni moi, corrigea-t-il. Si jamais tu te retrouves enceinte après ce que nous avons fait ce soir, tu ne me le cacheras pas, je te le défends ! Tout ce qui peut t'arriver à cause de moi me concerne aussi.

Maggie eut un sourire triste.

— Après ce qui s'est passé à cause d'Evans, il est possible que je ne puisse plus jamais être enceinte.

Presque blessé par cette remarque, Cord leva un sourcil inquisiteur.

— Qu'est-ce que tu racontes là ? Tu douterais de mes capacités de reproducteur ? Inspiré comme je l'étais ce soir, je ne vois pas pourquoi je ne réussirais pas à te rendre enceinte !

Cette colère feinte fit oublier à Maggie son inquiétude pourtant bien réelle. L'avenir apporterait ses réponses… Cord était si amusant dans son rôle de macho vexé qu'il valait mieux rire que de se morfondre sur une éventuelle stérilité.

— Allons, reprit Cord, il faut réellement que j'aille me coucher maintenant. Et toi aussi, il faut que tu dormes ! Les jours qui viennent ne seront pas de tout repos.

— Je sais.

L'impatience contenue que Cord lut dans le regard vert de Maggie ne fut pas sans l'intriguer.

— Toi, tu es en train de mijoter quelque chose !

— Non, pas du tout !

— Petite menteuse ! Je ne te crois pas. Allons, avoue-moi ce qui te trotte dans la tête, nous dormirons mieux tous les deux.

Pendant un instant, Maggie joua avec le revers du drap sans oser regarder Cord en face. Finalement, elle avoua :

— Lassiter m'a dit qu'il m'emploierait dans son agence si je le lui demandais…

Le silence qui suivit cette déclaration fut long et lourd. Maggie garda les yeux baissés pendant tout ce temps, impatiente de connaître la réaction de Cord.

Ce dernier commença par soupirer avant de répondre.

— Soit. Quand nous en aurons terminé avec cette affaire et que je t'aurai enseigné les bases du métier, si tu souhaites en savoir davantage sur la question, l'agence de Lassiter est certainement un bon endroit pour commencer. Mais, attention, tant que nous n'avons pas d'enfants ! Ensuite, nous verrons… J'estime que de jeunes enfants ont besoin de leur mère à la maison, et de leur père aussi, d'ailleurs. Il faut leur donner un bon départ ; ensuite, une fois qu'ils seront à l'école, tu pourras reprendre ton métier si tu le souhaites.

Maggie n'en croyait pas ses oreilles. Cord était en

train de lui parler de leur avenir commun ! Jamais cela ne lui était arrivé.

— Et ne prends pas cet air catastrophé, ajouta-t-il. Après tout, c'est bien toi qui as mis la question sur le tapis tout à l'heure en me suppliant de te faire un bébé !

— Oh, mais je ne…

— C'est très bien ainsi, coupa Cord. J'aime les enfants. Ils pourront tous apprendre le métier de cow-boy, mais pas question de les laisser s'amuser à installer des systèmes d'écoute, ajouta-t-il en pensant à ce que Lassiter lui avait raconté à propos de son fils et de sa fille. Il me semble que Lassiter fait fausse route avec sa progéniture, je n'ai pas l'intention de marcher sur ses traces.

Maggie haussa les épaules. Cord rêvait à voix haute, tout simplement ! Pour au moins deux bonnes raisons : elle ne pourrait jamais être enceinte, et lui ne renoncerait jamais à sa vie pleine de dangers. Châteaux en Espagne que tout ce beau discours ! Mais c'était si agréable à écouter qu'elle ne chercha pas à le contredire. Oui, vivre avec Cord, porter ses enfants, partager chaque jour de son existence… Quel beau rêve ! Ce n'était qu'un rêve, hélas. Car elle traînerait toujours son passé derrière elle, cet horrible boulet qui détruirait ce qui lui restait de vie. Quand Cord saurait, il ne voudrait plus jamais la toucher.

Cette pensée la torturait, mais elle s'appliqua à n'en rien montrer. Pour l'instant, il ne savait rien et n'avait pas les moyens de savoir. Stillwell possédait les documents compromettants, mais elle ferait en sorte qu'il n'ait pas à les produire au grand jour. Et, si jamais il les portait à la connaissance de Cord, elle se chargerait elle-même de sa vengeance.

— Tu as une mine de conspiratrice, déclara Cord.

— C'est exactement ce que je suis ! répliqua-t-elle, tout en se gardant bien d'en dire davantage.

— Quelle merveilleuse occupation ! s'exclama Cord. Au cas où tu comploterais de me séduire encore plus, je me permets de te signaler que j'aime la lingerie en dentelle rose.

— Chouette ! Moi aussi, j'aime le rose…

— Alors à toi de jouer ! En attendant, je vais réellement me coucher cette fois. Dors bien toi aussi, ma chérie.

— Merci. Bonne nuit, Cord.

Il quitta la pièce à regret, laissant Maggie prendre une douche et remettre le lit en ordre. Elle ne souhaitait pas que la bonne de Jorge découvre le chamboulement provoqué par leurs ardeurs amoureuses. Mais le délicieux souvenir qu'elle en conservait lui fit chaud au cœur. Non, décidément, elle n'avait pas du tout honte de ce qu'elle avait fait. Quoi qu'il lui arrive désormais, le souvenir de cette nuit merveilleuse brillerait toujours au creux de sa vie avec l'éclat étincelant du diamant.

Le lendemain matin au petit déjeuner, chacun arborait une mine sérieuse. Cord lui jeta un regard plein de tendresse, mais le moment n'était pas propice à l'intimité. Deux hommes à l'allure étrange lui tenaient compagnie.

L'un avait le type latin et portait un costume de ville classique tandis que l'autre arborait une djellaba de soie crème dont la capuche lui dissimulait une partie du visage.

— Je te présente Bojo, annonça Cord en désignant l'homme à la djellaba, qui adressa à Maggie un sourire chaleureux. Et voici Rodrigo, termina Cord en se tournant vers l'autre, qui sourit à son tour de façon tout aussi engageante.

— Ravie de faire votre connaissance, répondit Maggie. J'imagine qu'à partir de maintenant nous allons travailler en étroite collaboration ?

— Exactement ! approuva Cord. Ce sont même eux qui vont te donner une arme et t'apprendre à tirer.

— Messieurs, je me tiens à votre disposition dès que vous le souhaitez.

— Commençons par le commencement, intervint Cord, qui souhaitait d'abord tracer les grandes lignes de son plan devant ses collaborateurs.

— Peter et Don vont rester ici pour veiller sur Jorge et s'assurer que tout se passe bien ici. Rodrigo, tu seras mon homme de compagnie tout au long de notre voyage. Quant à toi, Bojo, tu vas une fois de plus nous servir de guide.

Bojo haussa les épaules avec bonne humeur.

— Si tu demandes à Son Altesse le cheik de Qawi, il te dira que c'est ma spécialité et que je ne m'en acquitte pas si mal !

— Je n'en ai jamais douté, assura Cord en lui resservant une tasse de café.

Machinalement, Maggie tendit aussi sa tasse. Elle était encore sous le coup de l'étonnement de se trouver ainsi associée aux activités jusque-là secrètes de Cord. Il la servit également et lui adressa un clin d'œil complice.

— A partir de maintenant, nous sommes embarqués sur la même galère ! Interdit de me cacher quoi que ce soit, compris ?

Ensuite, il se tourna vers Jorge.

— Tu seras en sécurité ici. Peter saura s'assurer que tout va bien à la ferme.

Jorge émit une sorte de petit gloussement d'enthousiasme.

— J'ai toujours mon revolver, tu sais ! Et je n'ai pas perdu la main. Gare à celui qui voudra se mesurer à moi, il trouvera à qui parler. Et puis, il y a aussi les ouvriers qui travaillent avec moi. La plupart ont servi dans l'armée avant de venir ici. Tu vois que nous ne risquons rien à la *finca*. C'est plutôt pour toi et tes amis qu'il faut se faire du souci !

Il avait prononcé sa dernière phrase en regardant Maggie. Elle fut sensible à cette attention et s'efforça aussitôt de le rassurer.

— Je suis en de très bonnes mains, et parfaitement contente de participer à cette aventure. Franchement, je ne laisserais ma place à personne !

— Je veillerai sur toi, tu peux me faire confiance !

compléta Cord avant de passer à l'exposé de son projet.

Bien sûr, dans ce projet, il y avait des armes. Maggie allait devoir oser s'en servir sans états d'âme. Pour cela, il fallait qu'elle se remémore qu'ils étaient à la poursuite d'hommes extrêmement dangereux. Gruber était à la tête d'une très puissante multinationale et n'hésiterait pas à armer ses hommes jusqu'aux dents et à tuer si son entreprise était menacée. Aussi, lorsque, quelques instants plus tard, Cord mit entre les mains de Maggie un revolver automatique, elle le prit sans rechigner, et c'est avec la plus grande attention qu'elle écouta les explications qu'il lui donna sur le maniement de l'engin en question et la façon de le recharger.

Cord planta une cible dans l'une des pâtures vides de bétail et vint se poster derrière Maggie pendant qu'elle s'appliquait à tenir l'arme à deux mains avant de viser.

— Reste calme et détendue, lui conseilla-t-il à l'oreille.

Elle émit un petit gémissement en respirant l'eau de toilette de Cord, qui se tenait debout dans son dos, tout près d'elle.

— Je n'arrive pas à me concentrer !

— Allons, un petit effort !

— Mmm, j'ai envie de faire l'amour…

— Chut ! Moi aussi, avoua-t-il.

Et il déposa un baiser rapide dans le cou de la jeune

femme, juste sur sa nuque tiède où voltigeait une mèche de cheveux bruns.

— Désolé, Maggie, poursuivit-il, pas question d'aller faire la grasse matinée, avec tout ce qu'elle implique. Nous sommes en mission, et cela signifie entre autres : pas de sexe !

— Allons, ce genre d'interdit ne vaut que pour les joueurs de football !

Il lui mordit le lobe de l'oreille.

— Détrompe-toi. C'est la même chose pour les agents secrets. Tu as accepté la mission, il faut en supporter les inconvénients ! Allez, fais un peu attention à ce que je t'explique maintenant.

— Dans un petit moment…, supplia-t-elle, les yeux rivés sur la bouche de Cord.

— Dans un petit moment…, répéta Cord, qui la dévorait des yeux.

Maggie frissonna de plaisir et soutint son regard.

Le visage tendu par le désir, Cord la saisit par la taille.

— Si je commence à t'embrasser, je ne sais pas trop jusqu'où cela risque de nous entraîner… Ou, plus exactement, je le sais très bien !

Maggie hocha la tête et souleva le revolver entre ses deux mains.

— Bon, ça va, j'ai compris. J'accepte de bien me tenir. Allez ! Explique-moi comment me servir de ce machin qui pèse si lourd !

*
* *

A la fin de la journée, elle avait retrouvé tous les réflexes de ses entraînements avec Eb Scott et atteignait régulièrement la cible.

— Extra ! la félicita Cord. Tu es une élève hyperdouée !

— Heu... J'ai un peu triché, avoua Maggie. Je ne te l'avais pas dit, mais, en fait, Eb m'avait appris à tirer.

— Oh, celui-là..., maugréa Cord, soudain jaloux.

— Excuse-moi, s'empressa d'ajouter Maggie, mais, puisque la conversation s'y prête, je vais te faire un aveu : je suis amoureuse de toi, Cord. Et je le suis depuis que j'ai douze ans.

A ces mots, Cord eut un petit sursaut de surprise.

— J'ai rompu avec Eb parce que... parce que je ne supportais pas qu'il me touche. C'est toi que je voulais.

Cette fois, il ne fut plus question de continuer les exercices de tir. Cord saisit Maggie à bras-le-corps et se mit à l'embrasser avec une passion dévorante. Clouée contre lui, la jeune femme s'était dressée sur la pointe des pieds et il la souleva pour mieux sentir leurs deux corps se fondre dans cette étreinte. Pendant quelques instants, ils furent seuls au monde, rivés l'un à l'autre par des forces dont ils découvraient l'intensité avec un émerveillement renouvelé.

— Eh bien... voilà un entraînement qui me paraît avoir un peu dévié de son but ! plaisanta Bojo en les découvrant enlacés.

Les amoureux se séparèrent aussitôt.

— Vous aviez bien mis la sécurité avant de vous accorder cette récréation ? demanda Bojo en désignant d'un signe de tête l'arme que Maggie tenait encore à la main.

Maggie lui tendit le revolver tandis que Cord devenait blanc comme un linge.

— La sécurité…, se rappela-t-il soudain.

Bojo renonça à approfondir la question devant les deux jeunes gens, mais, tandis qu'il s'éloignait, ils l'entendirent murmurer entre ses dents :

— Voilà une mission qui s'annonce particulièrement dangereuse…

Pendant un des moments de détente qu'ils se réservaient au cours de leur entraînement, Cord conduisit Maggie aux abords de la grange et du large corral qui l'encerclait. De là, il lui désigna du doigt le bétail qui paissait au loin, au pied des collines.

— Regarde. D'ici on aperçoit les taureaux que Jorge élève pour les corridas. Il n'en a plus beaucoup maintenant. J'ai l'impression qu'il a un peu perdu la foi. Autrefois, cet art était bien plus apprécié que de nos jours. En fait, c'était une véritable religion.

Il se tourna vers sa compagne.

— Tu entends les mots que j'emploie pour parler de la corrida ? « Art », « religion »… C'est tout sauf un sport. Mon grand-père était toréador. Il se tenait debout, au milieu de l'arène, la muleta à la main, et il l'agitait légèrement pour que le taureau le charge. Tu imagines ? Un monstre d'une demi-tonne, génétiquement sélectionné pour son agressivité et son goût du combat, en train de lui foncer dessus ! Mon grand-père ne bougeait pas d'un cil et attendait la charge sans jamais reculer, fixant l'animal qui venait droit sur lui. Au dernier moment, le public retenait son souffle et il déviait légèrement la trajectoire de l'animal en déplaçant le tissu rouge de manière à ce qu'il passe juste à côté de lui et le frôle dans sa charge furieuse. Rarement, très rarement, un taureau exceptionnellement brave pouvait être gracié et sortait vivant de l'arène. C'est ce qui s'est passé pour Hijito.

Maggie écoutait cette description comme si on lui avait parlé d'une coutume appartenant à une autre planète. Quelle incroyable audace il devait falloir à l'homme qui risquait ainsi sa vie à chaque passe !

— Tu imagines, Maggie, si tu devais me regarder revêtir l'habit de lumière avant de descendre dans l'arène avec pour toute protection contre les cornes acérées de mon adversaire ma muleta et mon courage ?

Non, Maggie ne pouvait pas imaginer. Mieux, elle ne *voulait* pas imaginer !

Cord interpréta justement son silence. Gentiment, il la prit par le cou et l'attira contre lui, se sentant un peu coupable d'avoir convoqué cette angoissante représentation.

— Ma mère et ma grand-mère ont dû affronter cette peur la plus grande partie de leur vie de femme mariée.

Ma mère était américaine, courageuse et stoïque, mais, chaque fois que mon père signait un nouveau contrat pour participer à une féria, elle partait pleurer dans sa chambre. Tu vois, je ne pense pas que je serais capable de te faire ça !

Quel aveu incroyable ! Maggie sentit son cœur bondir de joie. Elle prit Cord par la taille et se serra contre lui avec un petit soupir de plaisir. Pour la première fois de sa vie, elle avait le sentiment que Cord lui appartenait, même si lui-même ne l'avait pas encore compris. Les yeux clos, elle se laissa aller dans la chaleur qui irradiait du corps musclé de son compagnon. Résolument, elle repoussa tout ce qui pouvait lui faire penser aux lendemains pleins d'incertitude et se contenta d'écouter le battement du cœur de l'homme qu'elle aimait pendant qu'il continuait à évoquer l'âge d'or des corridas. Elle avait conscience de vivre un de ces moments privilégiés où, pendant quelques minutes, toute inquiétude est suspendue, où la joie envahit complètement la conscience sans aucune ombre portée d'aucune sorte.

Elle savait que, quoi qu'il arrive, elle se souviendrait toute sa vie de cet instant.

Dans l'après-midi, ils revêtirent les vêtements qui devaient leur servir de déguisements. Seuls Bojo et Maggie conservèrent leurs habits ordinaires. Cord s'était fait acheter une perruque qui reproduisait à la perfection la chevelure blanche et ondulée de Jorge. Il enfila un des costumes de son oncle — par chance, ils avaient la même taille — et lui emprunta une de ses cannes dont le pommeau d'argent représentait une tête de loup. Il s'appliqua également à marcher voûté comme le vieil homme. Jorge, qui était atteint d'arthrite à la colonne vertébrale, en rit de bon cœur.

Rodrigo avait enfilé une livrée et commençait à s'affairer autour de Cord. Bojo avait chaussé des lunettes noires et se contenta de relever sa capuche sur ses cheveux noirs coupés court. Quant à Maggie, elle s'était appliquée à copier l'allure de la parfaite touriste américaine en vacances. Impeccable et bien à son aise dans un tailleur-pantalon de toile blanche, elle avait choisi de porter de confortables mocassins et de nouer une écharpe de dentelle blanche sous son menton, à la mode des actrices de cinéma des années soixante. Elle prit Cord par le bras, exactement comme elle l'aurait fait pour Jorge. Cord lui aussi portait ses lunettes noires, cette fois non pas pour feindre la cécité, mais pour accentuer la ressemblance avec son oncle. Il avait adopté la position voûtée qui allait être la sienne pendant les jours à venir, et, bras dessus, bras dessous, ils s'avancèrent vers la voiture.

Quelques instants plus tard, Rodrigo au volant et Bojo assis à côté de lui à l'avant, ils roulaient le long de l'allée pavée, franchissaient le portail de fer forgé, qui se referma lourdement derrière eux. Puis, très vite, ils se retrouvèrent sur la route qui conduisait à la Costa del Sol et à Gibraltar, où ils devaient prendre le ferry qui les amènerait à Tanger.

*
* *

Ils durent subir le contrôle des passeports à deux reprises, une fois à Gibraltar et une autre fois en entrant au Maroc. Ensuite, Rodrigo les conduisit avec dextérité dans les rues encombrées de Tanger. Ce n'était pas la première fois que Maggie venait dans cette ville. Elle en avait déjà eu un aperçu quelques semaines plus tôt, au cours de son voyage avec son amie Gretchen Brannon. Depuis, elle avait perdu le contact avec cette dernière, mais elle espérait que le poste qu'elle lui avait cédé à Qawi se révélait aussi intéressant qu'elle l'avait espéré. Comme tout un chacun, Maggie avait maintenu la fiction de la cécité de Cord et ne l'avait pas jointe pour démentir la mauvaise nouvelle. Elle espérait avoir un jour l'occasion de la rassurer sur le compte de ce dernier.

De temps à autre, elle jetait un regard en direction de Cord, ce qui lui permettait de se faire une assez bonne idée de l'allure qu'il aurait quand il serait vieux. Comme ce serait bon de passer sa vie à ses côtés, de vieillir avec lui… Elle l'aimait plus que la vie elle-même et cela ne changerait jamais. Hélas, chaque fois qu'elle évoquait l'avenir, son beau rêve se brisait sur sa crainte que Cord ne découvre ce qu'elle avait réussi à lui cacher jusque-là. Ensuite, il ne voudrait plus d'elle et elle n'aurait plus le goût de vivre.

Elle haussa les épaules, comme pour chasser cette pensée désespérante. En vain. Que pouvait-elle faire d'autre ? Apprendre tout ce qu'il pouvait lui enseigner, en particulier ce qui concernait les armes à feu et les différentes stratégies pour mener à bien une enquête. Ces bases lui permettraient ensuite de demander du travail à Lassiter comme elle avait le projet de le faire le jour où elle se retrouverait seule. Cela, dans l'hypothèse où elle se sentirait le courage de rester à Houston, bien entendu... car Dieu seul savait comment elle-même réagirait quand la vérité serait connue. Bien sûr, Houston n'était pas la seule ville du monde à posséder une agence de détectives, mais, hélas, elle était la seule à accueillir Cord.

A la sortie de Tanger, ils arrivèrent bientôt en vue d'une jolie maison blanche au toit en terrasse, dont le portail en fer forgé rappelait celui de la *finca* de Jorge. Le jardin regorgeait de géraniums, d'hibiscus et de bougainvillées aux couleurs vives. La maison s'élevait sur un étage et sa façade était carrelée jusqu'au toit. Ils pénétrèrent dans le hall d'entrée qui menait à une épaisse porte de bois. Celle-ci s'ouvrait sur un patio intérieur au milieu duquel jaillissait une fontaine au bruit cristallin. Tous les murs qui encerclaient cet espace privilégié étaient recouverts de mosaïques colorées, les fameux zelliges, disposées de manière à former de somptueux motifs géométriques. Partout flottaient des senteurs de musc.

Un homme jeune, élégant, s'avança à leur rencontre.

— Bienvenue, mon cher cousin Jorge, s'exclama-t-il en prenant entre les siennes les deux mains de Cord. Quelle idée merveilleuse de venir me rendre visite ! Il y a longtemps que nous ne nous sommes vus. Ah..., ajouta-t-il en souriant, et voici Maggie, sans doute, qui est venue accompagner ce pauvre Cord en Espagne. Entrez, entrez, soyez les bienvenus.

— Merci pour ton hospitalité, cousin Ahmed, répondit Cord en imitant de son mieux la voix rauque de Jorge et en haussant le ton, de manière à ce que les serviteurs dont on devinait la présence dans les diverses pièces voisines puissent l'entendre sans avoir besoin de tendre l'oreille. Cord a pensé que Maggie aimerait découvrir Tanger pendant qu'il se reposerait chez moi quelques jours. Sa cécité le gêne beaucoup et je pense qu'il éprouvait le besoin d'un peu de solitude. Voici mon valet, Rodrigo, et notre guide, Bojo.

— Bienvenue à eux aussi. Suivez-moi, je vais vous montrer vos chambres. Carmen ! appela-t-il. Viens faire la connaissance de nos invités.

Il poussa l'une des portes qui donnait sur le patio et ils pénétrèrent dans un grand salon rectangulaire meublé de banquettes recouvertes d'un somptueux velours frappé grenat et or. Des tapis de laine au point serré étalaient leurs motifs colorés sur le sol, comme pour reproduire à l'intérieur de la maison la splendeur des jardins andalous.

Une très jolie jeune femme brune s'avança vers eux, un bébé dans les bras. Elle sourit chaleureusement à Maggie, mais se montra plus réservée à l'égard des trois hommes.

— Voici Carmen, mon épouse, commenta Ahmed, et Mohammed, notre fils. Elle est invitée à passer quelques jours chez sa sœur qui est un peu fatiguée en ce moment, mais elle n'a pas voulu partir sans vous saluer.

Carmen invita les nouveaux venus à s'installer sur les banquettes. Tous se calèrent contre les gros coussins bourrés de laine de mouton et entamèrent une conversation relative aux coutumes marocaines. Maggie n'eut guère de mal à deviner pourquoi la jeune femme et son enfant quittaient la maison. C'était sans doute une précaution d'Ahmed à leur égard, au cas où la présence des nouveaux venus amènerait des ennuis sous leur toit.

Le maître de maison ne tarda d'ailleurs pas à conduire son épouse dans la rue, où une limousine l'attendait devant la porte. Il l'y installa avec leur enfant, et lui souhaita un bon séjour.

Pendant ce temps, deux serviteurs, un homme et une femme, petits et sombres de peau, se présentèrent et conduisirent Maggie à l'étage où se trouvait sa chambre. Cette dernière était voisine de celle qui serait occupée par Cord et Rodrigo tandis que Bojo dormirait en bas. Cette organisation parfaite contraria vivement la jeune femme, qui avait espéré passer la nuit dans les bras de Cord, mais il lui était impossible d'y changer quoi que ce soit, sous peine d'éveiller des soupçons.

Ils prirent ensemble un repas léger composé de diverses salades savamment épicées et s'installèrent ensuite dans le patio autour d'un plateau de thé à la menthe et d'une assiette de pâtisseries marocaines. Maggie découvrit avec ravissement les délicieuses cornes de gazelle et s'efforça de profiter de ce moment de calme en évitant de se poser trop de questions quant à la suite des opérations.

Au bout d'un moment, Ahmed annonça qu'il devait aller faire une apparition à son bureau, où il travaillait dans l'import-export. Il confia donc ses invités aux serviteurs, qui, de toute évidence, n'étaient pas au courant de la mascarade. Maggie se dit qu'il leur faudrait prendre grand soin de ne pas commettre d'impair en leur présence, au risque de fausser toute la tactique si soigneusement mise au point par Cord.

Plus tard dans la soirée, lorsqu'elle se fut retirée dans sa chambre, Cord vint lui faire des recommandations en ce sens.

— Nous ne devons faire confiance à personne, expliqua-t-il. Ici, plus que partout ailleurs, les murs ont des oreilles. Cette ville est depuis toujours réputée pour les intrigues qui s'y trament, à tous les niveaux, national ou international. Cela n'a pas changé. De nombreuses réunions secrètes se tiennent ici, et les personnages qui y participent ne sont pas, la plupart du temps, des enfants de chœur. Ahmed ne fait lui-même qu'une confiance très modérée aux personnes qu'il emploie. Ici, tout s'achète et tout se vend. Y compris les renseignements sur toute personne nouvellement arrivée à Tanger. Tu comprends ?

Maggie dessina un motif abstrait sur le plastron de la chemise de Cord.

— Je comprends surtout que nous ne pourrons pas dormir ensemble cette nuit…

Cord lui enserra la taille et se pencha vers elle pour lui murmurer à l'oreille.

— Je le regrette autant que toi ! Il n'y a rien que je désire plus au monde que de te tenir dans mes bras. Et tu sais… ce n'est pas seulement une question de sexe, bien que ce soit extraordinaire de faire l'amour avec toi.

— Oui, je comprends, répondit Maggie.

C'était vrai. Ils ressentaient l'un pour l'autre une attirance d'une force extraordinaire qui leur faisait éprouver le même besoin incessant de ne pas se quitter.

— Voilà ce qui se passe quand on est amoureux ! commenta Cord. Les émotions deviennent pratiquement incontrôlables. Dès que je te regarde, j'ai envie de te toucher, j'ai envie de t'embrasser, de t'allonger sur le lit et de…

Maggie se pressa contre lui.

— J'ai envie de te sentir contre moi.

Cord se mit à l'embrasser avec une passion qui la fit fondre de tendresse. Il n'avait qu'un mot à dire, qu'un geste à faire pour qu'elle se laisse aller avec toute la fougue qui couvait en elle.

— Non, Maggie, il faut nous arrêter maintenant. Si jamais l'un des serviteurs nous découvrait, ce serait une catastrophe. Tout simplement parce qu'il ne comprendrait pas que tu embrasses un homme assez âgé pour être ton grand-père. Et peut-être pour d'autres raisons encore, bien plus graves que celle-ci.

Amusée, Maggie caressa la perruque blanche.

— Et alors ? Si le grand-père est aussi séduisant que toi, où est le problème ?

Cord sourit, embrassa la jeune femme encore une fois et, à regret, se prépara à sortir.

— Garde bien les portes fermées. Celle qui donne sur le couloir, bien sûr, mais aussi celle qui donne sur la terrasse.

Avant de partir, il déposa un petit objet dans la main de Maggie.

— Tiens, pose ceci sur ta table de chevet. C'est un petit micro. Si jamais quelque chose t'inquiète, tu n'auras qu'à parler fort pour que je t'entende.

— Il faudrait peut-être que j'aie une arme avec moi ?

— Jamais de la vie ! J'ai failli tuer Bojo, une fois. Il était entré dans ma chambre alors que je ne l'attendais pas, et mes réflexes ont fait que j'ai attrapé l'arme qui se trouvait à côté de moi. Heureusement, je l'ai reconnu avant d'avoir fait feu.

— Oui, évidemment…

— Bon, eh bien, je dois aller au lit avec Rodrigo !

— Quelle horreur !

— En tout bien tout honneur, évidemment…

— C'est tout de même une horreur que tu ne puisses pas rester avec moi !

— Les missions ne sont jamais des moments très épanouissants pour la vie personnelle, tu sais.

— C'est quelque chose que je découvre, en effet. Bon, nous devons nous montrer prudents, c'est sûr. Je ne veux pas qu'il t'arrive quoi que ce soit, Cord. Je serais incapable de vivre sans toi.

En entendant ces mots, le visage de Cord se fit sérieux. A l'idée qu'il risquait de perdre Maggie, lui aussi sentait le sol se dérober sous ses pieds. Cette femme était tout pour lui désormais.

— Rassure-toi, je ne commettrai pas d'imprudence. Si je dois prendre des risques, ils seront soigneusement pesés et calculés. C'est toi, mon point faible. Il faudra que tu fasses exactement ce que je te dirai, sans la moindre hésitation.

— Je ne vois pas ce que cela changera par rapport à ce qui se passe d'habitude..., remarqua-t-elle, taquine.

— Voilà une discussion que je préfère ne pas entamer ce soir. Ferme bien tes portes, et dors sur tes deux oreilles. Demain, l'aventure nous attend !

— Bien, patron ! rétorqua Maggie en faisant mine de se mettre au garde-à-vous.

— Oh, voilà qui me paraît parfaitement adapté à la situation, se moqua-t-il. Mais je suis sûr que tu peux faire encore mieux dans le genre.

Cette fois, Maggie exécuta une profonde révérence.

— Et comme ça ?

Cord se mit à rire.

— Comme ça, ça ira ! Bonne nuit, mon amour.

Il se retira sur ces mots et tira soigneusement la porte derrière lui.

12

Le jour suivant, Maggie et Cord, toujours déguisé en Jorge, restèrent à la maison, officiellement pour se reposer, en réalité pour attendre le retour de Bojo et Ahmed, qui s'étaient rendus en ville afin d'effectuer en secret quelques reconnaissances.

Dès son retour, qui fut assez tardif, Bojo se rendit immédiatement dans la chambre de « Jorge ». Prétextant une fatigue liée à son âge, Cord était monté s'y allonger pour donner le change. Il avait fermé les yeux et feignait de dormir pendant que Rodrigo sortait des vêtements de la penderie et les disposait sur une chaise sous les yeux intéressés du serviteur d'Ahmed. Ce petit homme au regard vif, sans cesse à l'affût, ne cessait d'inventer les excuses les plus fantaisistes pour les suivre partout et les observer. Il multipliait des offres de service dont, évidemment, Rodrigo et son « maître » n'avaient que faire.

— Ahmed m'a chargé de vous demander de le rejoindre, annonça Bojo en s'adressant à lui. Nous sortons passer la soirée en ville et il souhaite que vous l'aidiez à choisir sa tenue.

— *Sí, señor,* répondit le petit homme, non sans jeter en se retirant un regard suspicieux sur le nouveau venu.

Dès qu'ils furent seuls, Cord s'assit vivement sur le lit et fit un signe de tête à Bojo. Celui-ci glissa la main dans la fente latérale de sa djellaba, fouilla dans la poche de son pantalon et en sortit un petit appareil électronique avec lequel il commença à inspecter la pièce.

Cette opération ne fut pas une simple mesure de précaution puisque leurs soupçons se trouvèrent rapidement confirmés. Ils découvrirent deux postes d'écoute, l'un dans le tiroir de la table de chevet, l'autre, dans la salle de bains. Ils les laissèrent en place de manière à ne pas alerter la personne qui les y avait disposés, mais Cord fit une horrible grimace. Il était furieux. Bojo haussa les épaules, curieux de savoir comment ils allaient se débrouiller pour communiquer avec cette troisième personne invisible à l'écoute de leurs moindres paroles.

Rodrigo posa sur le dossier d'une chaise la veste qu'il tenait à la main et commença à exécuter des gestes bizarres. Le regard de Cord s'illumina en le voyant faire et il se mit à sourire. Puis il répondit par gestes lui aussi, sous le regard éberlué de Bojo, qui ne comprenait goutte à toute cette pantomime. Plus tard, lorsqu'ils auraient retrouvé leur tranquillité, Cord devait lui expliquer que Rodrigo connaissait parfaitement le langage des signes des Indiens des plaines et qu'il l'avait enseigné à Cord au cours d'une mission secrète effectuée en commun. Ils s'en servaient d'ordinaire pour épater leurs collègues, mais, cette fois, cette compétence originale se révélait un outil de travail fort pratique.

Grâce à cette savante gesticulation, Cord expliqua à Rodrigo qu'il avait ce soir même l'intention de fouiller avec l'aide de Maggie les bureaux de Global Enterprises pendant le dîner prévu avec Ahmed dans un restaurant chic de la ville. Bojo et Ahmed les couvriraient pendant ce temps. Rodrigo devait préparer la tenue qu'il porterait ce soir ainsi que celle qu'il avait prévue pour Maggie et trouver un prétexte pour qu'elle vienne la revêtir. Il devait également inspecter la chambre de Maggie afin de détecter les appareils d'écoute qui y avaient probablement été placés.

Ces consignes données, Cord émit un bâillement formidable, exactement comme s'il venait de s'éveiller d'une bonne sieste. Rodrigo se mit alors à parler dans son espagnol traînant de la soirée qui s'annonçait. Apparemment, sa seule préoccupation était de savoir si le costume qu'il avait préparé pour « Jorge » convenait à ce dernier ou s'il préférait qu'il lui en présente un autre.

Maggie fut un peu étonnée d'apprendre par Rodrigo que le « cousin Jorge » l'attendait dans sa chambre, mais elle s'y rendit aussitôt sans poser de questions. Elle y découvrit Cord dans un pantalon noir collant et un col roulé noir également. Il portait à l'épaule un étui à revolver du calibre .45 dont il lui avait enseigné le maniement.

Les traits tendus, il ne ressemblait plus du tout à l'homme amoureux qui lui avait dit tant de choses tendres. La jeune femme avait pour la première fois de sa vie un aperçu de l'homme qu'il était pendant ses missions et cette vision lui fit encore plus froid dans le dos que la découverte de l'arme qu'il transportait.

Son vêtement soulignait tous les muscles de son corps et elle eut soudain l'impression que, sous ses yeux, il venait de se transformer en quelque dangereux félin s'apprêtant à la chasse. Un magnétisme étrange émanait de lui, qui ne fut pas sans lui rappeler l'extraordinaire endurance de son corps au cours des joutes amoureuses qu'ils avaient partagées. Elle se sentit rougir à cette évocation, puis elle frissonna en pensant au danger potentiel que sa force et sa détermination représentaient pour ses ennemis.

Il s'avança vers elle et l'attira loin de la fenêtre d'où ils pouvaient être aperçus pour la faire pénétrer dans le dressing. Là, il lui tendit un costume assorti au sien, lui fit signe de l'enfiler et referma la porte sur elle.

Elle fit de son mieux pour s'habiller dans cet espace réduit pendant que, dans la chambre, les hommes continuaient à parler de choses sans importance. Une fois qu'elle eut revêtu le justaucorps en stretch noir, elle alla les rejoindre, ramenant sur ses épaules ses longs cheveux qui étaient restés prisonniers dans l'échancrure. Le silence qui l'accueillit lui fit lever les yeux vers les trois hommes, et elle découvrit les regards admiratifs qu'ils portaient sur sa silhouette ainsi moulée. A vrai dire, celui de Cord n'était pas seulement admiratif... Il brûlait de désir !

Quand il découvrit à quel point Rodrigo et Bojo appréciaient la tournure de leur collaboratrice, Cord leur donna un petit coup de la cravate qu'il tenait à la main et les envoya se préparer.

Soulagée de se trouver en tête en tête avec son amoureux, Maggie lui adressa un sourire, mais Cord ne le lui rendit pas. Il avait coiffé la perruque blanche et arborait un air préoccupé.

— *Por favor, niña*, demanda-t-il en contrefaisant la voix de Jorge, tu veux bien m'aider à mettre ma cravate ? J'ai toujours du mal à faire le nœud avec mes vieux doigts.

Voilà qui était destiné à contenter les mystérieux personnages qui devaient tendre l'oreille pour écouter leur conversation.

— Excuse-moi, mais il faut que j'écoute les informations. Cela fait partie de mes caprices de vieux monsieur !

— Je vous en prie, cousin Jorge, approuva Maggie, tout en se rapprochant de lui, ne vous privez pas à cause de moi, j'en serais désolée.

Cord profita de cette invitation pour mettre la radio en marche assez fort.

— Il faut que tu t'habilles pour qu'on ne remarque pas ta tenue de travail, chuchota Cord. Le mieux est que tu mettes une djellaba, elle dissimulera tout cela sans problème. Ahmed m'a proposé d'en choisir une dans la garde-robe de Carmen.

Il tendit à Maggie une grande robe marocaine noire aux parements brodés d'or. Une fois qu'elle l'aurait enfilée, personne ne pourrait deviner que sous la touriste en mal d'exotisme se cachait une espionne prête à fouiller de fond en comble les bureaux d'inquiétants trafiquants.

— Nous ne rentrerons pas tard, annonça Cord à voix haute et intelligible. Je me fatigue vite, maintenant, et je ne veux pas me surmener. Mes vieux os me reprochent trop douloureusement les moindres écarts que je fais. De toute façon, nous ne nous éterniserons pas à Tanger car Cord est sûrement impatient de nous retrouver. Je n'aime pas le savoir seul maintenant qu'il est handicapé.

— Je suis même surprise qu'il ait accepté que je vous accompagne ici, ajouta Maggie, attentive à rester dans son rôle.

— Il savait que tu adorerais avoir un aperçu de cette ville magique. D'autant plus que, grâce à Ahmed, tu n'es pas ici comme la première touriste venue. Tu bénéficies d'un accueil et d'un entourage tout à fait exceptionnels, reprit-il avec un petit rire.

— Vous pouvez être assuré que j'apprécie tout cela à sa juste valeur, répondit Maggie, qui commençait à bien s'amuser elle aussi.

— Tant mieux ! Je m'en réjouis, conclut Cord, que cette conversation avait détendu.

Un coup frappé à la porte les mit sur leurs gardes. Cord pria la personne d'entrer et la porte s'ouvrit sur le petit serviteur dont les yeux noirs firent immédiatement le tour de la pièce. Il apportait un châle pour Maggie.

— *Señor* Ahmed pense que vous aurez peut-être besoin de cela contre la fraîcheur du soir. Est-ce que je peux vous être utile, *señor* ?

— Non, je vous remercie, répondit Cord poliment. Ma jeune amie m'a déjà dépanné pour mon nœud de cravate.

— Je vois. Vous passez la soirée en ville, je crois ?

— Oh, nous ne rentrerons pas très tard ! précisa Cord.

— Je vous souhaite une bonne soirée.

Sur ce, il leur adressa un petit salut de la tête et se retira.

Cord attira Maggie près de lui.

— Tu as vu comme il est content de nous voir partir ? Il va avoir tout le temps de fouiller nos bagages.

— Il va se donner bien du mal pour rien ! s'amusa Maggie.

Cord passa la main dans les cheveux emmêlés de la jeune femme.

— Va te donner un coup de peigne et rejoins-moi dans le salon.

— D'accord. J'y suis dans deux minutes !

Un chauffeur les conduisit au restaurant choisi, mais ils ne se parlèrent guère pendant le trajet. Il leur semblait en effet que celui-là aussi était un peu trop attentif à chacun des mots qu'ils prononçaient.

Heureusement, une fois à l'intérieur de l'établissement, ils se sentirent plus libres. Bojo avait procédé à son inspection habituelle et n'avait rien découvert.

— Dès que nous aurons passé notre commande, expliqua Cord à Bojo et Rodrigo, Maggie me demandera de l'accompagner dans les jardins. Ils sont réputés pour leur beauté, et il est bien normal qu'une touriste ait envie de les découvrir pendant que l'on préparera notre repas. Nous allons d'ailleurs demander le méchoui de mouton parce que je sais qu'il faut une bonne heure pour le préparer. Cela nous laissera un créneau correct pour notre expédition à Global Enterprises, qui se trouve dans l'immeuble voisin. Avec les renseignements que Bojo nous a fournis, nous ne devrions avoir aucun mal à y pénétrer pour chercher ce qui nous intéresse.

— Mais comment allez-vous faire avec le coffre-fort ? demanda Bojo.

— Si je ne suis pas capable d'ouvrir un coffre-fort, c'est que je me suis trompé de métier !

— Oh, pardon ! s'excusa Bojo. Je ne voulais pas sous-estimer vos compétences.

— Bien sûr, il va y avoir des gardiens, ajouta Cord. Mais l'un d'entre eux est tombé malade ce matin et a dû être remplacé.

Il affichait l'air innocent de celui qui n'est strictement pour rien dans le malaise du malheureux gardien…

— Evidemment, le nouveau venu fait partie de notre équipe, et se chargera de détourner l'attention des autres gardes.

Il se tourna vers Maggie.

— Je t'ai demandé de m'accompagner parce que tu es suffisamment mince pour te glisser dans un conduit d'air conditionné qui tombe directement dans le bureau de Gruber. Nous avons de la chance qu'il existe, parce que deux portes blindées nous interdisent tout autre passage.

Maintenant qu'elle comprenait le rôle qu'elle allait devoir jouer, Maggie se sentait tout excitée. Elle osa cependant faire une remarque.

— Pourquoi moi ? Bojo est mince lui aussi.

— Oui, mais son absence serait remarquée, la tienne passera complètement inaperçue. Qui pourrait se douter que tu es un agent secret ?

Les yeux verts pétillèrent de malice.

— En effet, personne n'aurait l'idée d'imaginer une chose pareille !

— Accordons soigneusement nos montres, commanda Cord.

Ils les réglèrent à la seconde près.

A ce moment-là, le serveur s'avança pour les conduire à l'une des tables. Ils le suivirent jusqu'à celle qui se trouvait tout près de la baie qui donnait sur le jardin.

Maggie vit un billet de banque passer discrètement de la main de Bojo à celle du serveur. La table à laquelle on les avait conduits était parfaitement bien située pour servir leur projet, mais ce n'était pas le hasard qui avait bien fait les choses…

Une fois installés autour de la table ronde recouverte d'une nappe délicatement brodée de motifs géométriques aux couleurs vives, ils se lancèrent à voix basse dans une conversation animée sur un sujet brûlant d'actualité. La question des infiltrations d'immigrants dans la péninsule Ibérique par le détroit de Gibraltar opposait en effet l'Espagne et le Maroc.

— Voilà encore un exemple de ce que peuvent faire les nouveaux négriers, expliquait Bojo. J'estime que c'est le nom qu'il faut donner à ceux qui, à prix d'or, font franchir le détroit de façon illégale à de pauvres gens qui n'ont aucun point de chute de l'autre côté, et encore moins une piste de travail sérieux. Beaucoup de ces personnes sont des femmes ou des enfants qui tombent tout de suite dans la prostitution. Il y a aussi un lien avec Amsterdam, qui est un haut lieu de cette sinistre industrie. Notre pays a tenté de mettre un terme à ce commerce infâme, sans succès jusqu'à présent.

— La collusion entre l'argent et le pouvoir donne des résultats effrayants, commenta Cord. Malheureusement, c'est une alliance honteuse que j'ai souvent eu l'occasion de rencontrer, surtout en Afrique.

— Oui, je sais, confirma Bojo. C'est là que certains de nos collaborateurs ont payé cher leur lutte contre Gruber. Plusieurs sont morts dans un échange de coups de feu après que Gruber les eut vendus à l'armée du pays en question.

— Il payera ! affirma Cord, l'œil sombre. Pour cela, et pour tout le reste.

— Ce ne sera que justice, approuva Bojo.

Le serveur vint prendre leur commande et les trois

hommes en chœur recommandèrent à Maggie le méchoui qui était la spécialité du restaurant. Selon eux, il s'agissait d'une véritable merveille culinaire, moelleuse à souhait et parfumée avec un mélange spécial des meilleures épices marocaines. Bien sûr, elle accepta comme convenu, mais aussi avec le secret espoir que leurs activités d'espions leur permettraient tout de même de se délecter de ce plat si vanté et qui était pour elle totalement inconnu.

Dès que le serveur fut reparti vers les cuisines, « Jorge » proposa à son invitée d'aller visiter les jardins dont la brise du soir leur apportait déjà les parfums du jasmin et des roses. Galamment, il s'excusa d'être si vieux pour accompagner une aussi charmante jeune femme. Maggie se leva en riant et le prit par le bras pour franchir la baie vitrée.

Cord la conduisit directement vers le bosquet d'oliviers qui se trouvait au fond de la propriété. Puis, il la poussa dans une sorte de petit hangar où il se défit de son costume en lui demandant de retirer son élégante mais encombrante djellaba.

— Nous allons laisser nos vêtements ici, personne ne les remarquera. Est-ce que tu peux courir avec les chaussures que tu portes ?

— Bien sûr. J'ai fait attention à mettre des talons presque plats et des semelles en caoutchouc. Je ne glisserai pas et je te rappelle qu'au lycée j'étais première en course à pied !

— Parfait.

Il sortit son revolver de son étui, le vérifia, l'arma, mit

la sécurité et le rangea. C'est quand il fit ce geste que Maggie remarqua sous son autre bras un fin étui de cuir noir qui contenait un couteau.

Ces outils de travail d'un genre particulier l'impressionnèrent plus qu'elle ne l'aurait voulu. Elle réussit à ne manifester aucune réaction, mais se prit à espérer vivement qu'ils n'allaient pas avoir besoin d'échanger des coups de feu avec leurs adversaires. Que se passerait-il si, tout à coup, le courage lui manquait ? Allait-elle gêner Cord dans son travail ? Le mettre en danger, peut-être ? Pour l'instant, elle n'en savait rien. Elle ne connaîtrait véritablement la réponse à ces questions qu'après avoir affronté la situation.

Dès qu'elle fut elle aussi à l'aise dans son collant noir, Cord l'entraîna dans une ruelle sur laquelle donnait la petite porte en fer forgé du jardin, qui n'était pas fermée à clé. Hasard ou excellente organisation ? Ce n'était pas le moment de le demander.

Les bureaux de Global Enterprises se trouvaient tout près, dans un bâtiment passé à la chaux qui n'avait rien d'ostentatoire. Il ressemblait plutôt aux boutiques du Grand Socco, le bazar de Tanger, que Maggie avait eu l'occasion d'apercevoir quand elle s'était promenée dans la ville en compagnie de Gretchen.

— Je ne remarque rien d'extraordinaire pour l'instant ! avoua-t-elle, presque déçue.

— La plus dangereuse des araignées n'est pas non plus tellement différente de celles qui sont inoffensives !

C'était vrai…

— Maintenant, il vaut mieux que nous soyons aussi silencieux que possible, conseilla-t-il.

Il contourna le bâtiment, Maggie sur ses pas, tous deux veillant à se tenir dans l'obscurité, et ils arrivèrent devant une porte fermée par un système électronique. Cord n'eut aucun mal à le déjouer grâce au petit appareil qu'il avait apporté dans ce but. Ils se retrouvèrent ainsi dans une petite cuisine, déserte à cette heure tardive, à l'intérieur de laquelle se trouvait une autre porte, d'acier celle-ci, et verrouillée. Il leur fallait la franchir pour accéder à la partie la plus importante du bâtiment, celle où se trouvait le coffre de Gruber.

Cord grimpa sur une chaise et entreprit d'ouvrir le conduit d'air conditionné qui était protégé par une grille. D'un geste souple, il la fit basculer et la posa sur le sol. Ensuite, il tendit l'oreille.

Comme aucun son ne lui parvenait, il attira Maggie près de lui et lui montra un petit croquis qu'il venait de sortir de sa poche.

— Tu vas te faufiler dans ce conduit et avancer jusqu'à ce que tu parviennes à une autre grille. Sans faire de bruit, bien sûr. Tu as vu comment j'ai déplacé celle de la cuisine ? C'est très facile, elle est seulement posée, il n'y a rien à dévisser. Il suffit de pousser. Mais attention ! ne la laisse pas tomber, tu alerterais les gardiens. Ensuite, tu sauteras par terre le plus silencieusement possible et tu viendras déverrouiller cette porte derrière laquelle je t'attendrai.

Il désignait la porte blindée qui se trouvait au fond de la cuisine.

— Tu crois que tu vas y arriver?

— Bien sûr, assura Maggie.

Mais son cœur battait la chamade et elle était beaucoup moins rassurée qu'elle ne voulait le laisser paraître.

— J'imagine qu'il y a des hommes armés un peu partout dans cette maison?

— Oui. Si tu ne veux pas prendre le risque, nous…

— C'est pour toi que j'ai peur, coupa-t-elle, pas pour moi. J'ai une bonne pratique des arts martiaux et je me suis entraînée jusqu'à il n'y a pas si longtemps. Je sais grimper, je sais sauter. Tout ira bien, je suis tout à fait capable de faire ce que tu me demandes.

— J'en étais sûr, lui répondit Cord, mais c'était tout de même plus facile à affirmer quand je n'en étais qu'au stade des prévisions.

Elle lui sourit bravement.

— Tu peux compter sur moi, Cord.

A son tour, elle grimpa sur la chaise, s'agrippa au rebord du conduit et se hissa à l'intérieur à la force des bras. Cela lui demanda un certain effort car elle ne s'était pas entraînée récemment, mais elle était jeune et athlétique et y parvint dès sa première tentative. Une fois à l'intérieur du conduit, elle décida de retirer ses chaussures et les jeta à Cord en veillant bien à ce qu'il puisse les attraper. Dès lors, légère et parfaitement à son aise, elle se mit à ramper aussi efficacement que possible. Elle savait que le temps leur était compté et elle craignait que cela ne leur suffise pas pour mener leur tâche à bien.

Il faisait froid et noir dans ce gros tuyau et, sans être claustrophobe, elle avait néanmoins hâte d'en sortir. Elle craignait aussi que la présence de son corps dans cet espace restreint ne modifie l'arrivée d'air frais dans les pièces où se trouvaient les gardes et que ces derniers ne s'inquiètent de ce changement de température. Au bout d'un moment, elle s'arrêta pour chercher à apercevoir la grille et constata avec horreur qu'il n'y en avait pas une, mais deux, dans deux directions opposées. Que devait-elle faire ?

En bas, dans la cuisine, Cord attendait. Il avait pris son revolver en main et guettait le moindre mouvement signalant une présence. A un moment donné, l'éclat d'une torche brilla derrière la fenêtre. Il se baissa aussitôt de manière à rester dans la pénombre. L'un des gardes faisait sa ronde à l'extérieur. Malheureusement, ce n'était pas l'homme que Cord avait fait louer pour remplacer celui qui était tombé malade.

Le garde s'approcha de la fenêtre et inspecta la pièce avec sa torche, comme s'il suspectait quelque chose d'anormal. Cord s'aplatit contre le mur, priant le ciel pour que Maggie n'ouvre pas la porte blindée qui donnait dans la cuisine juste à ce moment. Si par malchance cela se produisait, la lumière se refléterait sur l'acier en train de pivoter et ils se retrouveraient pris dans un échange de coups de feu sans avoir rien fait d'utile.

Le cœur battant, il enleva la sécurité de son revolver

et chercha dans une poche spéciale située dans le bas de son étui le silencieux qu'il avait toujours avec lui. Si jamais les choses tournaient mal, il tirerait sur le bonhomme à travers la fenêtre ; il ne pouvait pas courir le risque d'être découvert. Non, surtout pas maintenant qu'il était sur le point de détruire l'empire de Gruber, cet empire du mal qui condamnait à l'enfer tant de malheureux innocents.

Là-haut, dans son conduit, Maggie devait prendre une décision rapide. Elle ferma les yeux et s'efforça de se remémorer le schéma que Cord lui avait montré. La peur et le trouble se liguaient si bien pour lui faire perdre son sang-froid que ses mains tremblaient. Tout à coup, elle se souvint. Oui, le corridor se divisait, mais la porte blindée se trouvait sur sa gauche.

Elle se glissa vers la grille de métal située de ce côté-là et entreprit de la faire basculer tout en la maintenant fermement pour l'empêcher de tomber, ce qui aurait immanquablement alerté quelqu'un.

Par chance, ce gros filtre de métal avait dû être mis en place récemment car il céda facilement sous sa pression. Elle le saisit à deux mains et le fit glisser dans le conduit où elle le cala en prenant soin de le laisser accessible de manière à pouvoir le remettre en place une fois leur mission accomplie.

Puis, le cœur battant à cent à l'heure, le sang tambourinant à ses tempes, elle s'accrocha au bord de l'ouverture et, lentement, soigneusement, elle se laissa glisser pour se rapprocher du sol recouvert de linoléum. Tous ces mouvements furent exécutés avec la légèreté et la souplesse d'un chat. Une fois au sol, elle s'arrêta, attendit un instant, l'oreille tendue. Comme aucun son ne lui parvenait, à part un très léger bruit en provenance de la cuisine qui devait être produit par Cord, elle estima que la voie était libre et traversa la pièce pour s'approcher de la lourde porte qui la séparait de la cuisine où l'attendait Cord.

Là, sans rencontrer aucune difficulté, elle fit jouer les verrous, mais, juste au moment où elle allait pousser la porte après avoir fait tourner la poignée, elle eut une sorte d'intuition, tout à fait irraisonnée, mais violente et irrésistible.

Dans la cuisine, les deux mains sur son arme, Cord se tenait prêt à tirer sur la fenêtre à la seconde où cela se révélerait nécessaire. Le garde se tenait juste devant, planté sur ses deux jambes comme s'il ne devait jamais s'en aller, et il parlait dans un téléphone mobile. Cord ne pouvait percevoir ce qu'il disait car les sons lui parvenaient étouffés, mais il commençait à avoir peur d'avoir été découvert.

Tirer sur ce garde ne résoudrait rien si ce dernier avait déjà signalé sa présence à quelqu'un d'autre. Furieux de cette complication inattendue, il laissa échapper un juron.

Mais, comme il tournait son regard en direction de la porte d'acier, il se rendit compte que quelque chose de bien pire encore était en train de se produire ! Les yeux écarquillés d'appréhension, il vit la poignée de la porte se mettre à tourner doucement. Affolé, il serra les lèvres. Si jamais Maggie pénétrait dans la pièce, le garde qui se tenait juste en face, à l'extérieur, l'apercevrait immédiatement et lui tirerait dessus. Il fallait qu'il la protège, coûte que coûte ! Il ferma les yeux. Si seulement il pouvait l'avertir qu'il y avait du danger... lui dire de ne pas continuer...

De l'autre côté de la porte, Maggie avait arrêté son geste. C'était exactement comme si quelqu'un l'avait appelée par son nom pour l'avertir de quelque danger. Elle fronça les sourcils et hésita un instant. La peur lui donnait de drôles de réactions ! Etait-ce bien le moment de céder à pareilles angoisses ?

Dehors, le garde pivota sur lui-même, prononça encore quelques mots dans son téléphone, et, tout à coup, la lumière de la torche se détourna. L'obscurité revint, salvatrice. Cord entendit le gravier craquer sous les pas de l'homme qui s'éloignait tout en continuant à inspecter l'allée avec le faisceau de sa torche.

Cord frissonna de soulagement. Puis il s'efforça de relâcher la tension douloureuse de ses muscles. C'est à ce moment-là que la poignée de la porte tourna de nouveau et que le visage blême de Maggie apparut dans l'entrebâillement. Elle regarda dans tous les coins avec inquiétude, puis, ne remarquant rien de suspect, elle continua à pousser le battant devant elle.

Cord se précipita vers elle, franchit la porte qu'il referma aussitôt derrière lui. Dès qu'il fut près de Maggie, il écrasa le corps de la jeune femme contre le sien et se mit à l'embrasser comme un fou. Ils l'avaient échappé belle, et elle était à mille lieues de s'en douter ! Il garderait cette émotion pour lui, mieux valait qu'elle n'en sache rien.

Ensemble cette fois, ils s'avancèrent dans le hall. Cord savait que le bureau de Gruber se trouvait à l'étage et qu'il était protégé par un système d'alarmes compliqué qui faisait intervenir jusqu'à des rayons infrarouges. Mais cela ne l'inquiétait pas. Il savait comment s'y prendre pour déjouer cet arsenal défensif. En fait, la véritable protection de Gruber était constituée par les deux imposantes portes d'acier, celle qu'ils venaient de franchir depuis la cuisine et une autre qui donnait dans une cour intérieure. Il les pensait imprenables, ce qui n'était pas faux, mais il avait oublié de compter avec le conduit d'air conditionné !

Une nouvelle fois, un bruit de pas alerta Cord tandis qu'ils étaient en train de monter l'escalier. Il plaqua Maggie contre le mur à côté de lui. Au bout d'un moment, ils entendirent avec soulagement les pas s'éloigner dans la direction opposée à celle du bureau de Gruber.

Ensuite, ils recommencèrent à avancer, vifs comme l'éclair. Une fois arrivés devant la porte du bureau, Cord sortit de sa poche un petit boîtier et se mit au travail pendant que Maggie dirigeait la lumière de la torche sur lui. Une minute plus tard à peine, ils se trouvaient dans le bureau et avaient refermé la porte derrière eux.

Cord pensait que la pièce était truffée d'écoutes et peut-être même piégée. Il fit signe à Maggie de rester devant la porte et de faire le guet. Puis, avec le petit appareil qu'il avait apporté dans ce but, il exécuta quelques gestes qui lui révélèrent tout un entrecroisement de faisceaux laser au niveau du sol. Il s'avança en veillant à les éviter, y compris le dernier, qui se trouvait à la hauteur de son cou, grâce à une gymnastique compliquée. Il arriva ainsi devant l'énorme coffre-fort placé derrière le bureau en chêne de Gruber. Une fois là, il se mit au travail.

Le moindre son était amplifié. Maggie se surprit en train de se ronger les ongles nerveusement, ce qui ne lui était plus arrivé depuis l'école primaire. De temps à autre, elle consultait sa montre et sa nervosité montait d'un cran. Il leur restait à peu près un quart d'heure maintenant pour terminer leur travail et regagner le restaurant s'ils ne voulaient pas que leur absence éveille les soupçons. Comment pourraient-ils jamais réussir à forcer le coffre, quitter ce bâtiment et se rhabiller en un laps de temps aussi bref ?

Son souffle se faisait de plus en plus court tandis qu'elle observait avec angoisse les gestes habiles de Cord. Cette fois, elle était bel et bien au cœur de l'action ! Une mission secrète, c'était exactement cela, agir en cachette et courir des dangers ! A chaque instant, il était possible de découvrir un indice intéressant, mais, à chaque seconde aussi, la mort pouvait se trouver au rendez-vous. Un faux mouvement, un bruit involontaire, et tout était terminé. Rien que le fait d'imaginer le nombre de fois où Cord s'était trouvé dans cette situation au cours de sa carrière lui donnait des sueurs froides.

Les mains de Cord continuaient leur travail minutieux et pour elle incompréhensible. Elle n'était pas froussarde, mais cette attente lui était insupportable. Tous les muscles de son corps étaient si tendus qu'elle s'attendait à avoir des crampes à tout moment.

Soudain, la porte du coffre s'ouvrit comme naturellement et Cord se glissa à l'intérieur. Là, il dirigea le faisceau de sa torche sur chaque étagère comme s'il disposait de l'éternité tout entière pour en faire l'examen. Maggie mourait d'envie d'aller y voir de plus près, mais elle préféra refréner sa curiosité et rester à l'écoute près de la porte. Au loin, il lui sembla entendre un bruit de pas. Elle ferma les yeux pour mieux se concentrer et elle acquit rapidement la certitude qu'ils se rapprochaient d'eux.

Que faisait donc Cord dans le coffre ? Il ne lui donnait pas l'impression d'y prendre quoi que ce soit… Enfin, elle le vit sortir et le refermer, juste au moment où des pas lourds arrivaient pratiquement à leur hauteur dans le hall. Que feraient-ils si jamais le gardien décidait de venir inspecter le bureau de son patron ?

Cord avait entendu lui aussi. Il jeta un coup d'œil à Maggie et lui fit comprendre d'un signe de tête qu'elle devait se rapprocher de la porte. Il entreprit de revenir vers elle en prenant les mêmes précautions qu'à l'aller et, dès qu'il l'eut rejointe, il la plaqua contre le mur avant de la pousser vers la fenêtre. Là, ils se glissèrent derrière les épais rideaux qui descendaient jusqu'au sol. Il prit Maggie par la main et, de l'autre, il saisit son revolver dont il défit la sécurité.

Ils entendirent un bruit de clé dans une serrure. Puis la porte s'ouvrit et quelqu'un alluma la lumière. Maggie s'attendait à cette éventualité et s'était préparée à maîtriser sa réaction. Elle ne bougea pas et retint sa respiration. A côté d'elle, elle sentait le corps de Cord qui retenait son souffle lui aussi, parfaitement immobile.

A peine quelques secondes plus tard, la lumière s'éteignit, ils entendirent la porte se refermer et la clé tourner de nouveau dans la serrure. Une sorte de gémissement leur parvint, qu'ils interprétèrent comme la remise en service de la surveillance électronique. A la suite de quoi, les pas s'éloignèrent dans le couloir.

Cord se mit à rire doucement, mais Maggie, encore paralysée par la terreur, n'avait aucune envie d'en faire autant ! Rassuré sur leur tranquillité, tout au moins pour l'instant, Cord la fit sortir de derrière les rideaux et tendit l'oreille. Aucun bruit ne leur parvint. Ils attendirent encore quelques secondes avant de sortir. Cord referma soigneusement la porte du bureau et ils descendirent l'escalier qui conduisait vers le hall et la cuisine.

En passant dans la petite pièce située devant la cuisine, ils remirent soigneusement en place la grille qui obstruait le conduit d'air conditionné, de manière à ce que leur intervention ne soit pas découverte.

Cela fait, ils se rapprochèrent de la porte blindée dont Cord repositionna le verrou avant de la franchir pour regagner la cuisine. Ils entendirent le mécanisme se rabattre derrière eux. Pour s'assurer que tout était bien en place, Cord essaya d'ouvrir, sans succès. C'était parfait. La porte était correctement refermée. Mission accomplie !

Il consulta sa montre. D'après les renseignements que lui avait donnés Bojo, le garde devait recommencer sa ronde dans trois minutes. Il fallait faire vite.

Ils regagnèrent la porte par laquelle ils s'étaient introduits dans le bâtiment. Maggie récupéra ses chaussures pendant que Cord rétablissait les codes de sécurité qu'il avait momentanément annulés, puis il prit Maggie par le bras et ordonna :

— Courons !

Ils se précipitèrent dans l'allée du bâtiment, traversèrent les buissons de la haie et regagnèrent la ruelle où ils continuèrent leur course. Aucun bruit de pas derrière eux ne les inquiéta. Apparemment, ils n'étaient pas suivis, mais ils ne ralentirent qu'en atteignant le jardin du restaurant. Là, Cord se mit à rire.

— Je ne vois pas ce que tu trouves d'amusant à tout ça ! commenta Maggie. En ce qui me concerne, j'ai trouvé cette aventure plus terrifiante que drôle ! Je me demande comment tu peux faire ça tous les jours ou presque…

Pour toute réponse, Cord l'attira dans ses bras et se mit à l'embrasser avec férocité. Le danger avait dû jouer sur ses nerfs à lui aussi. Maggie le laissa faire et sentit monter en elle un violent désir de faire l'amour. Sans la moindre fausse honte, elle le lui dit.

Cord la prit par la main et ils regagnèrent le petit abri où ils avaient abandonné leurs vêtements un peu plus tôt. Il referma la porte sur eux et ils s'y retrouvèrent seuls au monde. Oublieux de tous les dangers, de toutes les menaces, Cord plaqua Maggie contre le mur de pierre, la débarrassa de sa combinaison collante tout en pressant sa bouche contre la sienne. Dès qu'elle se retrouva nue, il la pénétra avec une fougue qui la laissa sans voix, mais déjà le rythme qui berçait ses hanches l'enflammait tout entière.

— Ne crie pas ! recommanda Cord.

Le bruit de leurs respirations mêlées emplissait l'espace réduit dans lequel ils se trouvaient. Cord allait et venait en elle avec une impatience qu'elle ne cherchait pas à maîtriser. Très vite, ils sentirent la spirale du plaisir monter en eux.

— Plus fort ! supplia-t-elle.

Son corps s'était ouvert pour accueillir Cord, tiède, humide, soyeux. Comment croire que, un mois plus tôt à peine, elle était une femme paralysée par les inhibitions ? Au moment où les vagues de volupté la submergèrent, elle enfonça ses ongles dans l'épaule de son amant et poussa de toute la force de ses hanches pour l'aider à la pénétrer encore plus profondément. Elle sentait sa puissance virile emplir son corps voluptueusement, jusqu'à la faire exploser de plaisir. Agité par une puissante convulsion de volupté, Cord gémit contre elle, puis, très vite, se redressa.

Ensemble, ils frissonnèrent et, tout à coup, ils se

regardèrent, incrédules. Qu'étaient-ils en train de faire au lieu de se dépêcher de rejoindre leurs amis qui les attendaient au restaurant ?

— Je voudrais continuer, murmura Cord, mais ce ne serait vraiment pas prudent. Il nous faut retourner à table maintenant.

— Je me fiche du méchoui ! protesta Maggie.

— Peut-être, mais nous sommes en service commandé, ne l'oublie pas !

Maggie afficha une moue mécontente.

— Moi qui croyais que tu allais refuser mes avances ! avoua Cord en riant. Tu es une femme libérée ou je n'y connais rien !

— Seulement avec toi…, confia Maggie. Quand tu me serres dans tes bras, c'est comme si je prenais un aphrodisiaque ! Mais dis-moi… tu faisais ça avec d'autres femmes chaque fois que tu avais terminé ta mission ?

La pointe de jalousie qui perçait dans sa voix n'échappa pas à Cord.

— Dans un abri de jardin, derrière un restaurant, avec plein d'hommes armés dans le quartier ? Non, désolé ! C'est une première.

Il enfila son pantalon et la fixa dans la pénombre.

— Maggie, il faut que ce soit toi pour que je fasse une chose aussi folle !

Ils se rhabillèrent tous les deux et Cord remit soigneusement en place la perruque blanche.

Gentiment, il brossa du revers de la main la djellaba

de Maggie, qui était un peu poussiéreuse après ce séjour loin des salons de réception.

— Te revoilà présentable !

Il reprit sa canne, se voûta de nouveau afin de se remettre dans la peau de son cousin Jorge et ouvrit la porte.

Maggie n'avait pas envie de retenir plus longtemps la question qui lui brûlait les lèvres.

— Et le coffre, Cord ? Il me semble que tu n'y as rien pris.

— Détrompe-toi…, répondit-il, mystérieux.

Sans un mot de plus, il l'escorta jusqu'à leur table, où le serveur avait déjà apporté le méchoui brûlant et odorant. Des senteurs de cumin flattèrent leurs papilles et ils se mirent à saliver de gourmandise.

— Nous arrivons juste à temps ! commenta Cord en s'installant à sa place. Et je puis vous assurer que cette promenade dans le jardin m'a sérieusement ouvert l'appétit !

Maggie ne rougit pas, non, mais elle ne put empêcher un petit sourire de naître sur ses lèvres.

13

Après l'excitation des moments qu'elle venait de partager avec Cord, Maggie trouva le retour chez Ahmed presque déprimant. Elle passa en revue tout ce qu'elle avait vécu au cours de cette étonnante soirée et comprit qu'elle venait d'avoir son baptême du feu. Somme toute, elle s'en était bien tirée. Elle n'avait même pas besoin de demander à Cord s'il était content d'elle, la réponse se lisait facilement dans ses yeux brillant de fierté.

Par contre, ce qui s'était passé avec lui dans la cabane à outils la laissait un peu mal à l'aise. Elle s'était abandonnée sans réfléchir, sous l'impulsion du moment, et elle avait éprouvé bien du plaisir, le problème n'était pas là. Ce qui la gênait, c'était de penser qu'elle avait si peu de contrôle sur ses passions. Etait-il bien normal de céder ainsi à son désir sur un coup de tête ? Comment savoir ? Toujours est-il que Cord la regardait différemment maintenant, avec un mélange d'orgueil et de possession qui la comblait de bonheur. Si seulement… oui, si seulement elle pouvait arrêter le temps ! Faire en sorte que jamais il n'apprenne les abominables souvenirs qui hantaient son passé… Si elle avait le pouvoir de garder dans une bulle, à l'abri de tout, les quelques jours qu'ils venaient de vivre ensemble, comme elle serait heureuse !

— Nous partirons demain avec le ferry du matin, annonça « Jorge » quand ils eurent regagné l'élégant salon d'Ahmed.

Et, comme les serviteurs se tenaient à la porte, prêts à obéir aux ordres de leur maître, mais aussi bien postés pour entendre leur conversation, il ajouta :

— Je suis désolé de rentrer aussi rapidement, Ahmed, mais je préfère ne pas laisser Cord seul trop longtemps. Il a encore du mal à supporter son état et appréciera notre retour, j'en suis sûr.

— Je comprends, approuva Ahmed. J'ai été très heureux de vous accueillir tous les deux. Maggie, il faudra revenir nous voir quand Carmen sera davantage disponible. En attendant, permettez-moi de vous faire un compliment.

En prononçant ces mots, il saisit la main de Maggie et déposa un baiser sur le bout de ses doigts.

— Vous êtes une jeune femme exceptionnelle, mademoiselle, je n'en dirai pas davantage !

Le sens caché de ce compliment n'échappa évidemment ni à Cord ni à Maggie, qui rosit de plaisir.

— J'ai découvert votre belle ville avec beaucoup de plaisir et j'espère avoir l'occasion de revenir bientôt. Transmettez mon bon souvenir à Carmen, avec qui j'espère faire plus ample connaissance la prochaine fois.

— Vous serez toujours la bienvenue, assura Ahmed, et, bien sûr, vous aussi, cousin Jorge.

Cord s'appuya sur sa canne et se contenta de sourire.

En théorie, le ferry devait quitter Tanger à 8 heures. Dans la pratique, ce fut exactement comme à l'aller : le départ était laissé à l'initiative plus ou moins fantaisiste de l'opérateur. Ce serait 9 heures, ou peut-être 10... En attendant le bon vouloir du responsable, la queue des voitures s'allongeait, et, à l'intérieur, les gens lisaient le journal, discutaient ou écoutaient de la musique, résignés. Maggie remarqua une fois de plus, et avec une surprise renouvelée, que dans ce pays personne ne paraissait jamais pressé.

Elle avait bien du mal à faire preuve de la même patience. Elle ne faisait aucune remarque, mais « Jorge » aperçut ses mains crispées sur le volant.

— Du calme, *niña* ! conseilla-t-il en faisant un signe de tête vers le tableau de bord pour lui rappeler qu'ils étaient sur écoute. Je vais t'enseigner un beau proverbe marocain : « L'homme pressé est déjà mort. » Tu ne crois pas que ça donne à réfléchir ?

Maggie laissa malgré tout échapper un grognement d'agacement. Quand donc seraient-ils enfin tranquilles, débarrassés de toute surveillance ? Elle se demandait ce que Cord avait trouvé dans le coffre de Gruber. Ils n'avaient pas encore eu l'occasion de parler tranquillement et elle commençait à se sentir extrêmement frustrée d'avoir participé à une intervention dangereuse mais réussie sans savoir à quoi elle avait servi !

— C'est horripilant ! grogna-t-elle.

Dans sa bouche, cette exclamation ne faisait pas référence à l'attente imposée par le ferry.

« Jorge » eut un petit geste de la main, insouciant, et adressa un sourire à Bojo et à Rodrigo, qui se tenaient assis sur la banquette arrière, imperturbables.

— Un peu de patience, reprit-il. Il n'y en a plus pour longtemps, maintenant. Nous allons pouvoir bientôt raconter à Cord notre séjour chez notre sympathique cousin Ahmed.

— Sympathique et accueillant, ajouta Maggie, un peu rassérénée de comprendre à demi-mot qu'elle serait bientôt mise au courant de ce qui lui échappait.

A ce moment-là, la file de voitures commença à bouger et, automatiquement, Maggie se détendit.

— Tu vois, remarqua « Jorge », je te disais bien qu'il n'y en avait plus pour longtemps. En avant !

Ils firent donc la traversée en sens inverse pour rejoindre Gibraltar, puis l'Espagne. Bien sûr, ils durent de nouveau subir les formalités réglementaires, mais cela n'incommoda pas la jeune femme. Elle se sentait de plus en plus en sécurité, et ce sentiment de tranquillité fut encore plus grand quand elle se retrouva sur la route qui les ramenait à la *finca* de Jorge. Toutefois, elle ne devait pas oublier qu'elle transportait un espion invisible ! Furieuse de nouveau, elle fusilla du regard le tableau de bord.

Une fois la voiture garée, tout le monde en descendit, et Cord se rapprocha de Rodrigo, à qui il se mit à parler dans un espagnol si rapide qu'elle ne put comprendre de quoi il s'agissait. Ce dernier fila immédiatement en direction de la grange.

Cord et Maggie rentrèrent alors dans la maison où le vrai Jorge les attendait avec impatience, pressé d'apprendre ce qui s'était passé, et un peu las de sa réclusion forcée.

— Alors ? se hâta-t-il de demander. Comment ça s'est passé ? Vous pouvez parler librement, nous sommes tranquilles. Tes hommes ont passé la maison au peigne fin et m'ont assuré n'avoir trouvé aucun appareil d'écoute.

— Enfin ! s'écria Maggie. Je n'en peux plus d'être espionnée sans cesse. Je me sens surveillée même quand je suis seule !

— Maintenant, tu sais réellement à quel point c'est désagréable de n'avoir aucune intimité, commenta Cord. C'est un des inconvénients du métier, pas le plus dangereux, certes, mais certainement l'un des plus contraignants.

Avec un geste théâtral, il porta la main à ses cheveux et retira sa perruque blanche.

— Nous prendrons l'avion demain après-midi pour Amsterdam, annonça-t-il. Rodrigo nous conduira à l'aéroport de Malaga, d'où nous nous envolerons.

— Tu pars avec ton déguisement ?

— Non. En tout cas, pas celui-ci, répondit Cord. Je

reprends mes lunettes noires et Maggie me guidera de nouveau. Au fait, merci de m'avoir prêté ton identité !

— Tu as trouvé les preuves que tu cherchais ? demanda Jorge.

— Oui.

Maggie tendit l'oreille, mais il n'ajouta rien.

Après le dîner qui leur permit de déguster la paëlla que Jorge avait commandée pour fêter leur retour, elle ne resta que peu de temps à table avec ses compagnons. L'activité physique qu'elle avait déployée la veille l'avait épuisée. Il y avait longtemps qu'elle ne s'était démenée de cette façon, et elle aspirait à un long bain chaud pour détendre ses muscles fatigués. Elle s'accorda donc un grand moment de détente dans l'immense baignoire à jets qui était à sa disposition et joignit à ce massage bienfaisant le luxe de sels de bain qui avaient été délicatement disposés à son intention dans un joli flacon de verre turquoise.

Les yeux clos afin de mieux se laisser aller à la détente bienfaisante, elle entendit la porte de la salle de bains s'ouvrir et se refermer. C'était Cord, revêtu en tout et pour tout d'une serviette de bain qui lui ceignait la taille et qu'il laissa tomber avant de la rejoindre dans la baignoire.

— Oh ! Que va dire ton cousin s'il se doute de quelque chose ?

— Rien du tout ! Je t'ai déjà dit qu'il savait parfaitement ce qu'est l'amour.

Maggie n'avait pas l'intention de protester davantage. Elle se jeta dans les bras de Cord, ce qui eut pour effet immédiat de provoquer de grandes éclaboussures sur le carrelage. Cord se releva alors, sortit de la baignoire et se pencha pour soulever Maggie. Il jeta vivement un peignoir de bain sur le sol et y allongea la jeune femme avant de s'étendre sur elle de tout son poids.

Déjà, Maggie s'arc-boutait, affamée à l'idée de sentir les poussées de Cord au plus intime d'elle-même et avide de le regarder pendant qu'il lui faisait l'amour avec ardeur. Chaque fois, c'était un peu plus passionné, un peu plus satisfaisant. Elle adorait le regarder dans les yeux pendant qu'il la comblait. Elle aimait entendre sa respiration essoufflée pendant que, penché sur elle, il se lançait en elle de toute la force de ses reins.

— Je n'arrive pas à me rassasier de toi…, murmura-t-il.

— Ni moi de toi, répondit-elle en s'incurvant de manière à lui présenter ses tétons raidis par le plaisir.

Elle le regarda pendant qu'il les embrassait tout en continuant à bouger en elle et gémit de plaisir. Elle enroula ses jambes autour des cuisses de Cord de manière à encore mieux le plaquer contre elle.

— Je ne sais pas si je vais pouvoir attendre longtemps…, s'inquiéta Cord.

— Viens, ne te retiens pas… Je suis prête !

Cet encouragement suffit à déclencher chez Cord un

paroxysme de plaisir qui le raidit tout entier avant qu'il ne se mette à trembler et à palpiter convulsivement. Maggie sentit à son tour son corps exploser de volupté. Elle cria sauvagement contre la bouche de son amant, effrayée par la violence des sensations qu'elle éprouvait. Les sensations qu'elle découvrait ce soir étaient sans commune mesure avec tout ce qu'elle avait ressenti jusque-là.

Cord releva la tête. Il était déjà rassasié, mais cela ne l'empêcha pas de jouir aussi de la volupté de sa compagne. Il l'observa, attentif à ses réactions, de manière à lui donner encore les quelques coups de reins qui augmenteraient le plaisir qu'elle était en train de connaître. Il lut dans les yeux verts de Maggie qu'une telle intensité lui faisait peur, ce que confirmaient les tremblements dont son corps fut agité après coup.

Il comprenait parfaitement cela. C'était difficile de s'abandonner à ce point à quelqu'un, d'accorder autant de pouvoir sur soi-même à un autre être. Mais elle allait apprendre, comme lui-même l'avait appris, à faire confiance.

— Non, tu ne vas pas mourir, souffla-t-il à son oreille, même si tu as l'impression que c'est ce qui est en train de t'arriver.

Maggie entendit à peine les mots qu'il prononçait. Elle serra les dents et se souleva vers lui dans un ultime élan de volupté. Cette dernière convulsion fut profonde et douce, comme une marée qui se retire. Aveugle et sourde à tout ce qui n'était pas le relâchement de la tension qui venait de la porter, elle tenta de regarder Cord, mais ne l'aperçut que dans une sorte de brouillard, avant de se laisser aller à l'obscurité bienfaisante du sommeil.

Des baisers pleins de tendresse caressaient ses yeux clos, sa bouche encore essoufflée. Elle sentit des lèvres fermes frôler son corps alors qu'elle était encore toute palpitante du plaisir qu'elle venait de connaître.

— Tu sais quoi ? murmura la voix amoureuse de Cord. Tu me donnes l'impression que je suis le meilleur amant du monde !

— Mais c'est exactement ce que tu es !

Il lui mordilla l'oreille.

— Non, mais tu réagis comme si c'était vrai. En fait, ce n'est pas le plaisir physique qui compte, Maggie. C'est l'émotion que l'on ressent avec la personne qui provoque ce plaisir.

Il recommença à l'embrasser, déposant sur le corps encore plein de fièvre de la jeune femme une longue traînée de baisers passionnés.

Maggie laissa échapper un soupir.

— Tu veux dire que c'est parce que je t'aime que…

Cord interrompit un instant ses baisers.

— Et parce que moi aussi, je t'aime.

Maggie retint un petit sursaut. Elle était en train de devenir folle. C'était sûr et certain.

— Tu ne t'en doutais pas un peu ? demanda Cord.

Cette fois, il avait relevé son visage pour la regarder au fond des yeux.

— Combien de fois déjà avons-nous fait l'amour ensemble ? Tu as bien vu que je n'ai jamais pris de précautions... Tu ne crois pas que cela signifie quelque chose ?

Elle caressa du bout des doigts ce visage qu'elle aimait tant.

— Je ne pense pas pouvoir être enceinte facilement...

— Ce sera sûrement moins difficile que ce que tu crois. D'autant moins que j'ai une terrible envie de te faire un bébé !

Maggie ne savait plus que penser.

— Tu parles sous le coup de l'excitation...

— Bien sûr ! De l'excitation amoureuse. J'ai trente-quatre ans, poursuivit-il, tu en as vingt-six. Nous nous connaissons depuis des années et un nouveau lien, torride, et qui ne fait que s'intensifier, vient de se créer entre nous. Nous avons cette chance extraordinaire de pouvoir nous donner du plaisir l'un à l'autre.

Subjuguée, Maggie l'écoutait parler. Mais ce qui l'étonnait encore plus que les mots qu'il prononçait, c'était le fait de se laisser contempler, nue, sans en ressentir la moindre gêne. Au lieu d'éprouver de l'embarras, elle se sentait au contraire flattée, comme si toute sa féminité enfouie jusque-là était révélée à elle-même pour s'épanouir sous ce regard amoureux.

— Dès que nous serons de retour à Houston, annonça-t-il, je vais lancer les formalités pour notre mariage.

Un sourire indulgent flotta sur les lèvres de Maggie.

Cord rêvait à voix haute, tout simplement. Cord Romero ne se remarierait jamais ! Il l'avait suffisamment clamé haut et fort lui-même.

— Pourquoi souris-tu ? demanda-t-il en voyant qu'elle ne lui répondait pas.

— Je rêve les yeux ouverts…

Cord sentait la vigueur lui revenir. Il se redressa, écarta les jambes de Maggie et se prépara à la pénétrer de nouveau.

— Cord…

— Aide-moi à entrer…

A petits coups de hanches, il se glissa en elle, et chacun de ses mouvements déclencha un spasme de plaisir chez Maggie.

Il la regardait commencer à jouir, excité par ses réactions et émerveillé de susciter chez elle pareille passion.

— Je n'ai jamais regardé quelqu'un comme je te regarde en ce moment, confia-t-il.

— Qu'est-ce que tu regardes ?

— Toi, en train de me laisser pénétrer dans ce que tu as de plus intime. Toi, en train de t'ouvrir pour moi !

A son tour, elle se releva un peu pour le regarder aussi. Ils en éprouvèrent tous les deux une jouissance intense.

Puis elle ferma les yeux en gémissant, en se contorsionnant, en haletant. Le plaisir, extrême un instant plus tôt, était devenu presque insupportable. Impitoyable, Cord continuait à l'envahir avec des poussées rythmées, d'abord lentes, puis de plus en plus rapides. Maggie gardait les yeux ouverts, mais elle ne voyait plus rien. Elle s'était transformée en une sorte de météore qui volait dans un espace devenu un long tunnel de plaisir.

Cord la sentit jouir avant que la convulsion de l'extase ne le saisisse lui-même. Puis il se laissa tomber sur elle, le corps lourd, brûlant, et ils restèrent un long moment ainsi, à frissonner l'un sur l'autre.

Maggie était trop épuisée pour bouger ou parler. Les battements de son cœur étaient si violents qu'ils en étaient tous les deux ébranlés.

Cord se retira d'elle avant qu'elle n'ait pu protester. Elle sentit qu'il la transportait sur le lit et ramenait les draps sur elle. Aussitôt, elle plongea dans un sommeil sans rêves.

Le lendemain matin, elle était encore plus courbaturée que la veille et à la fatigue causée par ses acrobaties d'espionne s'ajoutaient maintenant les douleurs causées par le carrelage de la salle de bains. Dans le feu de l'action, elle n'avait pas senti la dureté du sol, mais, aujourd'hui, son dos se rappelait à elle.

Cord pénétra dans sa chambre alors qu'elle était en train de coiffer ses longs cheveux. Il était impeccable dans son pantalon en lin beige et sa chemise claire.

— Excuse-moi, dit-il en s'approchant de la coiffeuse. Tu es certainement fatiguée aujourd'hui, mais, quand je commence à te toucher, je ne peux plus m'arrêter…

Leurs regards se croisèrent dans le miroir. Pareilles

excuses surprirent Maggie, qui répondit avec sincérité :

— Moi non plus !

Il se pencha pour l'embrasser tendrement et lui prit la brosse des mains. Longuement, il lissa les boucles brunes, glissant de temps à autre ses doigts dans l'épaisseur soyeuse qui retombait sur les épaules de la jeune femme. Elle attira la main de Cord jusqu'à sa bouche et l'embrassa avec ferveur.

— Je t'aime de tout mon cœur.

— Moi aussi, je t'aime de tout mon cœur, reprit-il et il se pencha pour l'embrasser passionnément sur la bouche.

Au bout d'un moment, il s'obligea à se redresser. Son regard était brûlant et les battements de son cœur s'étaient accélérés.

— Maggie, plus je fais l'amour avec toi, plus j'ai envie de recommencer ! Je sens que c'est quelque chose qui fait partie de moi, maintenant, qui ne s'arrêtera jamais ; c'est pour cela que je veux t'épouser. Et puis... je suis assez vieux jeu en ce qui concerne les enfants. Je veux qu'ils portent mon nom !

Cord parlait avec tant de passion, il paraissait si sûr de lui, que sa confiance commençait à influencer Maggie. Elle se laissait prendre au jeu malgré elle, car évidemment cela ne pouvait être qu'un jeu. La réalité serait autre, mais, pour un instant, elle pouvait se laisser bercer par cette douce perspective. Elle pouvait croire à l'amour, et à l'extraordinaire bonheur qui l'accompagne. Oui, elle pouvait rêver.

— Tu verras, je te gâterai, poursuivit Cord, qui, interprétant de façon erronée le regard rêveur de la jeune femme, croyait qu'elle le suivait dans son récit. Tu auras tout ce que tu voudras. Je ne partirai plus en mission, je resterai au ranch où j'élèverai du bétail.

« Et forcément, au bout de quelque temps, tu me haïras, pensa Maggie, et tu détesteras aussi le bébé, forcément, puisque nous t'empêcherons tous les deux de faire ce que tu aimes le plus au monde : prendre des risques dans ton métier. »

De toute façon, étant donné la menace que son passé faisait peser sur elle, elle ne pouvait pas faire de projets au-delà du court terme. Cord serait horrifié quand il apprendrait ce qu'elle réussissait encore à lui cacher. Il ne voudrait plus la voir. Mieux valait éviter que cela se produise, et pour cela le tenir à distance était le meilleur moyen de le protéger. Ce serait aussi un moyen de lui épargner la déception de sa stérilité. Car, elle le sentait, jamais plus elle ne pourrait tomber enceinte après ce qu'Evans lui avait fait subir. Les médecins lui avaient laissé bien peu d'espoirs et elle avait tenu à se montrer honnête avec Cord à ce sujet. S'il refusait de la croire, tant pis pour lui, elle n'y pouvait rien !

Aussi, tandis que Cord continuait à lui décrire un avenir idyllique au ranch, avec une grande famille autour d'eux, elle se voyait au contraire vieillir seule, loin de lui, mais avec au fond du cœur le merveilleux souvenir des moments d'amour qu'ils avaient partagés. Et celui de l'excitation liée au danger qu'elle connaissait aussi désormais. Comment ne pas fondre de reconnaissance pour celui qui lui avait permis de découvrir tant de choses en si peu de temps ?

— Tu ne me réponds rien ? demanda-t-il au bout d'un moment, un peu étonné de la voir garder le silence.

— Non. Il me suffit de t'écouter et de te regarder pour être heureuse. Alors à quoi bon ajouter des mots sur un bonheur pareil ?

Cord laissa échapper un soupir. Quelque chose la tracassait, il en était sûr, mais quoi ? Elle ne voulait rien lui dire. Il était persuadé que sa fausse couche n'était pas la cause de son mutisme. Il y avait autre chose encore. Quelque chose de beaucoup plus grave, sans doute. Une fois de plus, il maudit le passé qui la hantait sans qu'il puisse l'aider. Il l'aimait comme un fou, il voulait passer sa vie auprès d'elle et, face à cela, elle se contentait de lui répondre du bout des lèvres. Comment découvrir son secret ?

Une certitude se faisait jour dans son esprit : Maggie ne lui dirait jamais rien. S'il voulait en savoir plus, il faudrait qu'il cherche lui-même dans son passé.

Il se redressa, déterminé. Si c'était cela la clé de son bonheur avec Maggie, il passerait par-dessus la résistance de la jeune femme. Il mènerait son enquête. Seul. Jusqu'au bout.

***

Le vol vers Amsterdam fut rapide. Ils eurent à peine le temps de prendre un repas et de parler un peu de leur délicieux séjour chez Jorge que déjà ils atterrissaient à l'aéroport de Schiphol. Maggie remarqua que les indications étaient mentionnées en néerlandais, mais aussi en anglais, en polonais.

— C'est à cause de la forte immigration polonaise, mais il y a aussi beaucoup de touristes, expliqua Cord. Tu verras même des inscriptions en japonais !

— Mon Dieu ! s'écria Maggie. J'espère que je ne vais pas avoir besoin de conduire !

— Non, rassure-toi. Nous allons prendre un taxi pour rejoindre notre hôtel.

— Où allons-nous nous installer ?

— Au cœur de l'action, près de Dam Square, dans un bel hôtel près des boutiques chic et des cafés qui bordent les canaux.

— Oh, j'ai toujours rêvé de voir les canaux d'Amsterdam !

— Nous irons même nous promener dessus. Bien sûr, je n'y verrai rien, dit-il en rajustant ses lunettes noires, mais tu seras mes yeux.

Encore une fois, par mesure de prudence, ils préféraient continuer à se comporter comme si, déjà, des complices de Gruber les avaient repérés à l'aéroport.

— D'accord, opina Maggie. Je serai tes yeux, tes oreilles, tout ce que tu voudras ! Je voudrais..., murmura-t-elle en se penchant tout près de lui, je voudrais que tu saches que les derniers jours que je viens de vivre avec toi me sont plus précieux que tout ce que j'avais vécu jusqu'à présent.

Cord fronça les sourcils, un peu inquiet. Voilà qui sonnait comme un glas à ses oreilles. Qu'est-ce que Maggie essayait de lui annoncer, à mots couverts ?

Ils effectuèrent les différentes formalités, changèrent de l'argent à un distributeur et sortirent héler un taxi. Il faisait un grand soleil dehors ; Maggie trouva cela encourageant.

Comme le chauffeur essayait de leur poser quelques questions dans un anglais maladroit, Maggie eut la surprise d'entendre Cord lui répondre en néerlandais.

— Je ne savais pas que tu parlais néerlandais !

— Ah, je pensais te l'avoir déjà dit. Quoi qu'il en soit, j'adore cette langue. Et les gens qui la parlent sont fascinants, tu le découvriras par toi-même dans les jours qui viennent. Ils sont intelligents, travailleurs, et ils ont réussi à gagner de la terre sur la mer d'une façon tout à fait remarquable grâce à leur système d'assèchement des marais.

— J'ai entendu parler de la lutte incessante qu'ils mènent pour garder leur pays au-dessus du niveau de la mer. C'est assez impressionnant.

Poliment, Cord traduisit pour le chauffeur la conversation qu'ils venaient d'avoir en anglais. Celui-ci afficha alors un sourire satisfait, flatté sans doute de voir son pays et ses compatriotes appréciés.

***

La traversée de la ville prit un peu de temps car les rues étaient étroites et fréquentées par des autobus et de nombreux cyclistes. Il y avait aussi tellement de piétons, touristes ou non, que c'était un petit miracle que chacun réussisse à se déplacer.

— Je n'ai jamais vu autant de monde dans la rue ! Est-ce parce que la saison touristique bat son plein en ce moment ?

— Non, il y a toujours beaucoup de monde ici, assura Cord en cherchant la monnaie pour payer le chauffeur, qui venait d'arrêter la Mercedes devant un hôtel luxueux.

Un gardien en uniforme vint les accueillir et se chargea de leurs bagages.

Non loin de là, au coin de la rue, un groupe de jeunes gens paraissaient s'ennuyer. Certains discutaient debout, d'autres étaient assis à même le sol et jouaient de la guitare, une sébile posée à côté d'eux.

Cord entraîna Maggie à l'intérieur vers la réception. Le sol était recouvert d'une épaisse moquette qui étouffait le bruit des pas, différents coins meublés de fauteuils confortablement capitonnés appelaient à la conversation. Accrochée à un mur, une photo de la famille royale rappelait à tout un chacun que la Hollande était une monarchie.

Un peu plus loin, Maggie aperçut une grande salle à manger. Sur les tables recouvertes de nappes en dentelle, des tasses à thé en fine porcelaine étaient préparées pour accueillir les clients de l'hôtel. Un grand chariot chargé de patisseries variées la fit saliver au passage.

L'employé devina sans doute les pensées de la jeune femme car il expliqua :

— C'est l'heure du thé, madame Romero.

En voyant la mine interloquée de Maggie, il haussa le sourcil, inquiet à l'idée d'avoir commis une bévue. Mais Maggie ne le reprit pas et le laissa continuer.

— Quand vous vous serez installés dans votre chambre, je vous conseille de descendre goûter nos spécialités sucrées. En attendant de découvrir les talents de notre maître queux à l'heure du dîner. Quant au buffet du petit déjeuner, c'est un enchantement de fruits exotiques, aussi agréables aux yeux qu'aux papilles.

— C'est la stricte vérité, approuva Cord, qui connaissait bien les lieux.

Il tendit le registre qu'on lui présentait à Maggie.

— Il faut signer ici, madame Romero. Tu voudras bien signer pour moi aussi ?

A cause de ses lunettes noires, Maggie ne réussit pas à voir si son regard était sérieux. Mais, au moins, elle n'avait pas besoin de demander s'ils allaient partager la même chambre…

14

En fait de chambre, ils furent conduits dans une superbe suite, pourvue d'un salon confortable, d'un petit bar équipé d'un réfrigérateur, et d'une grande chambre douillette au couvre-lit et aux grands rideaux aux rayures de couleur bis et rouge. Dans une pièce adjacente, ils disposaient d'une vaste salle de bains toute carrelée de blanc, pourvue d'une baignoire à deux places. En la découvrant, Maggie sentit le rose lui monter aux joues…

Cord écouta les explications que lui donnait le garçon d'étage, qu'il gratifia ensuite d'un pourboire.

La porte refermée derrière celui-ci, Cord exhiba le petit appareil avec lequel Maggie était maintenant familiarisée et inspecta soigneusement les deux pièces. Une fois assuré qu'ils étaient bien à l'abri de toute indiscrétion dans la chambre, il installa un autre appareil sur la table qui se trouvait près de la fenêtre.

— Mais tu viens de constater qu'il n'y avait pas d'écoutes dans cette suite ! remarqua Maggie.

— C'est au cas où quelqu'un de l'extérieur essayerait de surprendre nos conversations à l'aide d'un micro qu'il dirigerait vers nous, par exemple depuis le bâtiment qui se trouve juste en face, de l'autre côté de la rue. On pourrait parfaitement nous entendre malgré les vitres et le béton. Si jamais cela devait se produire, cet appareil brouillera nos voix et l'importun en sera pour ses frais.

— Je n'avais jamais entendu parler de toutes ces étonnantes machines…, commenta Maggie.

— Si jamais tu travailles pour Lassiter, tu apprendras bien d'autres choses encore !

Gentiment, il saisit Maggie par les épaules et l'embrassa sur le front.

— J'ai quelques recherches à effectuer sur mon ordinateur, mais je te suggère que nous descendions d'abord expérimenter ce chariot de pâtisseries. Que penses-tu de cette idée ?

— J'en pense le plus grand bien !

Les gourmandises proposées s'avérèrent meilleures encore que ce qu'on leur avait annoncé. Tout, absolument tout, depuis les minuscules sandwichs au concombre jusqu'aux tartelettes au chocolat en passant par les macarons légers et fondants à souhait, tout était délicieux !

— Cet hôtel est une merveille d'élégance, déclara Maggie en reposant sa tasse de thé au jasmin sur la nappe blanche damassée.

Le regard dissimulé par ses lunettes noires, Cord lui sourit.

— C'est exactement ce qu'il te faut ! Parce que toi aussi, tu es élégante, et pas seulement dans ta façon de t'habiller. Tu as aussi cette élégance morale qui fait de toi une personne courageuse, forte et passionnée.

— Il me semble que tous ces adjectifs te décrivent à merveille…

Cord posa sa main sur celle de Maggie.

— Nous formons donc un couple parfaitement assorti !

— Tu trouves vraiment ?

— Sans aucun doute.

Maggie rougit légèrement et baissa les yeux. Quoi que leur réserve l'avenir, elle était heureuse de ce qu'elle venait d'entendre.

Avant de regagner leur suite, ils flânèrent un moment dans la galerie marchande de l'hôtel, qui réunissait des boutiques raffinées. Elle se laissa tenter par des aquarelles pleines de poésie qui représentaient les canaux, un plat en faïence de Delft, au bleu caractéristique de la tradition locale, et un sucrier assorti.

— Tu vois, j'ai beau être en mission commandée avec toi, je me comporte comme toutes les touristes du monde ! Il me faut absolument ramener un petit souvenir à mes amies. En ce moment, d'ailleurs, je pense particulièrement à Gretchen. Pourvu qu'elle se soit bien adaptée au travail que je lui ai laissé !

Cord afficha un sourire mystérieux.

— Je ne t'ai rien dit, mais je suis au courant, avoua-t-il. L'entreprise a eu quelques petits problèmes récemment, mais tu vas avoir bientôt la surprise de revoir ton amie dans des circonstances que tu ne soupçonnes pas.

— Nous irons à Qawi ?

— Non.

— Explique-moi ! insista Maggie.

Mais Cord refusa de se laisser fléchir. Ils retournèrent dans leur chambre, où elle fit une petite sieste pendant que Cord travaillait sur son ordinateur. Il n'hésita pas à utiliser un certain nombre de codes qu'il avait à sa disposition pour pénétrer dans des dossiers secrets avec une facilité qui aurait donné des frissons d'angoisse à Maggie si elle avait su ce qu'il était en train de faire.

Deux heures plus tard, elle s'éveilla, un peu gênée d'avoir dormi si longtemps, et découvrit que Cord s'était déjà habillé pour dîner. Il portait un costume chic. Son regard lui parut étrange, troublé.

— J'ai dormi trop longtemps, n'est-ce pas ? demanda Maggie, persuadée que c'était là ce qui contrariait son amant.

Il démentit d'un signe de tête.

— Mets une robe élégante pour le dîner. J'ai retenu une table pour 20 heures. Je descends t'attendre dans le salon.

— Cord ?

La main sur la poignée de la porte, il se retourna.

— Cord, tout va bien ? Tu me parais soucieux. Il s'est passé quelque chose ?

— Oui, en effet. Viens me rejoindre quand tu seras prête.

Et il sortit.

*
* *

Maggie enfila la robe noire qu'elle emportait toujours avec elle pour ce genre de circonstances, l'égaya d'un foulard de soie vert, renonça à attacher ses cheveux pour les laisser flotter sur ses épaules comme Cord l'appréciait et descendit le retrouver. Ils s'installèrent à la table qu'il avait retenue, mais on aurait dit que tout le charme de leurs tête-à-tête s'était évanoui. Cord était courtois comme à l'ordinaire, mais il paraissait aussi lointain que s'il vivait sur une autre planète. La jeune femme avait l'impression qu'il regardait à travers elle, exactement comme si elle n'existait pas. Chose surprenante aussi, il commanda un whisky, ce qu'elle ne lui avait encore jamais vu faire.

Après avoir pris leur apéritif, ils choisirent un plat de poisson au curry, qui s'avéra aussi savoureux qu'exotique, mais ils le dégustèrent en silence. La magie de leur rencontre avait disparu. Ils n'étaient plus que deux convives comme les autres dans une salle de restaurant d'Amsterdam.

Déçue et malheureuse de ce revirement, Maggie se leva pour se diriger vers le chariot de desserts. Au moins, pendant quelques instants, elle échapperait au visage fermé et sombre de son compagnon. Qui avait-il rencontré pendant qu'elle dormait qui l'avait perturbé à ce point ? Mais une autre hypothèse, encore plus inquiétante, vint à l'esprit de la jeune femme. Peut-être que son intimité avec Maggie lui pesait et qu'il regrettait de s'être engagé avec elle comme il l'avait fait ? Oui, une fois passé l'excitation de la découverte, il devait déjà être rassasié de son corps... Toutes ces pensées déprimaient Maggie au plus haut point. Comme pour compenser, elle déposa sur son assiette un flan au caramel, une part de tarte au citron et un morceau de gâteau au chocolat qu'elle dégusta en buvant son café. Tant pis pour sa ligne !

En face d'elle, Cord avait commandé un autre whisky et avait laissé dans son assiette la moitié de sa portion de curry. Il refusa de prendre du dessert.

Pourtant, la pire surprise devait survenir au moment où ils retournèrent dans leur chambre. Cord invita Maggie à se mettre au lit sans attendre, en prévision de la pénible journée qui les attendait le lendemain. Elle commença donc à se déshabiller, mais, en voyant qu'il conservait son costume, elle comprit qu'il n'avait pas l'intention de la rejoindre. Une vague de tristesse la submergea, mais elle décida de n'en rien montrer et continua à retirer ses vêtements. Jamais de sa vie elle ne s'était sentie aussi malheureuse.

Cord ne la rejoignit pas au lit cette nuit-là. Lorsqu'elle se réveilla le lendemain matin, elle le découvrit endormi sur le canapé, dans son costume tout froissé, échevelé et empestant le whisky. Par terre à côté de lui se trouvait une bouteille vide. Avec ce qu'il avait déjà consommé au restaurant, il y avait de quoi rendre ivre tout un régiment... Pourquoi avait-il bu ainsi ?

Hélas, Maggie n'était pas au bout des découvertes contrariantes. Un message était arrivé par fax. Elle s'approcha, constata qu'il provenait de Houston, et plus précisément de l'agence de Lassiter. Le texte était bref, deux phrases à peine. Deux phrases qui suffirent à lui faire souhaiter être morte. L'une donnait la date d'un procès, et Maggie savait de quelle affaire il s'agissait. L'autre disait : « Sorties papier confisquées. Pas de négatifs. Information disponible à votre retour si vous y tenez. »

Elle ne réveilla pas Cord et descendit prendre son petit déjeuner toute seule. Ainsi, Lassiter avait réussi à arracher à Stillwell les documents la concernant. Il les gardait chez lui. Cord allait savoir qu'ils existaient et voudrait les voir. A moins qu'elle n'intervienne, Lassiter les lui montrerait. Deux solutions s'offraient à elle : ou bien elle racontait tout à Cord elle-même, ou bien elle disparaissait dans la nature avec ses souvenirs et Cord n'entendrait plus jamais parler d'elle.

Lassiter n'avait pas donné de détails dans son fax parce qu'ils étaient trop scandaleux. Elle blêmit à cette idée et se demanda si Gruber lui aussi savait ce que contenaient ces dossiers. Sans doute… Et, si jamais il avait réussi à s'en procurer une copie, qui pourrait l'empêcher de la reproduire autant de fois qu'il le souhaiterait ?

Maggie avala une gorgée de café. Malgré le somptueux buffet proposé, jamais elle ne pourrait manger quoi que ce soit ce matin… Sa vie lui paraissait vidée de tout intérêt. A moins de découvrir un endroit où elle pourrait se cacher et se faire oublier, elle serait une proie traquée jusqu'à la fin de ses jours.

C'en était fini de son beau roman avec Cord. Quand il découvrirait la vérité, et cela ne manquerait pas de se produire dès qu'ils seraient de retour à Houston, il la quitterait. Maudit soit Lassiter de lui proposer de partager ses informations ! Elle resterait seule. Des larmes de frustration lui montèrent aux yeux. Lassiter aurait pu trouver une excuse lui permettant de garder cela pour lui. Au contraire, il l'avait donnée, trahie, comme tous les gens qu'elle avait connus jusque-là…

Un vertige l'obligea à fermer les yeux. Allons, il fallait tout de même manger un peu ! Tomber d'inanition n'arrangerait rien. Elle beurra un croissant et en avala deux bouchées. Son regard errait sans but, sans plaisir, sur les immenses plantes vertes qui décoraient la salle. En temps ordinaire, elle se serait fait une joie de les détailler ; aujourd'hui, elle ne ressentait que lassitude et dégoût. Pour elle, pour tout.

Elle sentit que quelqu'un s'approchait d'elle et leva les yeux. Cord venait d'arriver, accompagné par le garçon d'étage. Derrière ses lunettes noires, elle voyait qu'il la regardait, sombre, triste.

— Je peux m'asseoir avec toi ?

Maggie détourna les yeux. Il savait forcément qu'elle avait lu le fax avant lui.

Il rapprocha la chaise de la table et un serveur vint remplir sa tasse de café.

Le silence s'installa entre eux, mais Maggie ne voulait pas s'aventurer à dire quoi que ce soit. Cord finit par prendre la parole.

— Maggie, c'est dangereux d'avoir des secrets…

Elle releva son visage et fixa Cord droit dans les yeux.

— Si tu demandes à Lassiter de te montrer le dossier qu'il a sur moi, je te jure que tu ne me verras plus.

— C'est donc si important ?

— Oui. J'aimerais que tu lui demandes de le brûler. Purement et simplement.

— Tu ne veux vraiment pas me dire ce qu'il contient ?

Cette question la fit sursauter et elle renversa un peu de café sur ses doigts. Elle se hâta de reposer sa tasse sur la table. Cord ramassa sa serviette et entreprit gentiment de lui essuyer la main.

— Tu ne veux rien partager avec moi, lui reprocha-t-il. Il a fallu que ce soit moi qui découvre ta fausse couche et les mauvais traitements que ton mari t'infligeait. Mais tu as encore un secret que tu ne veux pas m'avouer. Tu ne me fais pas confiance, Maggie.

— Exact ! assena-t-elle sans la moindre hésitation. Toi non plus, d'ailleurs, tu ne me fais pas confiance. Tu es toujours en train de vouloir me faire avouer quelque chose ! Tu te rends compte que tu ne sais pas tout de ma vie, et tu veux me forcer la main pour me faire évoquer des souvenirs que je préfère garder pour moi. Apprends qu'il y a des secrets qu'il vaut mieux laisser enterrés.

— Tu ne trouves pas que c'est étrange de parler comme ça ?

Maggie n'eut plus la force de soutenir le regard de Cord.

— Je me déteste !

— Maggie !

— C'est la pure vérité, ajouta-t-elle en se levant et en repoussant sa chaise. Quelle erreur d'être revenue à Houston ! J'aurais dû garder mon emploi et ne jamais te revoir. Je regrette de ne pas être restée à Tanger !

Le visage de Cord se durcit.

— Ce n'est pas l'impression que tu m'as donnée ces jours-ci, surtout quand tu étais au lit avec moi !

Pas plus tôt ces mots prononcés, il les regretta amèrement.

Maggie reçut cette accusation en plein cœur.

— Non, en effet. Et tu sais pourquoi ? Parce que je me suis conduite exactement comme tout le monde me prédisait que je le ferais une fois adulte !

Elle pivota brusquement sur elle-même et gagna la sortie sans se retourner. Son sac serré contre elle, elle poussa la porte vitrée et se retrouva dans la rue. Cord faillit se précipiter à sa suite. Mais, s'il essayait de la rattraper, tout le monde comprendrait que sa cécité était feinte. Il n'estima pas cette prise de risques nécessaire. Maggie ne connaissait pas la ville et ne savait pas où aller. Son passeport était rangé dans le coffre-fort avec les billets d'avion, elle n'irait pas bien loin. Quand elle aurait respiré tranquillement cinq minutes, elle rentrerait à l'hôtel. Il suffisait d'attendre qu'elle revienne.

Mais Maggie fit preuve de danvantage d'initiative que Cord ne l'avait prévu. Elle se dirigea vers une boutique où l'on vendait des tickets pour une promenade en bateau sur les canaux et s'acheta un billet. Cord ne la retrouverait pas au milieu de cette foule et c'était très bien ainsi ! Et, si jamais Gruber ou ses gens les avaient suivis et étaient en train de la surveiller, c'était tant mieux ! Plus vite ils la retrouveraient, plus vite elle en aurait terminé avec cette sale histoire. Ils pouvaient même lui tirer dessus s'ils le voulaient, c'est un service qu'ils lui rendraient. Après ça, elle aurait la paix une bonne fois pour toutes.

Pourtant, tout en se disant cela, Maggie se reprochait sa conduite infantile. Elle n'était qu'une lâche ! Mais, à partir du moment où elle perdait Cord, qu'importait le reste ? Tout lui était indifférent désormais. Il lui avait déjà dit ce qu'il ne pourrait que répéter quand il saurait la vérité. Il la prenait pour une traînée. C'était peut-être d'ailleurs ce qu'elle était ? Ce qu'elle avait toujours été ?

Son ticket à la main, elle suivit les indications que l'employé lui donnait et se dirigea vers le point du canal où le bateau était amarré.

Cord était furieux. Il venait de commettre une énorme erreur de jugement au pire moment possible. Il avait ici, à Amsterdam, des hommes en train de traiter les informations qu'il avait trouvées dans le coffre de Gruber et qu'il leur avait transmises. Ils étaient déjà en train de questionner certains des associés de ce dernier au sujet d'un florissant réseau de pornographie infantile. En fait, à un jet de pierre de l'hôtel où il se trouvait, des agents d'Interpol, secondés par la police néerlandaise, effectuaient une perquisition. Gruber était effectivement relié à Global Enterprises, où des descentes de police devaient avoir lieu aujourd'hui même en Afrique, en Amérique du Sud et aux Etats-Unis. Stillwell était déjà en détention préventive, ainsi qu'Adams, tous deux si intimidés par un agent de Lassiter qu'ils avaient juré de ne jamais révéler un mot au sujet de Maggie à qui que ce soit.

Avec Gruber, la situation était différente. Il n'hésiterait pas à dévoiler à la presse internationale tout ce qu'il savait sur Maggie si l'occasion lui en était offerte. Il savait désormais que Cord avait percé à jour son commerce illégal et il chercherait à se venger par tous les moyens.

En rejoignant Maggie au petit déjeuner, Cord avait l'intention de lui demander de rester près de lui, à l'hôtel, où elle serait en sécurité en attendant qu'on ait arrêté Gruber. Mais il avait commis bourde sur bourde. Pourquoi avait-il laissé échapper des paroles pareilles ? Jamais il n'aurait dû se laisser aller ainsi ! Ce fax était la cause de tout. Lassiter avait sans doute essayé de le joindre sur Internet à un moment où il travaillait dessus et il avait envoyé le fax à la place. Pourquoi avait-il fallu qu'elle le découvre avant lui ? Cela le rendait furieux. Il avait déjà causé pas mal de dégâts, mais il s'était débrouillé pour aggraver encore la situation avec cette horrible réflexion sur les moments qu'ils avaient passés ensemble au lit. C'était vraiment retourner le couteau dans une plaie à vif ! Maggie n'oublierait jamais. Lui non plus, d'ailleurs, car ce qu'il avait vu était plutôt traumatisant…

Cette fois, il n'avait plus le choix. Il se fit accompagner à la porte du restaurant, et une fois dehors, faisant fi de toutes précautions désormais, il se mit à la pister, persuadé que la seule chose qu'elle aurait l'idée de faire, c'était une promenade en bateau. Il fallait qu'il la trouve, et vite ! Il sortit son portable de sa poche et parla rapidement avec l'un de ses collaborateurs, qui lui apprit que le studio de Gruber avait été ratissé et que deux de ses employés avaient été arrêtés. Plusieurs jeunes enfants avaient été emmenés dans un centre de protection infantile tandis que des agents recherchaient activement Gruber, qui avait disparu.

Cord savait que ce dernier était armé et qu'il se ferait un plaisir de le tuer ainsi que Maggie si jamais il la trouvait. Il lui semblait vivre une succession de catastrophes. Sa froideur avait profondément blessé Maggie la veille, et ses mots cruels encore plus ce matin. Elle ne pouvait pas se douter que, depuis qu'il avait découvert son passé, c'était en fait sa propre conduite envers elle qu'il se reprochait. Dans l'ignorance où elle l'avait tenu de son histoire personnelle, il s'était souvent montré avec elle d'une dureté qu'il ne cessait de se reprocher. La culpabilité l'écrasait.

Ce qu'il redoutait le plus, c'était qu'elle s'imagine qu'il éprouvait du dégoût à son égard. Elle qui ne savait pas encore qu'il avait tout découvert appréhendait leur retour à Houston, où elle pensait que Lassiter lui donnerait toute information qu'il lui demanderait. Et, bien sûr, elle s'attendait à être jugée, rejetée, bannie de sa vie. Comment pourrait-elle imaginer autre chose avec l'échantillon de reproches qu'il lui avait offert ce matin ?

Cord accéléra le pas en se rapprochant du canal. Son

cœur battait la chamade. Amsterdam était une grande ville, mais Gruber la connaissait comme sa poche et ses espions étaient capables d'y pister n'importe qui. Face à eux, il était seul. Il devait faire vite et découvrir Maggie le premier !

Tout le long du canal, de nombreux bateaux attendaient les touristes désireux de visiter Amsterdam de cette façon reposante et originale. Mais comment trouver celui que Maggie avait choisi ? Il n'avait pas le temps de monter à bord de chacun pour dévisager chaque passager ! Par chance, il se souvenait avoir sur lui une photo de Maggie, prise à Noël l'année de ses seize ans. Elle était un peu froissée et cornée, certes, mais Maggie n'avait guère changé depuis lors et on la reconnaissait bien. Il la sortit de son porte-cartes et entreprit de la montrer aux employés des différents bateaux au fur et à mesure qu'il remontait le canal.

Il commençait à désespérer du succès de son entreprise lorsqu'une employée reconnut le visage qu'il lui montrait et désigna un peu plus loin un bateau en train de larguer les amarres. Il tendit à la femme un billet de banque et se précipita sans tenir compte des protestations de cette dernière. La malheureuse essayait vainement de lui expliquer qu'elle n'avait pas le droit de l'accepter et qu'il devait acheter son ticket dans les boutiques prévues à cet usage ! Peu importait… Agile et habitué à prendre des risques, Cord s'élança d'un bond au-dessus de l'eau et atterrit sur le pont en un magistral roulé-boulé, digne des meilleurs parachutistes. Il ne pouvait que se féliciter de son adresse car leur couleur marron et l'odeur malodorante qui s'en dégageait rendaient les eaux du canal fort peu engageantes.

La première partie de son plan exécutée, restait maintenant à ramener Maggie dans la sécurité de leur hôtel.

Il ne tarda pas à l'apercevoir, assise à une table, un peu plus haut dans l'allée, en compagnie d'un jeune couple, qui devait être en voyage de noces à voir les regards énamourés qu'ils échangeaient l'un avec l'autre, et d'une dame d'un certain âge.

Face à cette jeunesse amoureuse, Maggie se sentait abominablement triste. Au lieu de se réjouir de la belle promenade qui l'attendait, elle gardait le regard fixé sur l'eau qui bouillonnait sous le bateau tandis que celui-ci effectuait sa manœuvre de retournement.

Des cris lui parvinrent du pont, sans qu'elle cherche à comprendre ce qui s'y passait. Puis elle entendit un choc sourd et des cris de protestation s'élevèrent. Elle se pencha légèrement pour apercevoir ce qui arrivait, sans succès, et renonça aussitôt à savoir, indifférente à tout. Quelques secondes plus tard, Cord Romero, échevelé et l'air furibond, venait s'installer à côté d'elle. Son sang ne fit qu'un tour.

— Va-t'en ! ordonna-t-elle.

— Je voudrais bien, mais le seul moyen de regagner le port serait de le faire à la nage ! Et je n'ai aucune envie de me jeter à l'eau volontairement.

Fâchée de cette repartie, elle croisa les bras sur sa poitrine et se détourna. Il lui semblait avoir huit ans de nouveau et bouder son voisin de classe.

Cord fit bien attention à ne pas la toucher.

— Gruber s'est échappé, lui glissa-t-il à l'oreille. Nous avons réuni assez de preuves pour le coincer derrière les barreaux jusqu'à la fin de ses jours, mais, auparavant, il faut réussir à mettre la main dessus ! Le problème, c'est qu'il est à notre recherche, et ce n'est certainement pas pour nous souhaiter de bonnes vacances…

Maggie avala sa salive et fit un effort pour regarder Cord. Il n'essayait même pas de dissimuler sa colère. Elle avait peur. Que lui réservait l'avenir désormais ? Elle était incapable de lui dire quoi que ce soit. C'est alors qu'il posa la main sur sa nuque et l'attira vers lui pour l'embrasser. Il découvrit alors qu'elle tremblait. Doucement, il posa ses lèvres sur les paupières de Maggie.

— Vous aussi, vous êtes de jeunes mariés, n'est-ce pas ? demanda la vieille dame, curieuse et attendrie.

— Pas encore, mais cela ne va pas tarder ! lui répondit Cord tout en jetant un regard brûlant sur sa compagne.

Celle-ci n'eut pas le cœur de protester. Si seulement il pensait vraiment ce qu'il était en train de dire…

— Maggie, poursuivit-il à voix basse, ne regarde plus en arrière. Oublie ton passé ! L'avenir nous appartient, tu entends ? A nous deux !

Sans oser répondre, Maggie se lova contre lui. Là, elle se sentait en sécurité. C'était d'ailleurs le seul endroit où elle avait jamais éprouvé ce réconfort. Elle sentit que Cord posait sa joue sur ses cheveux et elle ferma les yeux de bonheur.

— J'imagine que tu retournes des pensées pas très gaies dans ta tête…

— Je ne sais pas de quoi tu veux parler !

— Bien sûr que si.

Il embrassa la chevelure brune et poursuivit.

— Maggie, nous sommes plus proches que nous ne l'avons jamais été. Je veux t'épouser. C'est la seule chose qui compte à mes yeux désormais.

Elle leva vers lui un regard apeuré et en même temps plein d'espoir. Non, c'était impossible… Elle ne pouvait pas !

Cord plongea la main dans la poche de sa veste et en sortit un papier plié en quatre qu'il lui tendit.

— Regarde. Ouvre !

Il s'agissait d'un document officiel d'autorisation de mariage, dûment tamponné et signé par les autorités de Houston.

Elle entrouvrit les lèvres, muette de surprise.

— Mais… nos deux noms sont inscrits sur ce papier !

— Tu ne trouves pas que c'est une bonne idée ? Je voulais te faire la surprise, je crois que j'y ai assez bien réussi !

Maggie se mordit la lèvre jusqu'au sang.

— Non, c'est une très mauvaise idée.

Elle lui rendit le document en luttant contre les larmes.

— Cord, tu n'as pas idée du mal que ce mariage pourrait te causer ! Tu ne sais pas ce que contiennent les dossiers de Lassiter, et encore moins l'usage que Gruber serait capable d'en faire.

Cord replia soigneusement le papier et le remit dans sa poche.

— Je me fiche complètement de ce que Gruber peut en faire ! Tu es la femme de ma vie, tu entends ? Jamais je ne renoncerai à toi, sous quelque prétexte que ce soit.

Une fois de plus, Maggie ferma les yeux et s'efforça de croire que Cord disait la vérité. Hélas, il parlait sans savoir… Une fois qu'il aurait découvert ce que Gruber détenait, il changerait du tout au tout. Elle avait envie de hurler. Bien sûr, cela ne changerait rien, mais au moins aurait-elle l'impression de faire quelque chose ! Le bout de papier que venait de lui montrer Cord était à la fois ce qui la tuait de honte et allumait en elle mille petites bougies tremblotantes d'espoir.

Un bruit de vitres qui volent en éclats la fit sursauter. Elle leva la tête et eut à peine le temps de regarder Cord, qui la jeta par terre où il la maintint de toutes ses forces.

Des cris terrifiés résonnèrent. Le moteur s'arrêta et le bateau se mit à dériver au fil du courant.

Cord comprit aussitôt. Il regarda en direction de la cabine du pilote et aperçut ce dernier, effondré sur son siège. Le pire était arrivé…

— Reste allongée sur le sol, Maggie ! Tu m'entends ?

— Que se passe-t-il ?

— Gruber… sans aucun doute. Et nous sommes des cibles parfaites, ici, coincés sur ce bateau immobile.

— Mais… qu'est-ce qu'on peut faire ?

— Nous enfuir d'ici tant qu'il en est encore temps.

Il se redressa et hurla :

— Que tout le monde reste baissé et garde son calme ! Tenez-vous éloignés des fenêtres !

Il se précipita le long du passage entre les sièges tandis que d'autres balles pleuvaient sur le bateau. Apparemment, on leur tirait dessus depuis le chemin qui longeait le canal, ou plutôt depuis le pont voisin, car le tireur paraissait être en position élevée par rapport à eux.

Maggie jeta un coup d'œil par-dessus la table à travers la large baie. Elle aperçut un éclat métallique sur le pont, juste en avant de l'endroit où ils se trouvaient.

— Cord ! Il est sur le pont ! cria-t-elle.

Cord avait déjà allongé le pilote sur le sol et demandé au guide de s'occuper de lui. Il tâtonna un moment les différents boutons du tableau de bord et, soudain, le bateau fit un bond en avant, puis se mit à zigzaguer, ce qui le transformait en une cible beaucoup plus difficile à atteindre. La vitre à l'avant du bateau était brisée en mille morceaux, mais Cord en avait fait tomber suffisamment pour retrouver une certaine visibilité.

La difficulté était de faire passer le bateau sous le pont. Les piles ne laissaient qu'un passage assez étroit, il s'en souvenait des précédents voyages qu'il avait faits à Amsterdam, ce qui obligeait à soigneusement positionner l'embarcation. Même ainsi, il ne restait qu'un petit espace de chaque côté. Pour ajouter à la difficulté de la manœuvre, il fallait compter aussi avec les autres bateaux qui se promenaient également sur le canal et qui limitaient la marge des évolutions.

Une idée vint à Cord. S'il réussissait à faire franchir ce passage délicat au bateau, il avait des chances de coincer Gruber. Mais, pour cela, il avait besoin que quelqu'un prenne les commandes.

— Maggie ! appela-t-il. Viens ici, vite !

Sans hésiter une seconde, elle se dirigea vers lui en zigzaguant sous les balles qui continuaient à accompagner les mouvements du bateau.

— Qu'est-ce que je peux faire ?

— Ma chérie, tu vas piloter !

— Quoi ?

— Oui ! Tu vas nous conduire sous le pont.

Il arma son revolver, commença la manœuvre et passa au point mort. Ensuite, il fit signe à Maggie de prendre la place du pilote et lui montra rapidement comment utiliser les différentes manettes. Les mains de cette dernière tremblaient, mais elle écoutait, appliquée et attentive.

— Maggie, je déteste te mettre en danger, mais, si nous n'arrêtons pas ce tueur, il va s'attaquer aux passagers, tu comprends ?

Elle le prit par le cou et l'embrassa rapidement sur la bouche.

— Ne te fais pas tuer, je t'aime trop !

— Moi aussi, je t'aime, Maggie, ne l'oublie pas. Ton passé ne peut rien y changer !

Il se redressa, le revolver à la main.

— Engage le bateau sous le pont. Peu importe que tu frottes sur le côté, on se fiche de la peinture ! Zigzague dès que tu seras de l'autre côté et, surtout, ne t'arrête pas une seconde. Tu te sens capable de faire ça ?

Elle hocha la tête.

— Oui.

— Ne t'affole pas, quoi qu'il arrive. Concentre-toi sur ce que tu as à faire, c'est tout, le reste n'existe pas, d'accord ?

— Pas de problème. Tout ce que je te demande, c'est de ne pas te faire descendre !

— Qui, moi ? Quelle idée ! Fais attention à toi… Je t'aime !

Il s'accorda une seconde pour la regarder, puis il courut vers les marches qui conduisaient sur le pont.

Maggie le regarda partir puis s'attabla face aux manettes, bien décidée à montrer ses capacités d'adaptation et à sauver des vies. Elle ne se demanda même pas si la tâche qui l'attendait était difficile, ou dangereuse, ou impossible… Non, la seule chose qui comptait, c'était de seconder Cord, point final.

15

Cord attendit que le bateau soit bien engagé entre les piles du pont, puis il sauta sur le rebord de pierre. L'air empestait le moisi et la vase. Il prit bien garde de ne pas glisser sur la pierre recouverte d'algues verdâtres et avança jusqu'à l'échelle de fer qui lui permettrait d'accéder au tablier. D'une main il tenait fermement son arme, de l'autre il s'agrippait à la rampe.

Il entendit le bateau avancer. Bientôt, Gruber l'apercevrait de nouveau et recommencerait à lui tirer dessus. Avec un peu de chance, le bruit du frottement contre la pierre pourrait lui laisser croire que le pilote blessé avait du mal à manœuvrer, mais, de toute manière, il ne pensait certainement pas que Cord allait l'attaquer. Du moins, c'est ce que Cord espérait, car Gruber était prêt à tout. Il n'avait rien à perdre et n'hésiterait pas à tuer. Cord devait se préparer à toute éventualité. Si jamais le pire se produisait, il partirait avec un regret : celui de ne pas avoir eu le courage de dire à Maggie ce qu'il savait réellement.

Le bruit du bateau camouflait parfaitement le bruit de ses pas. Dès qu'il fut arrivé en haut de l'escalier, il aperçut un petit homme brun armé d'un revolver qui se penchait contre la rambarde du pont pour regarder en dessous.

Cord le visa et lui cria en néerlandais de jeter son arme.

L'homme se retourna brusquement et lui tira dessus. Cord tira à son tour, malgré la douleur violente qui lui déchirait l'épaule gauche. L'homme s'écroula.

Cord ne s'accorda pas le temps de s'approcher de lui. Un autre pont se trouvait un peu plus haut et il apercevait déjà une arme qui brillait au soleil. L'homme qu'il venait d'atteindre n'était pas Gruber. Sur le canal, Maggie glissait vers une mort inexorable et il n'avait aucun moyen de l'en empêcher.

A moins que… Il avait une idée ! Il attrapa son téléphone portable, remarquant au passage qu'il était couvert de sang, et appela les urgences. Il expliqua ce qui se passait et demanda du secours. Par chance, un car de police se trouvait dans le voisinage, on allait le lui envoyer tout de suite, mais rien ne garantissait qu'il arriverait à temps pour sauver Maggie.

Vite, il rangea son téléphone et se mit à courir. Arrivé au bout du pont, il continua sa course sur le chemin qui longeait le canal en espérant parvenir au prochain pont assez tôt pour sauver Maggie. Il commençait à se sentir faible, sa blessure le lançait atrocement, mais il n'était pas question qu'il laisse Maggie courir à sa mort.

Il dépassa un groupe de touristes, que son revolver et sa blessure épouvantèrent. Par moments, il chancelait, mais l'idée qu'une balle pouvait pénétrer dans la cabine de pilotage et tuer Maggie lui donnait des ailes.

Là-haut sur le pont, il aperçut une silhouette.

— Gruber ! hurla-t-il.

Malgré le bruit de la circulation, sa voix porta jusqu'à ce dernier, qui se retourna pour le regarder arriver.

— Je suis ici, Gruber ! cria Cord de toutes ses forces tout en continuant à courir.

Gruber s'approcha de la rambarde du pont, se mit à rire et pointa son arme dans la direction du bateau qui s'approchait de lui rapidement.

— Maggie ! Fais tourner le bateau ! hurla Cord.

Jamais elle ne pourrait l'entendre avec le grondement du moteur ! Mais, au moment même où, désespéré, il se disait cela, il eut la bonne surprise de voir le bateau virer de bord, lentement, maladroitement, mais tout de même il tournait ! Cette fois, c'était l'arrière qu'il présentait au tueur, qui s'était mis à tirer au hasard, dans une sorte de frénésie meurtrière.

Cord était enfin arrivé à une distance qui lui permettait de faire feu, mais il était au bord de l'évanouissement. Le peu de forces qui lui restait ne lui permettait pas de viser debout. Il se laissa tomber à genoux, cria aux passants qui se trouvaient à proximité de s'écarter, visa avec autant de précision que son état le lui permettait, prit une profonde inspiration et tira.

Il lui sembla que la balle mettait des siècles à parvenir jusqu'au pont. Tout lui paraissait se dérouler au ralenti dans un paysage devenu trouble. La douleur s'était faite insupportable tout à coup. Son épaule était devenue horriblement lourde. Une violente nausée le secoua des pieds à la tête. Il regarda l'homme, là-haut sur le pont, le vit se retourner, et comprit qu'il constituait pour lui une cible parfaite. Sans doute… mais il se battrait jusqu'au bout. Une nouvelle fois, il tira.

A la suite de l'échange de coups de feu, des policiers apparurent partout. Ils demandèrent à Maggie de ramener le bateau au bord du canal, où un policier sauta dessus et prit les commandes à la place de la jeune femme. Il ramena l'embarcation jusqu'au quai, où un autre policier l'amarra tandis qu'une équipe de secours se dirigeait vers eux.

Maggie était hors d'elle. Elle criait qu'il fallait retrouver Cord, qu'elle n'apercevait nulle part. Les passants la regardaient avec stupéfaction. Ne sachant que faire, l'un des policiers la conduisit vers le banc d'un petit jardin adjacent où un attroupement se forma aussitôt autour d'elle.

De son côté, Cord avait été secouru et arrivait, soutenu, l'épaule en sang, son pistolet toujours à la main. Il ne cessait de demander où était Maggie.

Lorsqu'elle l'aperçut, elle bondit comme si elle avait reçu une décharge électrique.

— Cord !

Elle se jeta sur lui avec frénésie, toucha son visage, sa poitrine tandis qu'il la serrait contre lui avec son bras valide et le peu de forces qui lui restaient, insouciant du sang qui tachait la veste de la jeune femme. Elle se serrait contre lui, secouée de gros sanglots.

— Je ne savais plus où tu étais ! expliqua Cord d'une voix blanche, terriblement faible. Je ne savais pas si j'étais arrivé à temps... Maggie...

— Je vais bien ! Je t'ai entendu quand tu m'as crié de faire tourner le bateau. C'était comme si tu me le chuchotais à l'oreille, mais, Dieu merci, cela a suffi. Et tu es vivant ! Cord, quelle joie !

— Vivant, mais pas très présentable...

Maggie s'aperçut tout à coup qu'il était couvert de sang. Elle devint toute pâle en découvrant la blessure à son épaule.

— Mais... tu saignes encore ! Vite, il faut te soigner ! Cord, je te défends de mourir, tu entends ? Je ne peux pas vivre sans toi, je ne veux pas !

Tant de véhémence amusa le blessé.

— Mon amour, j'ai connu bien pire qu'une balle dans l'épaule. Ça fait mal, ça saigne beaucoup, mais on n'en meurt pas, pas vrai, Bojo ?

— Je ne crois pas, approuva Bojo, qui les avait rejoints. Il est difficile de venir à bout d'un homme aussi coriace que Cord, vous savez !

Il jeta un regard amusé en direction du blessé.

— Mais, si jamais cela se produisait, j'aimerais bien hériter de son revolver et de sa belle montre.

Maggie le dévisagea, affolée tout à coup. Cord, lui, éclata d'un grand rire.

Un jeune policier s'était agenouillé à côté de lui en attendant les secours médicaux. Il retira la chemise de Cord afin d'observer la plaie.

— Apparemment, il n'y a pas grand mal, affirma-t-il.

— Mais... il y a tellement de sang ! se récria Maggie.

— Oui, c'est vrai. Je me demande si...

Bojo écarta le jeune homme d'un geste décidé et s'agenouilla afin d'exercer une pression sur la blessure.

— Attention ! avertit Cord, qui était blanc comme un linge, mais gardait son sens de l'humour. Si tu me sauves, tu n'hériteras de rien...

Grâce à l'intervention de Bojo, l'écoulement de sang se ralentit.

— A tout prendre, marmonna-t-il, je préfère n'hériter de rien plutôt que d'être descendu par Maggie...

Sur ce, il se tourna vers le policier et lui adressa quelques mots en néerlandais. L'homme lui répondit et Maggie en fut pour ses frais.

— Qu'est-ce que vous dites ? demanda-t-elle, frustrée. Et, d'ailleurs, d'où est-ce que vous sortez, tout à coup ?

— Peu importe ce que nous disons... Nous sommes ici depuis le début. Cord nous a demandé de pister les associés de Gruber. Vous serez sans doute contente d'apprendre que la police les a tous arrêtés et a réuni suffisamment de preuves pour traîner Adams et Stillwell devant les tribunaux internationaux. Gruber aussi, d'ailleurs, s'il est encore en vie, ajouta-t-il en jetant un coup d'œil vers le pont où la police entourait une forme humaine allongée sur le sol.

— Il a de la chance s'il respire encore, ajouta Cord. La vie de Maggie était en jeu, je n'ai pas cherché à l'épargner.

Le portable du policier se mit à sonner. Il répondit en fronçant les sourcils.

— L'homme sur le pont… mort, annonça-t-il dans un anglais hésitant.

Le regard de Cord s'assombrit.

— Ce n'est pas une grosse perte pour l'humanité…

Un bruit de sirènes parvint à leurs oreilles. Maggie serra la main glacée de Cord tandis que Bojo continuait à exercer sa pression bienfaisante. Enfin, l'équipe médicale s'avança vers eux.

Maggie ne croyait pas un mot des paroles rassurantes que Cord n'avait cessé de lui prodiguer. Elle voulait qu'il soit hospitalisé le plus vite possible. Tout ce qu'elle trouvait à se dire en ce moment crucial, c'était que, si elle s'apprêtait à vivre avec un homme dont la profession était aussi dangereuse, elle avait intérêt à apprendre à donner les premiers secours… Quant à sa promesse de disparaître de la vie de Cord si jamais il découvrait son passé, elle n'avait pas fait long feu. En fait, Maggie pensait à tout sauf à fuir, en ce moment.

Quelques heures plus tard, épuisée, Maggie se tenait assise à côté du lit de Cord dans la chambre privée où on l'avait conduit après l'intervention chirurgicale au cours de laquelle on lui avait retiré la balle logée dans son épaule. Deux policiers, plus Bojo et Rodrigo, se tenaient dans le couloir. Ils ne lui avaient pas donné d'explications au sujet de leur présence, mais Maggie n'était pas idiote. Elle avait bien compris que Gruber était susceptible d'avoir des complices encore en liberté en ville. Il fallait veiller sur Cord. D'une certaine manière, leur présence rassurait Maggie.

On lui avait assuré que Cord se rétablirait parfaitement. D'ailleurs, il devait sortir de l'hôpital le lendemain, avec une bonne provision d'antalgiques et d'antibiotiques.

Ces bonnes nouvelles n'étaient pourtant pas sans inquiéter Maggie. Qui sait si, une fois de retour à Houston, Cord n'allait pas demander son dossier à Lassiter ? Enfin… l'essentiel était qu'il soit en bonne santé. Pour l'instant, cela devait suffire à son bonheur.

Elle avait espéré passer quelques minutes en tête à tête avec Cord, mais cela s'avéra impossible. Des hommes en costume de ville n'arrêtaient pas d'entrer et de sortir. Ils parlaient toutes sortes de langues. L'un roulait les *r* de façon spectaculaire, l'autre avait un accent français très marqué. Deux autres paraissaient n'avoir jamais souri de leur vie tant leur visage était impénétrable. On aurait dit qu'il avait été taillé dans l'acier. Ceux-là parlaient anglais avec un accent américain. Cord ne voulut pas lui dire à quelle agence ils appartenaient. Les autres étaient des étrangers de différentes nationalités. Certains venaient d'Interpol.

Elle passa tout le temps que Cord accorda à ses visiteurs assise dans le hall en compagnie de Bojo, qui l'observait avec la plus grande curiosité. Naïvement, il essayait de percer le mystère par lequel la présence d'une femme dans la vie d'un homme pouvait changer ce dernier de façon aussi spectaculaire.

Maggie le regarda. Il était encore taché du sang de la blessure de Cord. Son intervention avait probablement sauvé la vie de ce dernier.

— J'ai honte, Bojo, reconnut-elle. Je ne vous ai pas encore remercié de ce que vous avez fait pour Cord !

Il haussa les épaules.

— J'ai fait mon travail, c'est tout. En plus, Cord est mon ami, je n'ai vraiment aucun mérite.

Elle jeta un coup d'œil en direction de la chambre de Cord et avoua :

— S'il était mort, chuchota-t-elle, je crois que je n'aurais plus eu envie de vivre moi non plus…

— Vous découvrirez que c'est la même chose pour lui. Mais vous le savez peut-être déjà ? ajouta-t-il avec un sourire.

Ensuite, il expliqua rapidement à Maggie que son amie Gretchen avait elle aussi couru un grand danger et se trouvait maintenant aux Etats-Unis, et que lui-même était attendu à Qawi maintenant qu'il avait terminé son travail auprès de Cord. Il fallait qu'il quitte Amsterdam rapidement. On avait besoin de lui et de ses hommes là-bas, où un coup d'Etat avait soulevé le pays et avait failli coûter la vie à Gretchen.

Une fois qu'il l'eut quittée, Maggie se sentit très lasse et ferma les yeux. Pourtant, en dépit de sa terreur du futur, tout valait mieux que les heures d'angoisse qu'elle venait de vivre. D'une façon ou d'une autre, elle réussirait à surmonter la peur qui la paralysait. Désormais, elle savait qu'elle ne s'éloignerait pas de Cord de sa propre initiative. S'il ne voulait plus d'elle, il faudrait que ce soit lui qui la rejette de sa vie.

Deux heures s'écoulèrent avant que Cord n'en ait terminé avec ses visiteurs. Le dernier parti, Maggie put enfin le rejoindre dans sa chambre, où il était étendu sur son lit, pâle, engoncé dans une fort inesthétique blouse de toile blanche. Il l'attendait, un pâle sourire sur les lèvres.

Un peu gênée de le sentir si faible, elle s'approcha et s'assit sur la chaise placée à la tête du lit. Elle voulait retenir les larmes qui lui piquaient les yeux, mais avait bien du mal à se contrôler. Elle les sentit rouler sur ses joues. Les émotions violentes des dernières heures l'avaient profondément ébranlée.

— Allons, du calme ! murmura Cord. Je ne vais pas mourir !

Elle lui adressa un sourire incertain.

— Tu as une mine épouvantable ! constata Cord.

— Tu peux parler ! Si tu te voyais…

— Par chance, je n'ai pas de miroir. Et, je t'en prie, ne m'en propose pas un !

Ils sourirent tous les deux.

— Dès que j'aurai une minute, je vais nous acheter des alliances, reprit Cord.

Le cœur de Maggie bondit de joie.

— Tu sais, jusqu'à ce que tu me montres le document que tu as obtenu, je ne me doutais pas que tu avais l'intention de m'épouser ! En fait, je pensais que tu campais sur tes positions et que tu ne te remarierais jamais.

Il haussa les épaules.

— Je n'ai pas été très heureux avec Patricia, avoua-t-il. Je n'ai jamais été amoureux d'elle et elle le savait. Je l'ai épousée pour un tas de raisons dont aucune n'était la bonne. Tu comprends, tu étais si jeune…

Maggie scruta son visage aux traits tirés.

— Que veux-tu dire ?

— Je ne voulais pas abuser de ton innocence. En fait, ce mariage est ce que j'ai trouvé de mieux pour te protéger de moi. Après le suicide de Patricia, je me suis senti écrasé de culpabilité. Elle savait que je ne l'avais jamais aimée. Je pense d'ailleurs que ton mari, lui aussi, était sans illusions. Il devait savoir que tu n'avais jamais été amoureuse de lui.

— Il n'était pas digne d'être aimé. Et, après ce qu'il m'a fait, je l'ai carrément haï. La façon dont il est mort m'a beaucoup affectée néanmoins, même si je n'étais pour rien dans son alcoolisme. Il avait commencé à boire très jeune et ne s'était jamais arrêté.

Cord caressait les doigts de Maggie.

— Si tu savais comme je regrette la façon dont je t'ai traitée pendant toutes ces années !

Elle posa un doigt sur la bouche de Cord.

— Tais-toi ! Tu n'arrêtes pas de me dire qu'il faut oublier le passé, et tu y reviens sans cesse. Dis-moi… est-ce que vraiment tu veux m'épouser ?

— Plus que jamais !

— Tu ne sais pas tout sur mon passé. Il y a des choses que… que je ne peux pas te raconter.

— Je t'ai déjà dit que cela n'avait pas d'importance. Pensons à ce que nous pouvons faire ensemble, par exemple nous envoler pour les Bahamas… On pourrait s'y marier. Qu'est-ce que tu penses de ça ?

— Ce serait possible ?

— Bien sûr. Je ne veux plus attendre pour le faire, Maggie. J'ai bien trop peur que tu t'enfuies encore !

— Et les hommes de Gruber ? Ils vont continuer à nous poursuivre ?

— Pas le moindre risque. Le réseau a été démantelé. Dans le monde entier, tous ses complices se trouvent sous les verrous à l'heure qu'il est. Ils vont faire la une de tous les journaux, sous toutes les latitudes. Nous sommes enfin en sécurité tous les deux.

— En sécurité…, répéta Maggie d'un air rêveur. Il n'y avait que toi qui m'apportais ce sentiment. Pourtant, tu étais devenu inaccessible et j'avais fini par renoncer à toi.

— Et comment ! Tu avais même réussi à mettre un océan entre nous deux pour refaire ta vie. En partant aussi loin, c'est comme si tu m'avais amputé du meilleur de moi-même.

Maggie écoutait, mais son esprit continuait à vagabonder.

— A propos de ce dossier que Lassiter veut te montrer…

— Ecoute, si cela te contrarie autant, je vais lui demander de le brûler, tout simplement.

— Tu ferais cela ?

— Oui.

Tout à coup, Maggie eut l'impression d'avoir des ailes ! Elle se sentait aussi légère qu'une bulle de savon. Puis elle se rappela que Gruber et Lassiter n'étaient pas les seuls à disposer de ces informations.

— Mais Stillwell et Adams ?

— Lassiter les tient. Même en prison, ils n'ouvriront jamais la bouche de peur de révélations qui alourdiraient leur casier déjà bien chargé.

— Ah…

— Voilà. Et maintenant, conclut-il, tu as besoin de te reposer. Tu devrais aller dormir un peu.

— Pas question de te quitter ! Je dormirai quand tu seras dans le lit, à côté de moi.

Cord respira profondément afin de maîtriser l'émotion qui l'étouffait. Il renonça à discuter et se contenta de serrer les doigts de Maggie jusqu'à lui faire mal.

— Comme tu voudras.

Maggie se détendit enfin. Cord lui accordait tout ce dont elle rêvait. Lassiter ne l'avait pas trahie, au contraire il l'avait sauvée. Une fois de retour à Houston, elle irait le remercier.

Cord reçut l'autorisation de quitter l'hôpital le lendemain après-midi. Ils réintégrèrent donc leur hôtel et la magnifique suite dont ils avaient si peu profité depuis leur arrivée. Le personnel se montra particulièrement attentif à leur égard et veilla à ce qu'ils ne manquent de rien. Rodrigo était resté à Amsterdam avec eux, mais Bojo était parti la veille au soir, après un rapide au revoir à Maggie, en promettant à Cord de le tenir au courant de tout ce qu'il apprendrait.

Les activités de Gruber avaient été entièrement révélées pour ce qu'elles étaient en réalité. Tous les centres où il exploitait les personnes qu'il avait fait entrer illégalement avaient été fermés. Les enfants et les femmes avaient été sortis de cet enfer et les agents essayaient de les rapatrier. Les différents réseaux de prostitution et de pornographie infantile étaient démantelés. Stillwell et Adams avaient été arrêtés et attendaient d'être jugés par une cour internationale.

Deux jours plus tard, Rodrigo rejoignit Bojo à Qawi tandis que Maggie et Cord, dont la blessure cicatrisait rapidement, s'envolaient pour les Bahamas, où ils furent mariés à Nassau par un pasteur américain. Pour la circonstance, Maggie avait choisi de porter une simple robe en dentelle blanche et un bouquet de jasmin retenait ses cheveux relevés en chignon. Il lui semblait renaître, tout simplement. Cord la dévisageait avec une tendresse qu'elle ne lui avait encore jamais vue. Comme elle lui faisait part de cette merveilleuse sensation, il lui avoua que c'était exactement ce qu'il éprouvait lui aussi. Leurs vies, si longtemps parallèles, venaient enfin de se croiser et d'être unies par un lien indéfectible. Ils s'accordèrent trois jours de lune de miel, qui furent surtout trois jours de repos, à cause de l'épaule de Cord qui le faisait encore souffrir. Ensuite, ils embarquèrent pour Miami, d'où ils devaient rejoindre Houston.

Allongée sur son étroite couchette en face de celle de Cord, Maggie avait l'impression de vivre un conte de fées. Cord avait refusé qu'ils partagent un lit à cause de sa blessure, mais elle se sentait néanmoins choyée et comblée. Leurs manifestations de tendresse se bornaient pour l'instant à des baisers passionnés, mais Maggie se sentait habitée par une griserie qui ne la quittait pas une minute. La seule ombre au tableau était que Cord la fixait de temps à autre avec un regard qu'elle ne lui connaissait pas, sombre, exalté, dont elle ne réussissait pas à deviner le sens.

La veille de leur arrivée à Miami, Cord travaillait sur son ordinateur pendant que Maggie était sortie prendre l'air sur le pont. Il monta l'y retrouver pour lui annoncer des nouvelles assez inattendues. Il venait d'apprendre que Gretchen avait quitté Qawi pour rentrer au Texas, où elle avait repris son ancien poste. Et qu'elle venait de se marier avec Philippe Sabon, un homme d'affaires rencontré pendant son séjour. Le gouvernement avait été renversé et ils avaient tous les deux été pris dans une fusillade dont ils étaient sortis sains et saufs de justesse. Maggie avait bien du mal à imaginer pareilles péripéties !

— Comment tant de choses ont-elles pu se passer en si peu de temps ? demanda-t-elle, tout étonnée.

— Tu viens bien de te marier toi aussi ! rétorqua Cord d'un air moqueur.

— Certes, mais j'étais fiancée, moi ! Il est vrai que je n'en savais rien…, ajouta-t-elle, amusée. Au fait, Cord, comment as-tu pu obtenir les documents relatifs à notre mariage alors que ta fiancée n'était même pas informée de tes démarches ? Pendant ce temps, je couchais avec toi sans me douter de rien et en me morfondant à propos de ma vertu !

— Je savais à quoi je m'engageais en me mettant au lit avec toi. Je n'ai pas l'habitude de coucher avec de vraies jeunes filles.

— Mais je n'étais pas une vraie jeune fille !

Il l'embrassa sur le front.

— Bien sûr que si ! Je suis le seul homme avec lequel tu aies jamais fait l'amour.

Elle rougit.

— Oui, et c'est magique, souffla-t-elle. J'ai parfois l'impression que mon cœur va éclater de bonheur.

Comme elle levait son visage vers lui, il lui sembla qu'il se détournait.

— Je t'ai fait mal à l'épaule, c'est ça ?

Cord ne répondit rien.

Inquiète, elle insista :

— Tu m'aimes encore, j'espère !

— Bien sûr, mais c'est vrai que mon épaule est encore très douloureuse, expliqua-t-il sans la regarder.

— Bon, je préfère que ce soit ça… Tout de même, je trouve ton comportement déroutant parfois, avoua-t-elle en l'attrapant par les cheveux dont elle retint une mèche entre ses doigts pour jouir de sa douceur.

— Il va falloir que je fasse un effort pour m'amender avant que nous ayons des enfants !

— Tu me parais bien certain que nous en aurons.

— Oui, c'est vrai. En attendant, nous nous appliquerons à nous connaître de mieux en mieux.

Maggie ne jugea pas utile de reprendre la discussion relative à une éventuelle grossesse. Il lui était déjà bien assez difficile de s'habituer à son nouveau statut de femme mariée pour qu'elle veuille imaginer comment elle réagirait si jamais son passé, d'une façon ou d'une autre, resurgissait dans sa vie. Oui, elle allait enfin se laisser porter, tranquille, apaisée, au lieu de s'épuiser à nager contre le courant.

A leur retour, Houston lui parut à la fois familier et étranger, comme s'ils en étaient restés éloignés des années plutôt que quelques semaines. Ils trouvèrent le ranch accueillant, d'autant plus que June, avertie de leur arrivée par Cord, avait tout préparé pour qu'ils se sentent les bienvenus chez eux. Le vieux Travis et Red

Davis étaient là à leur arrivée pour leur présenter leurs félicitations.

Malheureusement, la routine eut tôt fait de reprendre le dessus. Malgré son épaule mal cicatrisée et la gêne qu'elle lui occasionnait, Cord se plongea dès le lendemain dans les factures, les fax et les coups de fil, pendant que Maggie faisait les cent pas dans le salon, triste et délaissée.

A vrai dire, elle commençait à s'inquiéter réellement. Comme cela s'était déjà produit à Amsterdam et pendant leur croisière de jeunes mariés, Cord et elle faisaient chambre à part, toujours à cause de sa blessure. Du moins, c'est ce qu'il soutenait, mais elle se demandait si cette excuse ne cachait pas une autre raison qu'il refusait de lui avouer.

A bout de patience, et de plus en plus anxieuse, elle appela Tess Lassiter et quitta le ranch pour passer la voir à son bureau en prétextant qu'elle avait besoin de faire des courses en ville. Cord lui tendit sans discuter les clés de sa voiture, mais demanda à Red Davis de l'escorter, ce dont elle se serait bien passée.

Quand elle lui fit arrêter le véhicule devant les bureaux de Tess, il parut surpris.

— Mais… vous n'allez tout de même pas retourner travailler ?

— Je vais voir mon amie Tess Lassiter, mais je ne tiens pas à ce que Cord en soit informé.

— Je comprends ça ! approuva Davis. C'est normal que dans un couple chacun ait ses petits secrets.

— Tant mieux si vous n'y voyez pas d'inconvénient, mais je vous avertis : pas un mot à Cord ou je vous hache menu !

— Oh... quelle horrible perspective !

— Pas un mot, donc. Attendez-moi ici, je n'en ai pas pour longtemps.

Tess Lassiter parut ne pas très bien comprendre ce que Maggie lui demandait.

— Mais tout cela est classé depuis longtemps ! s'exclama-t-elle comme Maggie insistait.

— Qu'est-ce qui est classé ? demanda Dane Lassiter, qui entendit cette réponse au moment où il pénétrait dans le bureau.

— Je ne vois pas de quel dossier parle Maggie. Il vaudrait mieux qu'elle t'explique elle-même ce qu'elle souhaite, expliqua Tess.

— En effet, approuva Lassiter. Suivez-moi, proposa-t-il à Maggie en ouvrant la porte de son propre bureau.

Puis, se tournant vers Tess, il ajouta :

— Chérie, si tu allais m'acheter un croissant, je meurs de faim ! Ce repas d'affaires à midi était au-dessous de tout.

— Mon pauvre amour ! s'attendrit Tess. Maggie, veux-tu que je te ramène quelque chose ?

Maggie fit signe que non. Tout à coup, maintenant qu'elle était au pied du mur, elle avait peur. L'angoisse lui coupait l'appétit aussi bien que la respiration.

— A tout à l'heure, lança Tess en disparaissant.

Une fois qu'ils furent seuls, Lassiter alla droit au but.

— Maggie, vous voulez savoir ce que Cord a appris ici ?

— Oui. Je pensais le demander à Tess.

— Il vous est sans doute plus facile de parler à une femme, mais elle ne sait rien. J'avais promis de ne rien dire à personne.

— Même pas à votre femme ?

— Non, même pas à ma femme, et je peux vous affirmer que Stillwell et Adams sont sous les verrous et ne peuvent plus vous menacer de quelque façon que ce soit.

— C'est ce que Cord m'a déjà dit. Mais... je voudrais vous parler du fax que vous lui avez envoyé à Amsterdam.

— Je ne lui ai rien dit de plus que ce que vous avez vous-même lu. Pourtant, il faut que vous sachiez qu'il dispose de codes qui lui permettent d'avoir accès à des informations ultrasecrètes.

Maggie sentit son sang se glacer dans ses veines.

— Vous... vous voulez dire qu'il sait ? Il sait tout ?

— Je le pense, en effet.

Elle se mordit la lèvre jusqu'à la douleur. Tout lui revenait à la mémoire d'un coup : l'étrange comportement de Cord, cette façon qu'il avait eue sans cesse de lui assurer qu'il l'aimait, sa façon de dire et répéter que le passé n'avait pas d'importance... Il ne lui avait pas avoué qu'il avait tout découvert parce qu'elle l'avait menacé de prendre la fuite.

La tête lui tournait. Elle s'avança vers le bureau de Lassiter et s'assit sur la chaise qu'il lui tendait. Oui, elle avait passé sa vie à fuir les émotions, les attachements, les engagements, parce qu'elle avait peur. Elle avait toujours redouté le jugement que Cord porterait sur elle. Mais il ne la jugeait pas. Il l'aimait. Elle se plongea dans la contemplation de l'anneau d'or qu'elle portait au doigt et qu'elle avait choisi pour sa simplicité. Quand Cord le lui avait passé, il savait tout ! Qu'avait-il dit exactement à ce moment-là ? Que cette bague était le gage de l'avenir qu'ils allaient construire ensemble, quel qu'ait pu être le passé.

Elle leva les yeux vers Lassiter. Il lui parlait depuis un moment, mais elle n'avait rien entendu.

Il lui sourit.

— Vous voulez peut-être que je répète ce que je viens de dire ? Alors voici ce qui s'est passé. Quand il a découvert sur Internet certaines choses concernant votre histoire personnelle, Cord m'a téléphoné en secret. Il était hors de lui et menaçait de pendre Adams et Stillwell haut et court. Quant à Gruber, il voulait carrément le faire brûler à petit feu ! Je n'avais jamais entendu quelqu'un proférer pareilles menaces, à part moi, peut-être, le jour où l'on a tiré sur ma femme.

Maggie écoutait toujours, muette, sidérée.

— Cord ne cessait de se répandre en invectives, jurait en deux langues à la fois. Je pense qu'il avait bu, ce qui ne lui arrive jamais, je préfère le souligner. C'est le signe qu'il était vraiment perturbé. Il était furieux que vous ne lui ayez pas fait confiance, depuis le temps que vous le connaissez. Il répétait qu'il voulait tout partager avec vous et que vous l'aviez tenu à distance.

Ces mots apaisèrent la souffrance de Maggie. Tout se mettait en place soudain. Le livre de sa vie devenait clair, lisible, pour la première fois. Le seul problème entre eux, ce qui rendait Cord malheureux, ce n'était pas son histoire difficile, c'était qu'elle ne lui avait pas fait confiance. Elle avait eu peur de perdre son estime, de se sentir jugée, comme cela lui était si souvent arrivé auparavant. Et, bien sûr, elle craignait qu'il ne la quitte. Tout à coup, elle inversait les rôles et comprenait combien elle aurait souffert si Cord s'était comporté envers elle comme elle l'avait fait à son égard.

— Je me suis trompée sur toute la ligne, murmura-t-elle. Je n'ai jamais cherché à savoir ce que j'éprouverais si c'était lui qui avait voulu me cacher un pan de sa vie. Quand on aime quelqu'un, on lui fait confiance, un point c'est tout.

— Je suis heureux que vous en arriviez à cette conclusion, déclara Lassiter.

— Et, à partir de ce moment-là, rien de ce qui s'est passé avant ne peut changer quoi que ce soit ! L'amour ne demande pas de comptes.

Lassiter la regarda droit dans les yeux.

— Pourquoi ne pas rentrer au ranch pour dire tout cela à Cord ?

Les yeux de Maggie se mirent à pétiller. Une évidence s'imposait à elle : elle n'avait plus besoin d'avoir peur. De rien ni de personne. Elle était libre. La seule opinion qui comptait à ses yeux était celle de Cord. C'était si simple, tout à coup ! Dire que jamais encore elle n'avait envisagé sa vie sous cet angle…

— Monsieur Lassiter, je ne pourrai jamais vous remercier assez pour tout ce que vous avez fait pour moi. Vous êtes un homme formidable !

Lassiter lui tendit la main pour l'aider à se lever.

— Je sais… Ma femme me le dit tous les jours ! répondit-il avec un sourire heureux.

— Et elle a bien raison, conclut Maggie.

16

Les minutes qui suivirent ne furent qu'une bousculade qui paraissait ne jamais devoir s'arrêter. En quittant le bâtiment, Maggie faillit faire tomber Tess, qui revenait avec les croissants pour son mari. Elle s'excusa, promit de téléphoner et se précipita dans la voiture où l'attendait Davis, tout surpris du changement qu'il percevait chez la jeune femme. Tout le long du chemin, elle ne cessa de lui demander d'accélérer et s'irrita de voir qu'il tenait à respecter les limitations de vitesse.

Pas plus tôt arrivée devant la maison, elle jaillit de la voiture alors que Davis n'avait pas encore fini de freiner. Elle se précipita à l'intérieur, bouscula June, qui venait à sa rencontre, et fit irruption dans le bureau où Cord était en train de régler une transaction importante à propos d'un taureau reproducteur qu'il voulait acheter.

Toute frissonnante d'excitation, elle referma la porte derrière elle.

— Cord, il faut que je te parle !

— Tout de suite ?

— Tout de suite.

Cord fut impressionné par la vivacité de son regard

et son ton inhabituellement autoritaire. Il s'excusa rapidement auprès de son interlocuteur, qu'il promit de rappeler dans la soirée, et raccrocha.

Sous ses yeux ébahis, il vit Maggie retirer son chemisier, puis son soutien-gorge, puis ses chaussures et son pantalon. Elle ôta enfin son slip et s'avança vers lui, nue, fière du désir qu'elle lisait déjà dans le regard de son mari. Elle prit Cord par la main et le conduisit vers le canapé, sur lequel elle s'allongea avec un total abandon.

C'était la première fois que Maggie se comportait de manière aussi hardie. Cord en était médusé. Il avait toujours cru qu'il serait celui qui prendrait l'initiative de leurs jeux, certain que l'histoire de la jeune femme ne lui permettrait jamais autant de liberté. Apparemment, il s'était trompé. Maggie le dévisageait, sûre d'elle, conquérante.

— Alors ? Tu as envie de moi ?

Les mains tremblantes, Cord avait déjà commencé à déboutonner sa chemise.

— Tu vas voir…

Elle le regarda se déshabiller en s'étirant langoureusement sur les coussins de velours grenat.

— Tu as pensé à fermer la porte ? s'enquit-il d'une voix rauque.

— Bien sûr, nous serons tranquilles. Que tu es beau ! ajouta-t-elle comme il s'approchait.

— J'aimerais prendre le temps pour te dire aussi combien je te trouve belle, mais je suis trop pressé.

Sans tenir compte de sa blessure, Maggie l'invita

à s'allonger à côté d'elle. Déjà, les jambes de Cord se faisaient insistantes, écartaient les siennes qui ne résistaient pas. Puis, incapable de freiner plus longtemps son désir, il bascula sur elle un peu plus brutalement qu'il ne l'aurait souhaité.

— Excuse-moi !

Maggie sourit tandis qu'il continuait de l'embrasser. Il entra en elle, pressé, fougeux. Elle retint un instant sa respiration, puis arqua son dos pour mieux se laisser pénétrer tout en retenant sa bouche qui l'embrassait avec passion. Elle enroula ses longues jambes autour des reins de son amant tandis qu'il se mouvait en elle avec une habileté qui la comblait déjà de plaisir. Elle frissonna, de plus en plus fort au fur et à mesure que la volupté grandissait. Cord la possédait avec fureur maintenant. C'était étonnant de penser qu'ils étaient restés si longtemps sans faire l'amour ! Elle dégagea ses mains, qu'elle posa sur les fesses dures de son mari pour mieux le presser contre elle. Ses ongles s'enfoncèrent dans sa chair, toujours plus fort, tandis qu'il bougeait sur elle en un rythme de plus en plus rapide.

Leur excitation à tous les deux ne cessait de grandir. Dans la pièce silencieuse, seul leur parvenait le bruit de leurs respirations mêlées, haletantes, de plus en plus affolées au fur et à mesure que le plaisir montait. En sentant les vagues de plaisir se rapprocher, Maggie ouvrit sa bouche toute grande pour accueillir la langue de Cord. Une chaleur délicieuse explosa au creux de son corps, irradiant tout son être, si violente qu'elle se convulsa tout entière. Des larmes de reconnaissance lui montèrent aux yeux, brûlantes, qui coulèrent dans la bouche de Cord tandis qu'il donnait les derniers coups de reins de son plaisir.

Il laissa échapper un grognement, se pressa de toute sa force contre le corps étendu de Maggie, comme pour continuer à la posséder en la pénétrant par tous les pores de sa peau. Il frissonna à son tour, quand il sentit les dernières pulsations de volupté détendre le corps étendu sous lui.

— Je te sens tout entier en moi, murmura-t-elle, les jambes toujours serrées autour de ses reins.

— Moi aussi, je te sens…

Et il se mit à rouler légèrement sur un côté, puis sur l'autre, de manière à lui procurer encore quelques spasmes de plaisir.

— Mon Dieu, quel feu d'artifice ! chuchota Maggie. Je n'étais pas sûre de pouvoir le supporter.

— C'était pareil pour moi. Je t'aime tant, Maggie !

Il recommença à bouger les hanches et sentit bientôt qu'il était prêt pour un deuxième assaut.

— On recommence ?

— Oh oui, si tu peux, je t'attends, je suis prête ! Tout mon corps te désire, chaque fibre de ma chair, chaque pore de ma peau !

Il prit de nouveau possession de la bouche qu'elle lui tendait et ses mouvements recommencèrent, rythmés, profonds, lents ou rapides, jusqu'à ce qu'elle frissonne une fois encore, mais, tout à coup, il roula sur le dos et se mit à rire.

— Aïe… Fini pour l'instant, mon bras me fait trop mal.

— Oh…, s'exclama Maggie, déçue.

— A toi de me prendre ! demanda-t-il.

— Mais… je ne…

— Allez ! Comme ça !

D'un geste vif, il la repoussa de dessous et la fit basculer de manière à ce qu'elle se retrouve sur lui. Puis il lui montra le mouvement. Très vite, ils retrouvèrent un niveau d'excitation intense.

— C'est trop bon, Maggie ! C'est trop rapide, mais je ne peux pas me retenir. Continue, Maggie, continue, je t'en prie…

Cord était totalement à sa merci. Elle serra les lèvres et s'appliqua à trouver la pression et le rythme qui le faisaient haleter. Elle était si fière de sa performance qu'elle se mit à rire. Cord se mit à rire aussi, entre deux soupirs. Et, tout à coup, le plaisir fondit sur eux, profond, violent, bien au-delà de tout ce qu'il était possible d'exprimer.

Plus tard, elle se retrouva allongée à côté de lui, trempée de sueur, humide, une jambe en travers de celles de Cord, tellement comblée qu'elle était incapable de bouger.

— Ne crois pas que je me plains, finit par dire Cord, mais qu'est-ce qui m'a valu cette récréation imprévue ?

Elle embrassa son épaule valide avant de répondre.

— Oh… c'est une question de confiance… Jusqu'à présent, je ne t'ai pas fait confiance. Il m'a semblé qu'il était temps que je change. Il m'a semblé que je devais te prouver que je pouvais être une femme qui n'a pas honte d'elle-même, ni de son passé ni de son corps.

Elle laissa échapper un soupir.

— Cord, c'est merveilleux d'être une femme !

— Je suis bien d'accord pour reconnaître que tu es tout simplement fantastique, mais je crois que tu nous surestimes un peu, tous les deux. Je suis épuisé, reconnut-il dans un grand éclat de rire. Complètement, totalement épuisé !

— Moi, ça va très bien !

— Vantarde !

Il se positionna plus confortablement à côté d'elle.

— Dis-moi, qu'est-ce que Lassiter t'a dit exactement ?

Elle se raidit.

— Comment sais-tu que je suis allée voir Lassiter ?

— Simple déduction logique ! Tu ne pouvais pas être tranquille tant que tu n'avais pas tiré au clair ce qu'il m'avait raconté sur toi.

— Il ne t'a rien dit du tout.

— Tu vois !

— Il ne t'a rien dit, mais moi, il faut que je te parle. Cord, j'avais six ans quand ma mère est morte. Je suis restée avec mon beau-père. Il avait un ami avec lequel il avait l'habitude de jouer aux cartes et de boire de la bière. Ni l'un ni l'autre n'aimaient beaucoup travailler.

Ni l'un ni l'autre ne réussissaient à garder un emploi. Pendant une année entière, ils m'ont tolérée, sans faire vraiment attention à moi. Puis mon beau-père a parlé de me confier à l'assistance. C'est alors que son copain lui a dit que j'étais mignonne et qu'il y aurait peut-être moyen de gagner de l'argent avec moi. Ils sont entrés en contact avec un autre homme qui s'occupait de pornographie infantile.

A côté d'elle, elle sentit Cord se raidir, mais elle continua néanmoins.

— Ils se sont débrouillés pour trouver une autre petite fille et deux petits garçons et… ils ont commencé à nous filmer.

— Arrête ! ordonna Cord. Tu n'as pas à me raconter cela toi-même. Je n'ai pas besoin de savoir !

— Si, au contraire, insista Maggie, au bord des larmes. Il faut que ce soit moi qui prononce ces mots et que tu les écoutes. Ils nous ont forcés à faire des choses que nous ne comprenions pas devant leurs caméras. Quand nous refusions, ils nous fouettaient à coups de ceinture. Mais cela les mettait en colère parce qu'ils devaient arrêter de nous filmer tant que nos corps portaient des marques. Alors, ils nous ont punis en utilisant d'autres méthodes… qui ne laissaient pas de traces.

Elle ferma les yeux. A côté d'elle, Cord était raide d'indignation contenue.

— Comme je manquais souvent l'école, l'instituteur s'est inquiété et une assistante sociale est venue à la maison se renseigner sur les causes de mes absences.

Elle est arrivée à l'improviste, un jour où nous nous trouvions devant les caméras. Elle avait jeté un coup d'œil par la fenêtre avant d'entrer et nous a aperçus. Elle a immédiatement alerté la police.

— Grâce au ciel, murmura Cord.

— En effet. Nous étions morts de honte et de peur. La police s'est montrée très gentille avec nous. Une femme s'est occupée de la petite fille et de moi, mais, au moment où nous sortions dans la rue, une voisine qui avait compris ce qui se déroulait chez nous nous a invectivées. Elle a dit que nous deviendrions des prostituées et que ce serait bien fait pour nous parce que c'était tout ce que nous méritions. Jamais rien ne m'a autant blessée que ces insultes.

Cord la serra de son bras valide.

Termine, je t'en prie.

— Mon beau-père et son ami furent envoyés en prison. Le procès a duré longtemps et a fait sensation. La télévision, les journaux, la radio en ont parlé. Les vidéos avaient été saisies comme preuves, mais l'une d'entre elles a disparu. C'est celle que Stillwell et Adams possédaient. Toutes les autres avaient été détruites.

— C'est à ce moment-là que tu as été conduite à l'assistance ?

— Oui. J'ai parlé avec une psychologue pour enfants deux ou trois fois, et puis tout le monde a pensé que je pouvais me débrouiller. J'ai appris que mon beau-père avait été tué lors d'émeutes dans la prison où il se trouvait. Quant à son complice, il doit être encore en vie quelque part…

— Non. Il est mort du cancer en prison, il y a deux ans.

— Oh… Ainsi, ils sont morts tous les deux. Mais… comment as-tu appris cela ?

— J'ai des moyens d'accéder aux dossiers secrets. C'est ce que j'ai fait quand nous étions à Amsterdam.

Médusée, Maggie se tourna sur le côté pour dévisager Cord.

— Lassiter avait raison… Ainsi, tu savais ! Et tu m'as tout de même épousée ?

— Evidemment, je t'ai épousée, petite idiote ! Pour qui me prends-tu donc ? Comment peux-tu imaginer une seconde que je pourrais t'en vouloir d'avoir vécu des choses pareilles ? Je t'aime, Maggie. Je suis malheureux de savoir ce que tu as dû subir, et encore plus malheureux de ne pas l'avoir su plus tôt. Mais cela ne change absolument rien à l'amour que j'éprouve pour toi.

— Tu en es sûr ?

— Complètement. Et tu m'as prouvé ce soir que cela ne changeait plus rien pour toi désormais. Maintenant, tu m'appartiens, pour toujours !

— Toi aussi, tu m'appartiens, Cord. Corps et âme. Je t'ai séduit.

— Tu peux t'en vanter ! Et en être fière… Je ne pensais pas être un homme facile.

Une fois encore, Maggie eut envie de rire. Comme c'était étrange ! Jamais elle n'aurait cru que le sexe pouvait être amusant. Mais, avec Cord, tout prenait des allures d'aventure ou de fête.

— Je suis heureuse. Cela me donne confiance en moi. Tu sais, je risque bien de recommencer !

— Super ! J'attends déjà ce moment avec impatience.

Elle se lova contre lui.

— Je ne te fais pas horreur ?

— Ce sont tes agresseurs qui me font horreur. Il y a des gens qui font n'importe quoi pour de l'argent, ce sont eux qui méritent notre mépris et les représailles de la société.

— C'est bon d'être comprise !

— Amy aurait dû me parler… Tu aurais dû le faire toi-même ! Si j'avais su, jamais je ne t'aurais entraînée au lit la nuit de la mort de Patricia.

Elle lui posa un doigt sur la bouche.

— Aujourd'hui, je t'ai rendu la monnaie de ta pièce. Voilà qui nous met à égalité ! Mais je trouve que je me suis mieux débrouillée que toi…

— Pas moyen de te contredire là-dessus !

— Tu savais, à Amsterdam…

— Oui, mais je ne savais pas comment te l'annoncer. J'étais blessé pour toi, mais tu n'avais jamais voulu partager tes peines avec moi. Même pas ta fausse couche, qui pourtant me concernait aussi.

— Je regrette de ne pas avoir eu suffisamment confiance en toi. J'étais persuadée que j'allais être rejetée une fois de plus, et, cette fois, par toi ! Cette idée m'était insupportable.

— Maggie, nous avons des années merveilleuses devant nous.

— J'aimerais tellement que nous puissions avoir un autre enfant…

— Il va falloir que tu prennes l'habitude de croire aux miracles !

« Après tout, pourquoi pas ? » se dit Maggie en s'étirant.

Quelques mois plus tard, Cord, monté sur son cheval andalou favori, s'efforçait de guider un petit groupe de ses jeunes taureaux vers les camions qui les attendaient. Une voiture de sport déboucha à ce moment-là dans la cour du ranch, dispersant le troupeau jusque-là rassemblé. Cord laissa échapper un juron, mais sa contrariété ne dura pas quand il vit Maggie, rayonnante, se précipiter vers lui.

Il se pencha vers elle pour la soulever dans ses bras et l'installer à l'avant de sa selle. Aussitôt, elle lui prit la main et la posa sur son ventre, sans se soucier des cow-boys qui les entouraient.

— Maggie, on nous regarde ! lui rappela Cord, un peu gêné.

— Quelle importance ? Cord, je porte un bébé !

— Quoi ? Tu es enceinte ?

— Oui, de trois mois. Je pensais que cela ne m'arriverait jamais et, comme je n'avais pas de nausées le matin, j'ai tardé avant de consulter.

— Petite cachottière, tu ne m'as pas dit où tu allais ce matin !

— Non, je n'osais pas imaginer que nous allions nous retrouver dans cet état…

— Nous ?

— Oui, bien sûr, nous. C'est notre bébé à tous les deux, non ?

Un bruit de sirènes toutes proches leur fit dresser l'oreille. Les cow-boys oublièrent un instant leur travail pour regarder descendre deux policiers en uniforme. Ils contournèrent la voiture de Maggie pour s'approcher du cheval et de ses deux cavaliers.

— Madame, vous rouliez à cent à l'heure alors que la vitesse est limitée à soixante-dix sur cette route, déclara l'un des deux hommes.

— Ma femme est enceinte ! s'écria Cord, qui exultait de joie. Enceinte ! Vous vous rendez compte ? Non, bien sûr. Nous sommes mariés depuis quatre mois et les médecins lui avaient dit qu'elle ne pourrait pas avoir d'enfants. C'est… c'est un miracle, ce qui nous arrive.

Les deux policiers se regardèrent, désarçonnés par cette repartie inattendue, puis le plus âgé des deux reprit la parole.

— La loi est la loi, assena-t-il sans ciller.

— Bien sûr, approuva le plus jeune, mais, pour cette fois, nous pouvons nous contenter de donner un avertissement à cette future maman. Qu'elle ne recommence pas, c'est tout ce que nous lui demandons. D'ailleurs, c'est mauvais pour les enfants de vivre à cent à l'heure !

— J'apprendrai à mon fils à respecter les limitations de vitesse, promit Maggie.

— Attends, coupa son mari. C'est une fille que nous aurons !

— Tu crois ? Bah… de toute façon, ce n'est pas nous qui commandons.

Tout au long de cet échange, le premier policier continuait à dévisager Cord et Maggie.

— Votre visage ne m'est pas inconnu.

— Vous avez bonne mémoire, approuva Cord. Nous nous sommes rencontrés il y a plusieurs années, quand j'ai intégré la police de Houston. Je vois que vous avez pris du grade depuis !

— C'est possible, reprit l'homme, qui continuait à réfléchir, mais ce n'est pas de cela que je me souviens. Voyons… Ah, ça y est ! Je me rappelle. C'est vous qui avez démantelé ce réseau de pornographie infantile ! J'ai vu vos photos à tous les deux dans le journal. Quel beau boulot vous avez fait là ! Vous mériteriez une médaille. Pourquoi n'écrivez-vous pas votre histoire ?

Pourquoi pas, en effet ? se demanda Maggie plus tard. Ce serait le moyen de clôturer la partie difficile de sa vie avant de plonger dans le nouveau rôle qui l'attendait auprès de son bébé.

*
* *

Six mois plus tard, Maggie remettait à un éditeur de New York un roman d'espionnage international et mettait au monde un superbe petit garçon. Ce fut une surprise totale car ni Cord ni elle n'avaient voulu connaître le sexe de leur futur enfant. Ils avaient choisi un prénom pour chaque sexe, mais Cord était demeuré jusqu'au bout persuadé que celui qui serait utilisé serait Charlene Maria. Il s'était trompé, puisque c'était Jared Mejias Romero qu'il tenait dans ses bras ce soir-là sur le porche de leur ranch.

— Je suis très heureux d'être ton père, petit Jared. Comme ça, nous serons deux pour gâter ta future petite sœur.

— Tu vas commencer par gâter Jared en attendant la suite des événements, conseilla sagement Maggie.

— C'est bien mon intention, reprit Cord. Je suis si heureux d'avoir ce beau bébé pour fils !

Ils s'installèrent tous les trois sur la balancelle de la véranda d'où ils apercevaient le gros taureau Hijito qui paissait paisiblement derrière la clôture blanche, de l'autre côté de l'allée. On était au mois de février maintenant, il faisait encore froid, mais le coucher de soleil était magnifique, le ciel incendié de couleurs.

— Ma femme, l'écrivaine…, murmura Cord en la regardant d'un air admiratif. Tu ne trouves pas que c'est mieux d'écrire que de courir l'arme au poing, en imperméable mastic, dans les quartiers louches et les bas-fonds des villes ?

Elle lui adressa un regard taquin.

— Il faudra bien que je trouve matière à écrire si mon éditeur me propose un nouveau contrat !

— Attends un peu… Je ne suis pas prêt à me lancer dans la traque aux trafics illégaux, ni à retourner désamorcer des bombes, ni même à seconder Bojo dans ses missions spéciales ! Dorénavant, j'élève du bétail, un point c'est tout.

— Et c'est tout à fait passionnant. Regarde Hijito, là-bas.

Elle se mit à se mordre la lèvre. Une nouvelle intrigue se nouait déjà dans sa tête.

— Imagine que quelqu'un nous enlève Hijito et qu'on découvre une puce électronique derrière sa marque métallique à l'oreille… Cord ! Où vas-tu ?

Cord lui avait mis le bébé dans les bras et était rentré dans la maison en riant. Elle contempla le petit visage ensommeillé de l'enfant et se remémora les années douloureuses qu'il lui avait fallu traverser avant d'en arriver là, à ce petit bonhomme qui dormait, confiant, niché contre elle.

Elle avait osé regarder sa souffrance en face et cela lui avait permis d'accéder à un univers où le bonheur régnait en maître. Si seulement elle avait compris plus tôt que la seule manière de vaincre les ténèbres, c'était de leur faire face au lieu de partir en courant !

Maintenant, elle avait Cord et le bébé. Son existence était plus douce qu'elle ne l'avait jamais rêvé. Les moments sombres de sa vie avaient été balayés comme le vent d'été dissipe les nuages pour laisser place aux aurores étincelantes. Elle déposa un léger baiser sur le petit front de son fils. Par moments, elle craignait que son cœur n'éclate de joie.

Elle entendit les pas de Cord dans le couloir.

— Viens dîner, mon amour. Je meurs de faim !

— J'étais en train de me dire que les bébés sont encore plus passionnants à découvrir que les intrigues policières, fussent-elles de niveau international.

— Nous sommes bien placés pour faire la comparaison.

— Oui, mais d'ores et déjà je trouve que, pour un baroudeur de ton espèce, tu fais un père de famille tout à fait présentable.

Cord arbora un air offusqué par cette réflexion, et fit mine de dégainer une arme imaginaire. Maggie éclata de rire. Allons... Cord ne perdrait sans doute jamais ses allures de baroudeur ! Devait-elle s'en plaindre ? Certainement pas. C'était comme ça qu'elle l'avait choisi et c'était bien comme ça qu'elle l'aimait !

DANS LA MÊME COLLECTION

Par ordre alphabétique d'auteur

JINA BACARR	*Blonde Geisha*
MARY LYNN BAXTER	*La femme secrète*
MARY LYNN BAXTER	*Un été dans le Mississippi*
JENNIFER BLAKE	*Une liaison scandaleuse*
BARBARA BRETTON	*Le lien brisé*
BENITA BROWN	*Les filles du capitaine*
MEGAN BROWNLEY	*La maison des brumes*
CANDACE CAMP	*Le bal de l'orchidée*
CANDACE CAMP	*Le manoir des secrets*
CANDACE CAMP	*Le château des ombres*
CANDACE CAMP	*La maison des masques*
MARY CANON	*L'honneur des O'Donnell*
ELAINE COFFMAN	*Le seigneur des Highlands*
ELAINE COFFMAN	*La dame des Hautes-Terres*
ELAINE COFFMAN	*La comtesse des Highlands*
JACKIE COLLINS	*Le voile des illusions*
JACKIE COLLINS	*Reflets trompeurs*
JACKIE COLLINS	*Le destin des Castelli*
PATRICIA COUGHLIN	*Le secret d'une vie*
MARGOT DALTON	*Une femme sans passé*
EMMA DARCY	*Souviens-toi de cet été*
CHARLES DAVIS	*L'enfant sans mémoire*
SHERRY DEBORDE	*L'héritière de Magnolia*
BARBARA DELINSKY	*La saga de Crosslyn Rise*
BARBARA DELINSKY	*L'enfant du scandale*
WINSLOW ELIOT	*L'innocence du mal*
SALLY FAIRCHILD	*L'héritière sans passé*
MARIE FERRARELLA	*Une promesse sous la neige*****
ELIZABETH FLOCK	*Moi & Emma*
CATHY GILLEN THACKER	*L'héritière secrète*
GINNA GRAY	*Le voile du secret*
GINNA GRAY	*La Fortune des Stanton*
JILLIAN HART	*L'enfant des moissons*
CHRISTIANE HEGGAN	*L'héritière de Calistoga*
METSY HINGLE	*Une vie volée*

... / ...

DANS LA MÊME COLLECTION

Par ordre alphabétique d'auteur

FIONA HOOD-STEWART	*Les années volées*
FIONA HOOD-STEWART	*A l'ombre des magnolias*
FIONA HOOD-STEWART	*Le testament des Carstairs*
FIONA HOOD-STEWART	*L'héritière des Highlands*
LISA JACKSON	*Noël à deux***
RONA JAFFE	*Le destin de Rose Smith Carson*
PENNY JORDAN	*Silver*
PENNY JORDAN	*L'amour blessé*
PENNY JORDAN	*L'honneur des Crighton*
PENNY JORDAN	*L'héritage*
PENNY JORDAN	*Le choix d'une vie*
PENNY JORDAN	*Maintenant ou jamais*
PENNY JORDAN	*Les secrets de Brighton House*
PENNY JORDAN	*La femme bafouée*
PENNY JORDAN	*De mémoire de femme*
BRENDA JOYCE	*L'héritière de Rosewood*
MARGARET KAINE	*Des roses pour Rebecca*
HELEN KIRKMAN	*Esclave et prince*
ELAINE KNIGHTON	*La citadelle des brumes*
ELIZABETH LANE	*Une passion africaine*
ELIZABETH LANE	*La fiancée du Nouveau Monde*
CATHERINE LANIGAN	*Parfum de jasmin*
RACHEL LEE	*Neige de septembre*
RACHEL LEE	*La brûlure du passé*
LYNN LESLIE	*Le choix de vivre*
MERLINE LOVELACE	*La maîtresse du capitaine*
JULIANNE MACLEAN	*La passagère du destin*
DEBBIE MACOMBER	*Rencontre en Alaska*****
DEBBIE MACOMBER	*Un printemps à Blossom Street*
DEBBIE MACOMBER	*Au fil des jours à Blossom Street*
DEBBIE MACOMBER	*Retour à Blossom Street*
MARGO MAGUIRE	*Seigneur et maître*
ANN MAJOR	*La brûlure du mensonge*
ANN MAJOR	*Le prix du scandale**
KAT MARTIN	*Lady Mystère*
ANNE MATHER	*L'île aux amants****

… / …

DANS LA MÊME COLLECTION

Par ordre alphabétique d'auteur

CURTISS ANN MATLOCK	*Sur la route de Houston*
CURTISS ANN MATLOCK	*Une nouvelle vie*
CURTISS ANN MATLOCK	*Une femme entre deux rives*
MARY ALICE MONROE	*Le masque des apparences*
CAROLE MORTIMER	*L'ange du réveillon*****
DIANA PALMER	*D'amour et d'orgueil****
DIANA PALMER	*Les chemins du désir*
DIANA PALMER	*Les fiancés de l'hiver*****
DIANA PALMER	*Le seigneur des sables*
DIANA PALMER	*Une liaison interdite*
DIANA PALMER	*Le voile du passé*
PATRICIA POTTER	*Noces pourpres*
MARCIA PRESTON	*Sur les rives du destin*
MARCIA PRESTON	*La maison aux papillons*
EMILIE RICHARDS	*Mémoires de Louisiane*
EMILIE RICHARDS	*Le testament des Gerritsen*
EMILIE RICHARDS	*La promesse de Noël***
EMILIE RICHARDS	*L'écho du passé*
EMILIE RICHARDS	*L'écho de la rivière*
EMILIE RICHARDS	*Le refuge irlandais*
EMILIE RICHARDS	*Promesse d'Irlande*
EMILIE RICHARDS	*La vallée des secrets*
NORA ROBERTS	*Retour au Maryland*
NORA ROBERTS	*La saga des Stanislaski*
NORA ROBERTS	*Le destin des Stanislaski*
NORA ROBERTS	*L'héritage des Cordina*
NORA ROBERTS	*Love*
NORA ROBERTS	*La saga des MacGregor*
NORA ROBERTS	*L'orgueil des MacGregor*
NORA ROBERTS	*L'héritage des MacGregor*
NORA ROBERTS	*La vallée des promesses*
NORA ROBERTS	*Le clan des MacGregor*
NORA ROBERTS	*Le secret des émeraudes*
NORA ROBERTS	*Un homme à aimer**
NORA ROBERTS	*Sur les rives de la passion*
NORA ROBERTS	*La saga des O'Hurley*
NORA ROBERTS	*Le destin des O'Hurley*
NORA ROBERTS	*Un cadeau très spécial***
NORA ROBERTS	*Le rivage des brumes*
NORA ROBERTS	*Les ombres du lac*
NORA ROBERTS	*Un château en Irlande*
NORA ROBERTS	*Filles d'Irlande*
NORA ROBERTS	*Pages d'amour*
NORA ROBERTS	*Rencontres*

... / ...

DANS LA MÊME COLLECTION

Par ordre alphabétique d'auteur

… / …

DANS LA MÊME COLLECTION

Par ordre alphabétique d'auteur

KAREN YOUNG	*Un vœu secret***
KAREN YOUNG	*L'innocence bafouée*

* *titres réunis dans un volume double*

** *titres réunis dans le volume intitulé* : Magie d'hiver 2007

*** *titres réunis dans le volume intitulé* : Passions d'été

**** *titres réunis dans le volume intitulé* : Magie d'hiver 2008

6 TITRES À PARAÎTRE EN OCTOBRE 2009

Composé et édité par les

*éditions*Harlequin

Achevé d'imprimer en Allemagne
par GGP Media GmbH, Pößneck
en juillet 2009

Dépôt légal en août 2009
N° d'éditeur : 14400